文明人

〔法〕克老特·发赫儿 著

Les Civilisés

李劼人 译

四川文艺出版社

图书在版编目（CIP）数据

文明人 / （法）克老特·发赫儿著；李劼人译.—
成都：四川文艺出版社，2018.10
ISBN 978-7-5411-4914-6

Ⅰ.①文… Ⅱ.①克… ②李… Ⅲ.①长篇小说 – 法
国 – 现代 Ⅳ.①I565.45

中国版本图书馆CIP数据核字（2018）第223621号

WENMINGREN
文明人
［法］克老特·发赫儿　著
李劼人　译

责任编辑　程　川　彭　炜
封面设计　闰江文化
内文设计　史小燕
责任校对　蓝　海
责任印制　唐　茵

出版发行　四川文艺出版社（成都市槐树街2号）
网　　址　www.scwys.com
电　　话　028-86259287（发行部）　　028-86259303（编辑部）
传　　真　028-86259306

邮购地址　成都市槐树街2号四川文艺出版社邮购部　610031
印　　刷　成都东江印务有限公司
成品尺寸　130mm×185mm　1/32
印　　张　9　　　　　　　　　　字　　数　190千
版　　次　2018年10月第一版　　印　　次　2018年10月第一次印刷
书　　号　ISBN 978-7-5411-4914-6
定　　价　48.00元

收场了，
火舱的水已满。

读李劼人译法国小说

◎Sebastian Veg·（魏简）[1]

在我长大的法国，李劼人很早就被看做中国五四时代的代表作家之一。大约因为他在法国留过学，他的《死水微澜》的法文译本 1981 年由法国驰名的伽利玛出版社出版了。当时，除了被"革命化"的鲁迅之外，五四文学的法文译本并不多，李劼人之外基本上只有茅盾的《子夜》，巴金的《家》，郭沫若自传和老舍的《骆驼祥子》等，这些作品就成了第一批法国读者有机会欣赏的中国现代小说。遗憾的是，那一本由温晋仪（Wan Chunyee）翻译的《死水微澜》之后，就没有更多李劼人作品的法文版问世。无论如何，读书时，我很快就碰到了那本《死水微澜》，在我的印象中，它理所当然地属于五四以来的重要作品。所以，不少年后开始研究四川的新文化运动时，在成都认识了几位专门从

---

① 作者为汉学家，法国当代中国研究中心研究员，《李劼人全集》特约编委。

事李劼人研究和编辑工作的学者，李劼人对我来说已经并不是一个陌生的名字。因此，我很荣幸答应了负责校对李劼人全集的法文词句工作。从 2010 年末到 2011 年的夏天，我陆续校对了十多篇译成中文的法国长篇小说和几篇介绍性或议论性散文的法文词句。

李劼人在法国期间，对法国当时的文学、新闻、艺术和政治的讨论都很感兴趣。他认真地将法国文学概要性的著作翻译或概括成中文的介绍给中国读者。譬如《法兰西自然主义以后的小说及其作家》（1922 年）和《鲁渥的画》（1920 年）既完整又详细地讨论文化界的新趋向，也显示李劼人为了深刻认识法国文化所作出的努力。在 1920 年代的法国，文化和政治议论又多又复杂，李劼人很兴奋地投入在里，专门写了几篇评论，无论是跟法国第三共和国密切相连的国立教育制度、"性教育"的必要（也是五四时代的大议题），还是俄国十月革命的成败。他选择翻译的法国文学作品也值得留意：不仅反映对政治或思想内涵的关注，作为蒙彼利埃大学文学系旁听生的李劼人也很关心作品的文学价值。李劼人虽然在法国的大部分时间都不在巴黎，他还是很用心地读到了最新的作品，注意到了文学奖项并追踪了新的发展和取向。

李劼人在法国的兴趣很广泛，可以概括为四个主要方向。第一个跟他的勤工俭学身份有关：很自然地对左翼政治，法国的工会传统，俄国的十月革命都感兴趣，即便他没有翻译过最有代表性的自然主义或无产阶级小说。与左翼政治有关的另一个方向是对殖民主义的批判。第三个方向是关注四川本土的李劼人对一系列与本土关联的话题感兴趣，即本土文学与神话、方言、正在经过工业革命的法国农业和农村的未来。最后也许可算最重要的方向是脱离传统社会的伦理规则，解放妇女，解放社会思想的意图，同样也是五四文学的大话题。

从《李宁在巴黎时》（1924年）一文可以得知，李劼人对国际革命的关注，他文中也引用法国经济学家季特（Charles Gide）从莫斯科发给法国《每日报》关于十月革命六周年的纪念仪式的报道。季特就像当时法国左派知识分子一样对苏联的评价一般都比较高，但季特本人的政治理论虽然也源于左翼，跟共产主义却保持一定的距离：季特属于法国的自由主义左派（也属于少数的新教资产阶级），批评第三共和国政府对宗教限制太严，自己主张"相互扶持"（solidarité）和"协作主义"（coopératisme），尤其是农业合作社（coopératives agricoles）。

这一点也可以说明当年无政府主义式或乌托邦式社会主义的重要。这种复杂的意识形态与第二点也有相连之处：在《法人最近的归田运动》一文（1924年），李劼人讨论1920年代发展的主张安排工人回到农田，怀疑工业化的乌托邦社会主义或基督教社会主义运动（代表人物有神父兼政治家 abbé Lemire）。李劼人对归田运动的兴趣也反映出他与现代化话语保持了一定的距离。他选择翻译若干都德（Alphonse Daudet）的小说，大概跟他对本土的兴趣同样有关。李劼人住了几年的蒙彼利埃离都德的尼姆并不远，语言也相似，尤其在《达哈士孔的狒狒》（*Tartarin de Tarascon*）中李劼人也找到了一个可以处理白话与文言，国语与方言之间的张力的文学方法。

我个人最感兴趣的翻译是赫勒·马郎（René Maran）的《霸都亚纳》（*Batouala*）。这部小说虽然当时很有名，获得了 1921 年的龚古尔文学奖，但后来渐渐被遗忘，马朗也被更有名的反殖民主义、主张黑人文化认同（négritude）的作家（像 Césaire 或 Senghor）替代而被人们忘掉。翻了几页李劼人的译本之后，我就去找了法文原文，读了这本从来没有读过的最早反殖民主义小说之一。马朗原来是马提尼克人，在法国寄宿学校长大，成为法国殖民地部门的行政官员，以殖民执政者阶级身份发现了法国在非洲的殖民地（今天的中非）的现实而写了《霸都亚纳》。尤其在自序里，马朗深刻又尖锐地解剖了殖民主义的盲目暴力与对原住民的传统生活方式、与大自然的和谐关系的破坏。李劼人 1930年代初在成都翻译的克老特·发赫儿（Claude Farrère）1905年同样获得龚古尔奖的《文明人》（*Les Civilisés*）却是一个对殖民主义颇有暧昧立场的小说。以法国殖民化的越南西贡为背景，它对一群年轻法国海军的可疑行为没有显明的判断，也大量地重复东方主义的陈词滥调——李劼人对这种风格的兴趣或欣赏之缘由也可以跟他选择翻译福楼拜（Gustave Flaubert）的《萨朗波》（Salammbô）联系。但有趣的是李劼人在译者序中将《文明人》理解为对殖民主义的讽刺，表示对小说的叙事角度的肯定："本书以西贡为背景，而讽刺所谓文明人者不过如是；议论或不免有过火处，然而文人'艺增'固是小疵。吾人亦大可借以稍减信念，不必视在殖民地上之欧人个个伟大，即其居留国内之公民，几何不以此等人为'社会之酵母'哉！"发赫儿的背景和个人历史也很复杂，他于1930年代站在左派知识分子的一边呼吁辩护犹太人，他同时给法国极右报纸写过评论而支持日本的军国政治，甚至赞同"满洲国"的成立。

最后，李劼人翻译了不少反对传统伦理，呼吁解放妇女、解放个人的小说。他的名为《马丹波娃利》的翻译对1925年的中国读者一定作了很大的贡献，同时从李劼人自己的小说《死水微澜》对同样题材的处理也可以看到他并没有简单地将福楼拜的小说视为一本易卜生式的攻击传统的工具。他翻译19世纪末的卜勒浮斯特（Marcel Prévost）的小说《妇人书简》（Lettres de femmes）也可以显示出他对私人写作的兴趣。同样有趣的，当时引起很大议论但现在几乎完全被遗忘的一部小说是马格利特（Victor Margueritte）的《单身姑娘》（*La Garçonne*），原文书名更接近于"假小子"。它涉及到第一次世界大战之后在欧洲性别角色的大变迁，跟福楼拜的《包法利夫人》一样被起诉上法庭，李劼人在译者序也强调他"仅仅打算把法国政府在文学史上最蠢笨最无聊的举动，介绍给我国"。

李劼人在法国的四年对他的思想发展无疑有重大贡献，但好像也没有很直接影响到他的政治上或哲学上的立场。他读到的法国小说、新闻、理论著作主要给他提供了一个多元的文化环境和更多的思想的可能性，但他常常也保持了一个批判距离。一战刚结束的法国也不是启蒙者的理想国，而是一个复杂的、政治议论活跃又尖锐的正在变迁中的社会——对我而言，读李劼人当时写的与翻译的作品后最深刻的印象，也许是他在那种环境里找到的好奇精神与开放的思维方式。

译者序

　　本书作者克老特·发赫儿 (Claude Farrère) 真姓名为沙儿·巴儿拱 (Charles Bargone)。一八七六年生于法兰西，足迹半世界，以描写外邦风物见长，与彼得·陆蒂同著名于法国文坛。发赫儿之笔调，偏于讽刺，与陆蒂较，为更富有法兰西风格。作品中以本书《文明人》与《新人物》(Les Hommes Nouveaux) 最为世知。本书以西贡为背景，而讽刺所谓文明人者，不过如是；议论或不免有过火处，然而文人"艺增"，固是小疵。吾人亦大可藉以稍减信念，不必视在殖民地上之欧人，个个伟大，即其居留国内之公民，亦几何不以此等人为"社会之酵母"哉！本书出版于中华民国建元前六年（一九〇五年），故涉论及于中国，犹载龙徽。虽然国徽三变矣，而中国之为中国，有以异于二十六年前之中国乎哉？则西贡，则西贡之法国人，今亦犹昔，未必便优于《文明人》时代也。书中所叙，或皆有据，惟英、法之战，当是虚构。译是书时，在溽暑中，手边复

鲜参考之籍，地名物名，不审知者，多音译之，是须求谅
于读者耳。

译完在中华民国二十年九月二十日

李劼人写于成都

一

　　两个东京人把一辆饰有银什件而漆得极其讲究的人力车，拉到栅栏与房子之间，浓荫匝地的院子里。他们驾在车杠当中，同上了弦的箭一样。到后，便静悄悄的等着他们的主人，宛然是一对穿绸衣的黄色木偶。人力车与车夫之在西贡，不但是漂亮的代步，而且还是可以入画的，但也只有一小部人还在坐它。医生海孟·麦威是个极好奇的人，他本有一辆双马车和几头骏马的。然而偏要乘坐人力车，偏要把那豪华的时风加以破坏的这种怪脾气，实由社会作养而成。

　　午后四点钟，正是午睡起来的时候。迟一点医生就不门诊的了——在这太阳西斜以前，路断人稀的地方，直是一种神秘的动作。——然而这一天，海孟·麦威出门较早，并不是晚饭前照例的遨游而是去作几处与职业略有关系的拜谒，都是他睽违得太久了的，他的策略足见高明。

　　一个发髻梳得光光的本地女仆把门打开，才向车夫们吱吱喳喳的吵了几句，忽然的便呆住了，恭顺了，因为主人出来了。主人举着一种蹒跚而仍青年的步履，走下门阶，一面拿指头穿过她黑绸的"凯好"去摸弄那女人的两奶，一面就跨上立即启行的车子，两个东京人放伸腿的飞跑，好使快风把这西洋人的脸扇得凉凉的。多少女人的眼光，都从为挡太阳而关的窗板隙间，来赞美这两件体面的绿朱色边的白制服，——换言之，就是赞美这位游人的恩惠，因为这比他自己所享受的豪华还要勾引人些。医生麦威本就为一般女人所爱的，——第一，因为他爱她们，而他也只爱的是她们，其次，他有一种令女人们都要动心的美，一种富有欲情而绵软至于不堪的美。他生得白肤棕发，一双极长而蔚蓝的眼，一张鲜红而小的口。年龄虽已过了三十，但仍显得是个少年，身体虽甚粗壮，而看起来偏又是秀气的。两片长而光洁的八字须使他极似一个高卢人的后裔，不过是时代作顽，把他高雅化了，温柔化了的。

偶然的类似罢：麦威乃自夸是十足的文明人，说各民族的血都平均混合在他的血管中。

人力车在街树中间跑着，头上顶着西斜的太阳，把人炙得还是同挨了闷棍似的。这主人用他的手杖指引着车夫们。要他们停下来，只须在肩头上敲他们一下。说一声"哒"。末后他们走到一片带有别墅的花园里。栅栏边已停有好几辆马车，一伙高仅及膝的侍童们正捉着马的嚼勒在。

"哦，"麦威说："原来是这亲爱小东西日子，我倒没有想到。"

他迟疑了一下，跟着把肩头一耸，在衣袋里摸出一个皮夹，打开翻了翻里面所袋的，——原来是几张印度支那银行的支票。然后，海孟·麦威才把他的手杖交给一个向他跟前迎来的仆欧，遂走了进去。

这房子陈旧而宽大，完全是一所殖民地的建筑。从两间接应室通过去就是客厅，它是远弯在顶阴暗的一片屋翼上，被一道悬有不透明的活络帷的游廊隔着在。全屋都大得莫明其妙，而高得竟像一所礼拜堂；屋内的板壁都不曾顶着天花板，空气因得在抬梁下流通。下面便很清凉，而紫檀嵌螺钿的家具也氤氤氲氲的发出一派本地的香味来。

海孟·麦威刚到前廊，便碰见一个正走出来的人，——一个强毅无须，柠檬脸色，举止严重的人，——正是这别墅的主人，亚利特，法院律师是也。两个人亲密的握了握手；律师黯淡无光的脸上立刻转出一种表示欢迎的微笑，这笑大约必不是对别的来宾皆有的。

"亲爱的好友，吾妻正在客厅里，"他说："您来看她，好极了。许久不见您到我家里来，真使人不大高兴啊。"

麦威也肯定的说："请相信我，亲爱的，只有宽恕我的疏懒好了，实则在西贡地方惟有您这里是我顶眷恋的。"

律师的脸色愈加蔼然，仿佛把一件心事放下了。

"我不能奉陪您了，亲爱的医生。您知道法院正在找我去，也与往常一样。"

"有趣的案件吗？"

"自然又是离婚案了。我们所生的时代真是一个无廉耻的时代啊……"

他走了，皮包挟在手臂里，机械的举着步，神气尊严而且峻整。海孟·麦威不禁在他背后扮了个鬼脸来笑了笑。

客厅里，正有八个至十个的女人在说笑，都漂亮而随便的穿着西贡式的袍子，恰像一身绝讲究的浴衣。麦威走到门边，只一眼就把她们看清楚了，于是安闲的从她们丛中穿过去，先致敬那位女主人，那是一位眼神贞静的美人，正把她待吻的手向他伸过来。

她说："好呀国医。今天是什么风吹来的呀？"

医生答说："国医是为恭恭敬敬把他的敬意贡于雄辩家的座下而来的。"

每个女客跟前他都鞠了躬，说着粗犷悦耳的言辞，其次就了坐。这一来，他竟成了一切视线的中心。女人们都觉得他很能投合自己的心意，于是冬玄这个绰号便成立了。

他很坦然的，而且不住口的说。又有头脑，知道必如何而后可以取悦于女人们。天性本来就佻达，加之他还有意的要做作出来，在含情密语之际往往把这佻达当作了一件兵器在用；虽然大家随随便便的就看得出他是一个轻浮而带女性的人，但是又容易的，毫不怀疑的会拿他当心腹看待。

亚利特太太说："正是哩，我已经打发人来请过您了。"

"不舒服吗？"

"不是的，只我觉得太热了。美丽的十二月啊，酣？又不能到乡下去，正是犯罪最忙的时节。但是，不管怎样，您总得要打救我。"

"这直是一种小孩子闹的把戏。"

"您的丸药，是不是？您的药我已经没有了。"

他遂站起来，摸出他的皮夹："我就给您开一张好了。"

别一个女人说道："怎么，医生，您要使用验温器吗？"

"一定的，我要给她写一些表格，将就写在我这些名片的背后。"

他遂靠在屋角安处的一张独脚圆桌上，胡乱画了一会。及至写完，把名片放在那里，走了转来。

"好了。够您十五天用了，——这十五天您只管信托那家伙，每回它自会给您说明的……"

又一个年轻女人说道："啊！医生，请您给一个方法呀，看在上帝的情分上……"

说俏皮话的海孟便给她轰了回去道："单靠上帝的情分是不够的。但是，娇小的太太请到我的办公室来，什么都会满足的……"

他不再就坐，竟告辞而去，让那般女人们去笑。

一分钟后，一个好奇的女人走到圆桌前去看药方。

她说："嗨！麦威先生把他的皮夹忘掉了。"

亚利特太太安安静静的微笑道："麦威先生老是要忘掉些东西的。"

海孟·麦威依然微笑着跨上他的人力车。因为车夫们正看着他，便对他们说道："甲必丹马赖。"于是向皮靠垫上一仰。人力车又飞跑起来。

甲必丹马赖住在罗诺洞通衢与马克马洪街的角上——与总督署正对——一所西贡顶华美的房子。——这人是一位财务人员——因为甲必丹①这个字，在安南人的通行语中，是作为绅士先生的解释，并不含一点战士意义的；——这人是由于他的百万资财与他的素行而成为一个极重要的财务人员的。是三个银行的总理，各种政务会议的会员，好几处税局的征收员，重要而有力量，众人都要依赖他。所以他不是为自己而生，乃是一个完全依照美国规律而生活的男子，——并且是一个毫无殖民地气习的美妇人的丈夫。

海孟·麦威觉得他这个老婆很合自己的口味，所以常要找些机会来接近她。

马赖太太正在她的游廊上读书，她的丈夫也正在她的身旁。这游廊是一个绝精致的鲁意十五式的起居处，全部都是蓝的，还有好多镂空的白大理石的栏杆。一个金发少妇的美，一个极可赞赏，金发而沉思，完全一个侯爵夫人的美，便在这特为她而设的背景当中光华灿烂起来。

一个欧洲的男仆——这在西贡算是稀有的阔绰，——拿着麦威的名片进来。

财政家便问："您去招呼这医生来的吗？"

马赖太太把书放下，做了一个否认的举动。

丈夫说："那吗，他是来吊您的膀子的了。亲爱的，尽他去说罢；只不要乱收他的药……"

她的脸登时就红了。因为她的肌肤太嫩，而且是透明的，只要情绪稍稍一动便会红的。

———————————

① 大佐。　——译者注

她说："亨利，你想到那里去了！"

他忙在她额上印了一个信托的吻。

"我想……您是一个爱神般的女郎……我不陪您了。——几个税局都在催我去。且与您的先生留在一块去罢，若他惹得你厌烦，便惩治他。总之，要是他弄狡狯的话，倒也不是他的过失，这可怜的人。我亲爱的，西贡地方像你这样一个女人，本来也太奇怪了！"

他在楼梯当中碰见了麦威。

遂拿他惯用的简短调子，与他适才爱抚他女人时所用的温柔声口大为不同的调子，向医生说道："医生，晚安。请上楼，人家正在楼上等您。只是，不要用药，醋？我顶不愿意的就是您那含有哥加英的丸药进入我的家庭来，醋？"

麦威忙把手摇了摇。

"好，那就是了。——就少至一米厘格兰姆也不需要的。——吾妻现在还不曾发狂。要是您愿意的话，我们就让她没病没痛的照她原来一样好了。——请了。很高兴的得以碰见您。"

他举着一种壮健的脚步走了，——在大理石的楼梯上响出命令式的脚步；——头也不回的走了。

二

"甲必丹多纳。"麦威下来时向他的车夫们这样叱道。

适才的会晤没有经过多久的时间。对于一个防御甚严，几乎近于单调的女人，他算碰了壁了。

他蜷在人力车里，把通草盔的帽檐直盖到眼睛上，没精打采有一分钟，——种种思虑在他脸上流动得比海面上的清风还快。——但是一辆双马车经过时，他却赶快起身向车里两个女人打了个招呼。已经把他胸中的种种疑团排开了，沉吟着说道："瞧啦，大家多已出门；我多半会不着多纳了。"

多纳算是他在西贡最常往还而毫无意见，毫无戒心的一个人；但多纳既未娶妻，而身体又很好，——这两个因子都是不能把这位爱女人的医生牵引得去的。

不过，他两人的嗜好与生活只管背驰，而他两人的交谊却是极友爱的。

一般人都诧异这件事。以为乔治·多纳很像一个不好结交的朋友。乃是一个技师，一个数学家，一个正确与逻辑的饱和者，——要而言之，乃是一个顽固，鲁莽，枯燥，干着自私职业的人。女人们则恨他的大脑袋，恨他筋肉虬结的躯体，并恨他那炽炭似的两眼里所含的拒绝人的讽意；男子们则嫉他的聪明，嫉他那由才能与知识中得来的权威。他也本能的厌恶这般男子，蔑视这般女人。他在职务当中很是自由，因为他所干的事都很重要，所以他便由于厌烦而离开众人去生活，离开欧洲人住的城市，而隐居在西贡的下等市区里，为淫娃与本地苦力所构成的一个市区里。——乃至如医生麦威的车夫们，大抵自视甚高不甚与平民交际的，在这些声名不好的街上奔走时，也常要表白出一种神秘的乏味之意来的。其实，这些街仍是清洁，而种有树木，与西贡其他的街一样，看起来并不碍眼的呀。

这时候，昼热已在轻灭了，多纳午睡得过久，眼皮还不甚抬得起来，正鲁莽的在黑板上完成了一个数式。他的工作是在鸦片烟室里做的，——他于鸦片烟吃得不多，又有节制，如他所做的别些事一样，所以他自矜为一个极平均而鲜实用的人。

靠后的墙是石板砌的，也就是他的黑板了，一团团用粉笔画的方程式杂乱无章的交叉在上面。这技师正挺立着，为要达到更高的地方便耸起他的短身躯，拿起一种迅速的动作，在黑板的一端上一会求积分，一会做解析，一会求简式，飞快的在括弧中写出了结果的公式。末后，一阵海棉粉刷把式子刷去，丢下粉笔，坐在距墙四步远处的一张折叠椅上，转着一支纸烟，把答案凝望着。

麦威进来了，在前面引导他的是一个十二岁的安南孩子，行走时腰肢与臀部摆动得同一个女人一样。

"你在工作吗？"

多纳说："我做完了。"

他们并不互道日安，也不握手；这些动作在他们交游的仪节中是想象不出的。

"什么新闻？"技师在他折叠椅上旋转过来问。

折叠椅是这鸦片烟室里惟一的坐具。但地上却铺了许多柬浦寨的席子和稻草垫子，于是麦威便傍着烟灯躺下。

"费儿士今晚可以到来，"他说："他从圣杰克角打有电话给我。"

"很好，"技师说："大家可以去迎接他。你准备了些东西吗？"

麦威道："准备了的。我们将一同往俱乐部去晚餐，我是特为来请你的。不消说只有我们三人。"

"更好了……你抽一筒吗？"

医生学着本地人的语调道："没办法。这东西许久以来于我的成功很坏。"

多纳嘲笑道："当真吗？定是你的体面女友们在抱怨你，其后呢？"

这确是鸦片烟的一种特效，能够把多情人弄得冰冷的，使他不兴奋。

"她们老是在抱怨，"体面的医生如此玄妙的说："最可悲的就是她们并无过失。唉！亲爱的，我才三十岁哩。"

多纳说："我也才三十岁。"

医生遂拿眼睛把他瞪着，末后方把肩头一耸。

发出他的结论道："这在肌肤上倒不甚显著，而在骨髓中却极有效验。各部份都要衰老的。倒霉啊，生活总以值得生活下去才对呀。"

技师也承认说："何况我们的母亲在生我们之前并没有向我们咨询过……费儿士，他为什么到这里来？目前并不是时节呀。"

"他的巡洋舰从日本而来；没一个人知道是为什么。况且，海军的行动也没人能够理解的；大概费儿士所知的也与我们差不多，他那老而蠢的海军提督或者要好一点。"

多纳说："不知所行，不知所思，这才是文明哩。只要在条件之下不要我打仗——这自然太稀奇了——我尽可以答应去充任一名海军军官的……不怕军官这名字而被称为蠢东西的。"

"费儿士现在虽是海员，说不定也可以做别的事罢。"

技师说："不行。他是世代相传的海员。他曾祖一辈里头很有些带腰刀带望远镜的人，这事于他很有影响。所以凡是不野蛮，凡是用思想，凡是不挂肩章的职业，他通不能做的。"

麦威道："照你这样说，他那已故的母亲倒高兴了。因为一般考证家都认定她一直没有把她儿子的父亲猜出来的。"

"她当时有很多的男友吗？"

"她倒是不择人而交的。"

"一个与你同类的女人啊。"

"这是使她开心的，——也是使我开心的。"

他们道了别。多纳仍向石板墙那面回过身去，呆呆的把他那代数的式子凝望着，好像一个画师之凝视他刚刚创出的图画一样。

太阳以一种迅速而垂直的弹道向天边堕将下去；西贡是没有黄昏的。麦威估量他不再有遨游的时间了，遂指挥起他的人力车向江边走来，以便在江岸上去与那些从"检阅"地而来的马车相遇。车夫沿着小运河的堤岸上跑着，河里全被舢板与小帆船塞断了，末后走到湄公河的码头，才慢慢走了起来。泊在堤边的船舶正在下货，多少苦力都披着肩布在搬运大堆的箱子与酒桶。这一来，便只闻见一派海岸的气息，尘土，谷类，柏油的气息；但是西贡的香，如花与湿土，却也紧追在这人工气息的周围，虽然一直延到这纷繁的市区，而城之为城却依然保存着繁盛的痕迹在。落照把江水映得通红。夜是如此的柔靡，如此的美丽。

麦威他只顾去看那满马车所载的巧笑美丽的女人们去了，却没有看见在他身后的下流头，一只战舰正进了口，——一只又长又直，剑似的船，——四个大烟囱正吐着墨黑的烟。这烟平拖在水面上，实在把斜照的光辉障住了，只管说这是一幅由朱红天际曳下的黑幕。于是堤岸的沿边，正在开花的树，辚辚的车马，璀灿的装饰，顿时便都黯然了。

三

俱乐部中，晚餐已毕。

他们的桌子支在游廊顶端的两柱之间在，活络帷已揭开了，好使夜气进来。富丽的玻璃器皿，在电气花朵之下，发出了条条的虹彩，且有一条兰花与木芙蓉的覆道。吊扇在食客们的头上动摇着；天气差不多凉爽了，虽然从大开的门口看见餐室里坐满了的人，不少的声响，而在这廊角上却很有一种近于寂寞而几乎沉静的可爱的印象。

晚餐用毕。一般举止匆忙的仆欧便拿藤篮子端了些欧洲人所不认识的亚细亚的果子来：如豹皮似的斑纹香蕉，如威尼斯女人似的褐色檬果，如透明银色的勒西，如甜雪般的蒙古斯丹，以及血红的柿子，一提到名字便可使日本人解颐的果子等。

他们用餐时差不多是静静悄悄的；三个人中没一个爱说话。但现在，葡萄酒把他们的语言渐渐的引了出来，第一就是费儿士大夸他的旅行。他的两个朋友便拿起那种对于一个久别而远至的人而发生的好奇心来听他说，并定神的看着他。

他说着简短的语句，并常常住了口去寻思。这举动好像是他素来用以自娱的。他很年轻——不过二十五六岁，——但他却显得比许多老年人还严肃，还带苦味。然而他却生成一双很美的黑眼睛，合规的脸蛋子，细柔而丰润的头发，黯淡的容色，美好的牙齿，长手，低额，高而整饬的身材，轻细的腰肢，这些都是一个对于生活不烦恼的人所应有的。他都具有了。要之，他是一个古怪朋友，一身都在矛盾；——在同一时间，看起他来似乎又正经，又轻薄，又滑稽，又沉静，又顽固，又悲思，又冷淡，又热心，又佻达，——而在他所说的每一句话中，却又老老实实，没一丝儿说诳的样子。他的两个朋友对于他这复杂的气性倒颇能原谅，就是他这比起灰色来还常带黑色的气性，也因为费儿士的头脑到底有相当的平衡，纵然是不循正轨。而且在他那扫净尘滓的脑海里，理性是随意的存在的，成见与俗例的墙壁并没有筑起，而最残酷的逻辑也能在其间辟出一条坦道，达到无穷尽的地方去。

他说到结尾时，便道："好啦，我们常常把那畔的冬日换作这里的夏天。百分寒暑表上差到三十度。我知道有些女人对于这件事真个会死去的啊。"

麦威道："什么女人们？"

"那般女人么，都是多情而被弃的，她们在那一畔想到我们已逝的爱抚正在啼哭哩——正在悲哀哩。"

"你在长崎有过一个女娘吗？"

"岂止，凡丸山的女娘我都到过手。告诉一件为你们所不知道的，丸山真是长崎的吉原。也是一个正经而端方的所在，与其他的日本东西一样，其间有很多温柔娇小的女娘，都在竹篱之后拿她们的巧笑来牵惹游人们。大家都可以去看，去接触：看，一点也不花费，接触，便要花费一点儿。总共算起来，倒是又经济，又清爽，差不多也是可爱的。"

"如此说来，日本的变化并不很大啊。"

费儿士道："不然，变得却大。举凡风俗，衣服，乃至自然，都变成西洋的时下样子了。不过人种还是不甚发育，而日本人的头脑还是本来的面目。脑里的机械依旧是这样在运动，所发生的新思想仍是往昔的形式，——所以日本人都承认他们的娼妓并不像欧洲的娼妓；然而他们又不能使之酷肖，这因为他们的女人们都是保守的，他们种性中所讲究的害羞样子不知还被她们保守到多久哩，就叫她们不要再躲在掩闭的窗板后面，也断断乎不肯的，因为在她们看来，这样做才是合法的，是可敬的。她们终是生活在真实的当中啊。"

多纳很同意的道："决然的。"

"所以我曾把我的生活照着那地方的方式安排下去，——自然是不很热心的！——然而，到应该走的时候，猛然的，——就像我们常常走的一样，——又同我内心起了冲突，差不多要悲哀了。"

麦威说："太神经过敏了。"

多纳说："太年轻了。"

费儿士也承认道："是的，这是我的一种毛病。我是不喜欢别离的；别离之于我直像把我在强迫抓开，就是轻轻的一抓，也会把我的皮肤抓伤的。——罢！我们目前在西贡，就在西贡生活了罢。"

麦威道："这里却没有吉原。你该弄一个情妇才对，这在昼寝时算是惟一的，适宜的消遣。要是你时间宽裕，社会定可以供给你一个满意的选择的；但是像你这样一个脚跟无定的人，时而来，时而去，社会就成了一个有障碍的旅舍了，凡人到此差不多只有等之一法，并且也不能依着自己的口味去寻找。——有职业的人才留得下。白种女人不值什么，年纪也不对。我绝不劝你去找白种女人。反之，我们有的是大堆的温驯的安南女人，杂种女人，日本女人，以及中国女人：这都是年轻而新鲜的，不则也是美丽的。"

费儿士道："那我就找一个安南女人好了。我曾经明白的说过不应该把出国的生产品拿来滥用。——我就找一个安南女人，或是找几个。——我们且来谈谈这桩事体，并请教你们俩的意见。"

多纳道："不要问我的意见。女人问题是在我能力之外的……"

"那么！你是不住在那引人同情的市区里，什么街呢？……"

"嫩妹嬉街。我不怕说出这个名字来的，就是我们所在的地方。嫩妹嬉街，从前叫做三十号街，这是一个象征娼妇的意思。——是的，不过却与我无干！那风趣真把我桄触够了！"

费儿士吃惊的瞅着他。麦威软软的笑起来，两眼眯着，好似同一般女人们一面说丑话，一面向着她们在笑的一样。

多纳清清楚楚的解释道："我是以我的方程式把爱情系数减去了，因它随时都把算学上的谐和在改变；相乘之项因就过度的增加起来；而全生活遂也变了样了。另一方面说来，是何等的困难，要使社会上一个顶文明的男子，而禁抑爱情，而保留女性！顶简单的就是使之彼此相消。这便是我所干的。"

"你在禁欲吗？"

"不，我并不筑堤遏水，我只是疏导它。"

"疏利吗？"

麦威遂用着一种极温柔的声音道："亲爱的先生，他正恶俗的在需要着一些点子，当那 i 字母还没有分明的时候。您断然不知道我们是在梭多门城里的。"[①]

费儿士并不惊异，只选了一支雪茄烟，拿来吸燃，吹着同样的螺旋纹。这西贡的变性恶德并不令他觉得可厌。

他说："这倒是一个方法。不过在我的食谱中却不知道吃这种面包。也太过于了，或者，是的……"

"大概人总要在这里吃一顿的。"

麦威咕噜着说道："却不是我。我曾经试过；多纳的数学理论是正确的：女人们是生活的障碍，——是我的生活的障碍；然而我又不能，……不能把我从女人们手上摆脱……"

---

① 梭多门乃巴勒士丁之古城，因其过于富庶，而风俗极恶，遂为天火所毁，此故事见于《圣经》。在法文中，梭多门如是写 Sodome，而男色一字又如此写 Sodomie，此语不但双关，指西贡男风之盛，而上文 i 字母一语，亦可明其意矣。　　——译者注

多纳遂站了起来道："你们两人都还没有达到顶点。你们是文明人，但是还不很够；比我差一些。罢！就照你们这样子已算是对的了。"

他们出了俱乐部。

四

　　这是一种西贡的夜，繁星灿烂，热得与西洋的夏天一样。

　　他们乘的是麦威的双马车，一言不发的走着。街道直似一条园道，两畔的树木合成了穹隆，电灯泡便悬在丛叶的当中；——如此的清静，如此的寂寞；西贡也只是个平常的都会，夜里的热闹，仅限于域内的一条街，喀底纳街，——以及在少许别的秘密地方，为一般正经人所不愿知道的地方。

　　喀底纳街是正经的浮世繁华之所，——然而也是非常放荡而不拘的地方，这因为地方政府的法律与气候都胜过了移殖风俗的原故。在电气街灯的生涩光下，与夫蒙有绿蔓和带有花园的廊屋之间，一群群的杂色队伍拥过去拥过来，各找各的开心。各地方的人都有：一般欧洲人，尤其是法国人，都带起一种征服者的骄态与一般土著人交臂而行；而法国女人们则都穿着绸袍，在许多男子的馋眼之下，扭着她们的肩头；——有全亚细亚的人，北部中国人则高大，无须，而穿的是蓝绸衣，南部中国人则矮小，黄色，活泼；印度斯坦人则贪婪而诌媚；此外便是暹逻人，柬浦寨人，南圻人，老挝人，东京人；——一言蔽之安南人，男的女的都是一样的装束，骤看起来简直无从分别，久后，大家也假装着不去分别了。

大家都不忙不慢的走着，带起为白天酷热所困的倦态，且笑且言。大家或打招呼，或互相挨擦，女人们便向你们伸出热度高得以致润湿的手。各种强烈的香气直从胸臂间散出，而扇子复将这些香气搅混了，扇到各人的鼻端。一种肉感的乐意膨胀在所有的眼睛里，而同样的思想直令各个女人都红起脸来巧笑，这是什么思想呢？便是想到在白色常礼服的薄薄帆布片之下，以及在浅色绸袍的轻细绸片之下，什么都没有，也没有腰袱，也没有裙子，也没有半臂，也没有衬衫，——一想到大家都是赤条条的，一想到所有的人都是赤条条的……

多纳，麦威，费儿士在喀底纳街下了车，坐在一爿大咖啡店的露台上，可以看得见游人的地方。

仆欧们都跑过来伺候，格外带起一种奸猾的恭敬。

费儿士吩咐道："拿罕钵士来。"

人家遂给他拿了几篓香槟酒和七瓶不同样的烈酒来。并把所有的酒瓶都接连的向各个酒杯里斟了些。一滴一滴的斟，这些烈酒初斟下去时不住的跳荡，然而并不混合，一层一层的凝滞起来，被酒精隔着，判出了各各不同的颜色；——罕钵士乃成为虹彩了。——斟完，费儿士便一气喝下，仿佛一个酒狂似的。麦威却斯斯文文的，用一茎麦草，一层一层的吸去。多纳说这是一种练习味觉的东西，应该把所有不调和的酒精杂然喝下才对，犹如一个同时听闻各种乐器的音乐师。

于是他也照费儿士一样的喝了。

麦威伸出双手向游人们做了个揽抱的姿式道："哪，这就是西贡了。——看啊，费儿士！看这些黄色的，蓝色的，黑色的，绿色的，——乃至白色的女人们。你以为在她们各色中间都是一样的吗，你以为大地之上到处都遇得见吗？那你便错了。这些她与那些她岂特表面不同，就内中也不一致的：好在她们都不做假。都是卖的，——如在欧洲一样，但必要银子才卖，凡是名为欢欣，虚誉，荣称，柔情等等空虚而复杂的钱币却是不卖的。——这里的交易是露天交易，而价格又是列了表的。凡那螺钿色的光臂全是些淫乐的项链，都预备着挂到你头项上来的；我每每只赶我喜欢的拣一个。——就在今天，我尚把一个有相当价格的钱夹子留在我一个情妇的壁炉檐上，而每个月里，我都要忘掉一个钱夹在我曾经选中过的所有的人家里的。——这是女人们的生意；顶美的姻缘，也是世界上顶无耻的；至于顶文雅而惟一值得勾引的买主们，便是我们这些无法律，无信仰，更无道德成见的男子们，这些人都是至高性宗教的信徒，于是乎西贡就是他们的庙宇。——我刚才骂过这庙宇，说女人们阻碍了生活；实则这庙宇的家具是她们置备的，帷幕是她们张起的，就是安排给一般正经人去居处的也是她们。我自然也应该向她们租佃一间华美而盛设的住所，以便我的自私心可以方便一点；而在这住所里，除了头痛的日子，做噩梦的夜，我是常常酣睡其中，比故去的孟歹尼之在他的怀疑枕头上还舒服得多。"

多纳道："还不完全。"

于是他也伸手向游人们做了个揽抱的姿式，游人们仍继续着在缓缓的游行，仿佛正跳着一种缓慢的胡旋舞。

　　说道："西贡也是世界上的文明都会，得亏有它的特别气候，与夫聚会在这里的各种人都还没有成见。费儿士，你是懂得的：各种人中皆各有其法律，其宗教，其廉耻的；——从没有两种毕同的廉耻，毕同的法律，毕同的宗教的。——这些人民一旦聚会着，只是迎面一笑，而所有的信仰便从这一笑中跑掉了。从此，除去枷锁，脱掉羁绊，依着一种良好的规程而生活起来：以很少的努力而获得绝大的享受。人世间的尊敬断不能拘束他们，因为各人在思想中都自视得比其他的人高，这由于肤色不同的原故，——很像是孤独的生活。然又与游历家不同：——实是世界的通例，又是一种为社会约法所欲提防，所欲曲挠，所欲禁止的种种本能里头的合规的与内心的发展。一句话说完，这是文明的大进步，而为适才说的那般人独自在地球上要达到幸福的惟一的可能。他们缺少智慧，所以不能。我们依傍着他们在生活，而我们倒可以达到，——我们现在竟达到了。这只关系各人的愿欲，不必虑到什么，也不必虑到他人，——更不必虑到世俗赐名'善''恶'的有损无益的幻想。有人想尝试女人们的爱情么？那他只应想到一双温馨的小腿和一只润湿的嘴唇所合成的天堂，绝不要疑虑到什么贞节，忠实。——我曾为我的本分把那些旖丽的和数与超越曲线选拔过吗？是哪，我是做算学的，而我那亲信的小童并不使我操心，到应该的时候，他自会把我安顿得平平静静的。——至于你，我并不怀疑和我们一样，自有你那合法的情欲，或是你那明白事理的奇癖，不过我却坚决的相信你要是达到了那绝对的幸福时，一定会毫无顾忌的一纳头只去憔悴死了。"

费儿士道："最好就是能决然相信一些事。"

他们又喝了几杯罕钵士，便一同到戏园里来。

五

　　"全西贡的人都在此吗？"费儿士看见那些包厢空有一半的光景，遂这样问。

　　麦威道："全西贡的人都在的。这戏园是太大了点。组织得却好，并不甚热，——平常，堂座几乎没有人。但今夜第一等的热闹：因为有一个初次登台的歌女，只管是不甚高明，她们本来都是这样，然而来看看她，来听听她，总算是好嗜好。"

　　他遂仰靠在大软椅中，也不留意开幕，也不留意戏子们，只道："我来当个向导好了。"一面拿指头很轻薄的一厢一厢的指示给费儿士。

　　"靠台前的右边，在三色旗座之间的，是印度支那的总政务大员，在首都虽只是个寻常百姓，而在这里却是共和国的独裁者，或称之曰总督。是哪，正是这个鬼脸小老头子。他邻坐，那个带有历史风度，而相貌尊贵的老者，惜乎我不认得。"

　　费儿士道："那是我海军提督，多儿危叶老爹。"

"原来是新的，那就是了。我继续说下去好了。靠台前的左边，与那政治军事权威者正对的，是经济财政权威者，顶有地位的：这个锋棱四露的大畜生，口里的牙齿是狼的，两只手可以造出恐怖来，其名曰马赖先生，是一个米商，茶商，鸦片烟商，而且是我特别的仇人；他有四千万金元的财产，都是从不义中得来的。身旁是他的老婆，头发的金黄，脸颊的玫瑰色，身材的婀娜，是这里不容易看见的，而且不幸的就是太贵，为我的钱夹子所不能支的：若不因此，我的钱夹子当早已忘掉在她游廊的茶桌上了。我们再看过去罢。正对面那些包厢，都是一官半职的人们：左边，那个穿绿锦绣边衣服，在阔袖当中可以想见有一双棕色小手的，是惹伦·贵阳何克小姐，为堤岸一个新佛的独生女，她的父亲直是一个奇怪而神秘的小动物，表面上不知他是不是欧洲人，实际上也不知他是不是亚洲人。右手，是我们的副独裁者，政府副官长亚培尔，坐在他两侧的是他的长女和他的继妻，对于这两姊妹的去取是很容易的：一个美丽，一个丑陋……"

　　费儿士审视了一番道："美极了，那个美的；简直是一尊雪花石雕的斯梵克斯，两只黑宝石的眼睛……"

　　"小女孩子哪，她的继母又是不够做模型的。没有趣味。再看过去一点，你可找着了那些受过教育的美人不曾：那个身穿葵色衣服，头戴黑珠帽子的，就在那个柠檬脸色，可笑的法律家的身旁……那就是亚利特太太，一个狡猾律师的老婆，她自己也是个狡猾的。"

　　多纳并没有旋过头来，只坐着说道："麦威是被付钱时而后知道的。"

医生分辩道:"我不是被人付钱的;我倒是出钱的……目前我还在出钱哩。罢!那个鬼真体面,令我顶开心的就是在我的枕头上去看她那副贞节的面容。我刚才已向你说过:这里的女人们都是定了价的……醋?"

他把脸掉到戏台上去了。

那个新歌女,自然因为声音嗄了,正歌唱着,猛的住了口。茫茫然把两只动摇的手膀也停住了,一面是戏台上伙伴们得意的讥讽,一面是戏台下看众们狡猾的好奇,简直把她弄呆了。原来这是一个褐色头发,眼噙笑意,体面而丰腴的女郎。

一个哨子响了,笑声也就四起。啊,不是哪,这个新歌女原来并非声音嗄了,极其简单的知道:她根本就没有声音,一丝声音也没有;她有的是别的东西,有的是一双可爱的手膀,一副圆肩,一部肌肉丰美的后臀,并且她之到西贡来,自然也只希望有这些就够了。老实说,在西贡,除了这些,也没有多余的要求的。不过今夜却因一个音乐之魔在戏场内捣鬼,所以戏场的空气硬像要这女郎来唱一番才对的一样。

那个女戏子冷冷的定了定神,便曳起裙子走过背景去。到戏台侧面止了步,掉过脸来,发出一句粗暴的话。但又太高了,她竟自狂野的把音调改变了,全不管那音乐台里的事。哨子又打了起来。她遂换了一个方向站住,把两拳撑在腰穴间,淡然漠然的用着一种取媚于那般含有敌意耳朵的,极其温柔的声音,说了一个 M……,遂转过她的背去。

一霎时沉静得闭气。但立刻忽有一个人疯狂的喝起彩来，这个歌女比什么人还吃惊，张着口旋过身来。她方看见一个漂亮的美少年，一面拉着他的丝手套。一面拿起一种吞人的眼睛把她注视着在，于是她便柔媚的，在一种恭敬的态度中向他送了个吻去。麦威着了这一吻，仿佛挨了一鞭似的，顿时就向他的私欲中钻将进去，急忙从他的衣纽上拔下一束兰花，掷到那女郎的脚下。他们遂含笑相视，仿佛他同去睡觉的事便如此决定了。

其后，这出两角扮演的喜戏竟发生了一种别的价值，看众们很觉有趣，都笑了，并立刻拍起掌来。男子们的眼睛里冒了火，拿起手肘来互撞；女人们又轻蔑又嫉妒的，但也把她们的花朵向这女角抛去，好叫人家看不出她们的嫉妒来。这一种舞台成功的举动，两个情人都得分担的。

然而麦威却自己问着自己道："她是谁呢？她叫什么名字？"

一个看戏的人便热心的来答复了他的问题，似乎身与其事是非常荣耀的一般。

"先生，她叫做海伦·李赛隆。您可惠赏我这张戏单吗？先生。"

费儿士道："李赛隆吗？那么我是认得她的。去年，在君士坦丁堡，她还是我同僚硕斯的情妇，当大家相信他是被一个保加利亚人在狂忿中刺杀了时，她毫不踟蹰的便在自己胸下连打了三手枪，幸而一枪都没打在要害上。大家遂把他与她一同抬到医院里，他们互爱极了，众人都说他们会结婚的，就是看护人等也为他们的柔情而哭了起来。然而三个礼拜之后，他们却分携了，——一直误会到死，——至今不知道为的什么。"

多纳道："很好啦。"

麦威正不闻不问的在一张名片上乱写，写毕，又低声念道："医生海孟·麦威启请佳人海伦·李赛隆在下一刻钟允诺以其马车由辽远之途送之返寓。"

他又说："现在，可以出去了。我招待你们；你，费儿士，特别的：请你度第一次西贡之夜，如我们这般人一样通夜的不睡。我们把那迷人的女人叫去，先到堤岸，那地方与我所安排的佳会倒很合式。堤岸之后，就随便走。照着那般顶正经的人，打算使我们看得见次日的黎明。"

他们便站了起来。费儿士到末后还向各包厢看了一眼，——看到亚利特律师，似乎比刚才还更黄些；看到他的老婆，虽于她情人当众吊了别个女人的膀子后，仍然是那样贞静而安闲的；看到亚培尔一家，依旧凝神的在看戏……那个极像一尊斯梵克斯的少女还是那样岿然不动的，致令费儿士又想到一个嵌宝石眼睛的雪花石的雕像。

正要走时，他复向麦威道："我亲爱的，你真不该把这个女孩子忽略了。她委实的要算是这广厅里头顶美的女人。"

麦威大笑道："那个小亚培尔吗？你的下女多哩。"

然而他却呆看起来。

以前他不曾注意过她吗，抑或他所惊的是一种不甚普通的美与他的眼睛不适吗？或者竟如事后向人承认的话，是为一种机灯的弧光所眩以致麻木了吗？他显然变成石头了。身体上没有一部份在动。为费儿士所执的那只手也毫无感觉的垂着。真应该打他一下好叫他原神回舍啊。

他的两个朋友很操心的看着他；他只好把那双感动的，褪色的眼睛向他们低垂下去。

并拿起一种极其微弱的声音嘘道："这个偶像。"

举手把额头一拂，什么都不说就伸手开门去了。

但是，一到门外，好像什么都没有，仍用着他自然的音调说："老实的，不错。这时还不过是一个顶年轻的小女郎。而将来倒是个顶美丽的太太。"

六

安南的马，大都其大如驴，其活泼如栗鼠，拖起马车来，又在跳，又在跑，完全是一种疯狂的行动。土著马夫更放纵着他的畜生，这因为街道又宽，又没有人，又有电灯的光。又因为白种人是胡行乱为的，所以他绝不从御者坐位上回头去看他们一眼。

他们在戏园门前等了好久，麦威压不下他那秘密的不安，遂焦躁的走过去走过来。其后，那歌女才迟迟疑疑，不甚情愿的走了来，他便饥渴似的向她扑去，拖过她，像一个俘虏似的。他们四个人都跨上了那辆极狭小的马车，表示都很简单，大家没一个说话的。

麦威渴极了，尽先抢住了那女人的嘴唇。她也老老实实的回报过去，一点不客气。他们遂一直搂抱着，车子一摇簸，两个人的牙齿便顶撞起来；——然而多纳与费儿士却冷冷的把他们瞅着。

多纳点燃了一支纸烟，点时很是小心的怕烧了人，因为车里太拥挤了。费儿士看见海伦·李赛隆的一双手软软的垂在一边；他遂抓过来，摸弄了一会，又弯下身去，把嘴唇紧接在那手心里，——其后，让那双手缩了回去，只梦似的凝视着多纳的纸烟，这在夜色里俨然一盏小小的红灯。

马车出了街市，进了花园，——这是地球三大陆上惟一的园林。他们四个人全都微颤了一下：一派亚细亚的气息，即是花，胡椒，野牲，腐气等等的气息，好像一派沼气似的腾起来，——把他们全笼罩着了。一丝风也没有，但竹叶依然在作响，其声清越，竟似这两个长久拥抱的情人之在接吻一样。一般虎，豹，象，换言之一伙被囚的畜生，在它们的圈里睡得不很好，当马车走过之际，都在荆棘丛中，看不见的铁栅栏后，暗哑的喷嚏着；鼻头上的呼啸，眸子内的磷光；拖车的几匹马便都嘶鸣着，跑得更要快些。

其后，便是以大渠为限的园界，以及粉红砖砌的桥；水流得如此的静，如此的黑，高拱的桥梁仿佛是凭虚跨过的一样。田野便从这里开始，——许多土著人的茅庐，矮得令人在夜里竟至看不见。

海伦把她的嘴从海孟那畔分开，哼了三句大家所不懂的话。多纳与费儿士只好向着车外看有一分钟之久。其后，费儿士又倾着身在多纳的纸烟上接个火，两个人似乎都不注意。——那个被人看得见的一双手膀抄在情人头上的海伦正以一种缓而合拍的动作自行摇着，而且在喘气，而且在呻吟……一辆迎面而来的马车在灯光里和他们摩毂而过。其余的车也接接连连的走来。路是向左转的，并一直通到公园的园道上，两畔是青草地与矮林。这里就是所称为的检阅场，——换言之，就是西贡的刺球花，时髦的风气都作兴在夜间到这里来游行，和白天一样。——许多的灯笼放出了一派朦胧而间断的微光。马车都两行的徐徐转着；彼此都辨得出面目来；不过都谨慎的互不为礼。

海伦腰肢一扭，把手腕撑住，站了起来。她强烈的呼吸着，并自己扇着颜面。费儿士正正经经的伸过手去把她袍子上的褶给拉下来；因这一伸手忽碰着那少妇的手腕，她便把他的指头紧紧捏住，好像借此才可把那还在兴奋的神经弛缓得下去的一样。麦威此刻已把他的头仰在靠垫的角落里，死人似的毫不动弹。

稍稍过了一会，海伦才说："太蠢了，这般人都把我们看清楚了。"

同时用下巴把那接连不断的车子一指。

多纳把肩头一耸道："您自己去看看他们好了。"

原来每辆车里都有一个男子同一个女人，——或是两个女人，——有时又是一个男子同一个娈童。——凡这一对一对的。没有例外，都紧紧的搂着在，实则在太阳西下以前他们早已这样干过了，并且还做出千百种放荡的行为，而夜幕只不过给遮了四分之三的光景。

海伦·李赛隆遂道："美丽的城啊。这是革命的呀。"

费儿士拿起一种又轻蔑，又宽仁的态度说道："但也不尽然。这不过是纯任自然而已，却也给了那般主张有羞耻本能的怀疑家一个好例。不过，我亲爱的，凡是把那有关于爱情与性欲的事看得过于神秘的，到底是一个有成见的傻子。这事且待向后再老实的同您细谈，我想您或者不是那种傻东西。我与我的许多朋友在这事上都不弱。好啦，既然这里走过的人事不令您高兴，就不必去瞧，且来听一桩确乎是历史的故事好了：有好几年，因为造化小儿与嗜好忽使我与一个名叫罗多尔复·哈夫勒的成了朋友，这是一位完人，一位外交家。那时哈夫勒正有一个美丽的情妇，是他顶心爱的，他常向着我说她的好处。末后竟把我说动了，使我也爱起她来。哈夫勒虽是察觉了，却不能证实，因就拿出种种为我所不知道的手段来顽弄我。有一晚，请我去晚餐，只有他与他的情妇共三个人。餐后，我们两人都相当的微醉了，他遂转到吸烟室去抚弄他的钢丝琴。他是顶喜欢音乐的，我有一次看见他顽得连雷也不能把他从琴台前抓开的。于是他抚弄起来，好不沉闷，直令我们到尾都没有去听它。——风流事就在一张极软的土耳其长凳上完成了。我相信那张凳必不是随随便便放在那里的。"

多纳道："我倒希望是这样。但你的这位哈夫勒直是一个腐败的漂亮人，而且是理想的骗子。假使他是一个纯粹的文明人，没一点做作，他就该明明白白的向你说：您要她吗，拿去好了。——曾记我在柁菲伦山的撒色喇日栈桥工作时，有两位至今我还在称叹的伙伴：都是被昂染山崩下来压死的。我们三个人都年轻，而头脑也强固，荷包却都是空的，我们打伙弄了一个女人，只这一个：是我们用了少许的费用从格鲁卜城弄来的。这并不算一回大事情，——我是就脑经而言，——于是把她安排起来。每夜，我们中的一个去同她睡，——充当丈夫职分。——每当傍晚时，我们四个人都挤在火炉角上。——那里比这里冷得多。大家研究着重学与分解。那女的只能听，不许开口。到了半夜，为赔偿这损失，那个前夜的情人便展开一本动情的古书，向她念起来。不过这并不久：那些蠢字句对于这小东西的影响很像教堂里的讲经说法。还没有翻到两页，她早就骑坐到她的情人——值日的情人——的身上去了。并且我得请你们相信我们确是毫无参差的终结了这场聚会。真怪啊！我一直不知道弄出些口角是可耻的，而且也不明白人们既要来干这些事，——或即干些类似的事，为什么又要自己隐匿。"

李赛隆又抬起身子特为来注视多纳。

"您真是个可憎的，"她如此说了；——又娇婉的转过身去对海孟道："是不是哩，朋友？"

"唔。"麦威以一种低微而无生气的声音吐了这个字，——这是人们毫无所闻而随口答应的声音。他依旧颓然的仰卧着，暗陬里竟看不见他的脸。费儿士眯起眼睛去观察他；却听见他呼吸得又匀称，又安舒的。

多纳向马夫叫道："堤岸。"

他们遂离开了散步的园道。几匹马都飞跑起来。道路萦纡在许多树木之下与许多不透明的短篱之间，顿时就黑暗了，荒凉了，寂寞了。他们在沉睡的荒野中跑了好久，一到林界，才走进了大平原。

一至他们只有自己一行人时，就不再言语，——平原的黑夜确是能令人心静的。然而平原倒不甚黑，繁星之下是有微光的，这里本是一片光地，没一株树，没一丛草；但是就在这平原中间——坟原——人也是不想多言的。一眼望去，直到四围的天边，地上全拱的是成列的小土堆，都一个样子而彼此挨连着，若干握的骨灰之下又睡了若干握的骨灰，大抵都是陈古的，无名的，被遗忘的，虚无的，——也没有一片石头，也没有一块墓碑。远远的间或有一块残砖，一块生苔的灰色石。然而望不完的老是那同样的坟，——无数的：亚细亚的死者都永远的各有它一所悲哀的定居；人家也不驱逐它们，就在若干世纪之后也如此；间或一些老骨头不得不让些地位给新骨头；大家都平平静静的相依着，所以从他们领地经过是很长的。

到半途，因为熄了一盏灯笼，马夫把车停下。一点钟以来他们都异常的静默：死原之紧压着他们好像一幅殓尸布之蒙在尸体上的一样。——多纳把他麻木的形态振摇了一下，并倾着身去看外面的光景。百步远处，有一些灰色的东西耸映在墨黑的天上，——是一个形式不具的建筑，孤立在万冢丛中，本身原也是一座高坟：此乃亚得郎主教的埋骨之所，多纳因高声的提说起它的名字，用作谈资，然后一片人的声响才把这难堪的岑寂打破了。但大家都不回答他，而马夫已鞭起他的马来。他们又走了很久，费儿士几乎睡着了，很乐意的梦见他们正迷失在哈歹士的迷宫中，然而他们却猛然走进了生人的世界……

他们果然忽的走入了人的世界，好像乍从隧道中突出的列车一样。堤岸竟在黑暗中猛的显现出来，确实涌现在他们的身畔。毫无可疑的他们是到了一个城市的中心来了，——一个非常亮，非常吵的中国城市，它有的是生意鼎盛的商店，有的是大如南瓜的竹灯笼，有的是镀金的招牌与门面，有的是飘着鸦片烟气与腐气的蓝色房子，还有点着风灯的货摊，一言蔽之，在这地方，凡为我们所不知名的种种食品都是有的。街上满了的男子，女人，小孩，都拿起一种欢乐而嘈杂的动作在叫唤，在笑。男子们一律的留着结丝绦的长发辫，而女人们则发髻上全灿烂的绿玻璃的首饰，——因为他们是中国人而非安南人。堤岸是没有安南人的，也是为什么这西贡的支部不是一个棕色的，文雅的，幽郁的城，而是一个黄色的，繁华的，俗气的城，与广东广西一般南方式的城市一样。

马夫挥起长鞭把行人辟开，几头马也挨挨挤挤的走着。多纳吹着号，费儿士伸出他的手杖把一个自己投在车轮下的孩子赶开。大家都把那饱满的精力与元气回复了，带起一种从乱冢与岑寂中逃走出来的迷信上的轻快。麦威猛的在他那麻木状态中苏醒了，又拿起他自以为温柔的迷人样子亲起他女友的嘴来。经过了多少行人的阻碍，然后才走到那时髦的酒店。他们于是就饮食起来，兴高采烈的。

多纳叫大家注意已是侵晨一点钟；并注意这时之于堤岸正是寻欢的时节，而且大家尚不曾醉，——被酒精，被鸦片烟，被别的东西所醉。费儿士立即选了些烈酒混合着喝了起来，因他早已观察清楚这地方是不适宜醉鸦片烟的，醉鸦片烟必得一所玄妙而清洁的烟室，同那吸海碘差不多，必须在寝台中，同在一处的情人的嘴上，头上还得悬有绣花的床帐才行。——他先将酒杯举在灯光前，把混合的颜色审视了一番，然后才简单的喝了起来；及至把空杯放下，尚蹙起眉头，把脑袋偏在左边，呆呆的将酒瓶瞪着，好像一个画师之注视他的调色版一样。

多纳对于一切过度的东西都是不能受的，因耸了耸肩，只要了一种清冽的香槟酒，这对于有急性与急智的人是再好不过的。麦威却低低的向仆欧头儿说了两句话，叫为海伦预备一种不调和的微甜的冰冻饮料，喝起来像水而又不妨碍的东西，——麦威自己只要了一大杯棕色而不透明的浑东西，香得同胡椒一样的。医生咳了两次方把这一杯喝空，霎时间，他好像醉极了，有适才在马车中和他的情妇欢好了第一次之后颓然而卧的那等轻快与舒服的样子；——于是他立刻又把那少妇挑逗起来，害羞的观念，竟像着了魔似的，完全溶解在她所喝的东西中去了。

都醉了，各有各的醉态。多纳把玻璃器皿打破了，费儿士因一个仆欧敢于瞅着他笑，便拿手杖把他结实的打了一顿。

他们胡乱的撞进了马车，在马夫身影之后拼命高唱着回西贡来，而马夫仍微含讽意的坐在他的高座上。——他们从这条有芬芳木兰花的路上回去了。

七

到了西贡之后，他们不晓得是怎样的下了车，一面歌唱着信步走去。

"妙事，"多纳听他唱的一首顶淫荡的曲子中止了，说道："妙事就在乎人家竟不知道他自己在什么地方。文明人的特别处，在白日顽弄智慧，夜间顽弄疯狂。应该都来一点儿。"

他又唱起一阕新词来，这不消说是一阕近代的心理文学作品了，这东西把那放荡的地方描写得很明白。

在他们这种精神状态中，他们的游行是必有一个极自然的目的的，这目的明明白白是与多纳所住的那一区相接近的。但他们都迷了路，及至走了很远之后，才大惊一跳，原来已走到是时业经十分荒寂的喀底纳街的中心。头一个察觉了这错误的是麦威。

他道："嗾！人家要走的并不是这里呀。我当真迷了心了。我住处只有两步远，回去好了。这时我所需要的只是一张床。"

他把他情妇的身躯紧紧搂抱着，两个人把嘴联在一起的走，像这样是非跌倒不可了。

"你醉了，"多纳说："大家不要离开。都跟着我来。"

他便走在头里；本应该向下街走的，他反而向上街走去。一头猫被他们的呼声所骇，从一家门前的暗影里跳将出来；海伦吃了一惊，嘶声的叫着，于是走在末尾的费儿士便向那逃跑的畜生头上一手杖打去。那猫的腰被打折了，便滚在地上，多纳回身一脚，把它结果了。他复把猫尾捉住，轮转得像一个风车，并把它高高的抛出一个圆圈来。然而他们却来到大教堂的跟前，驻了步，非常诧异的不是他们所相信的地方。

"这是自称为上帝的房子吗？"多纳忿怒得好像一个麻木不仁的丑角，大吼道："这所房子太冷酷了！"

遂把这死猫抛起来，对着教堂打去。然后，他才凝神把方向打准，向那相反的路上走去，——其余的人仍是无目的的跟着他。他们毫不回头向身后把那傲然沉在夜色中的一对塔尖看一看。

这一次，他们算走到了。此时全城都已睡熟；惟有这里，各家门户仍然大开着，红灯灿然的，并且到处都发出一些醉人的狂笑声。胜利的多纳又嘴刮刮的说了起来，自承是一"衣其邦"的向导，——换言之，就是第一号，——毕竟欢乐的世界是向他们展开了；他们便说了一句《天方夜谭》中常用的咒语：色撒门……费儿士因夜气增起了他的醉意，竟一言不发的，然而于这句咒语后，他却回答了一句话，说是要顽日本女人。他们因就向一间颇有田舍风的白房子里闯了去，中间围坐了好些顽具般的小姑娘，披着大花袍子，都极有礼貌的抿着嘴在笑。

费儿士是认识日本人的，遂选了一个顶美的，跟着她到小房间去，那里异常的干净，以致他一到门口竟敢于脱去他的鞋子，她于这事深为感谢他。似乎这是一个受过良好教育的男子，因才知道日本的习俗。他们谈了起来。她甚为奇异的听着他说，并颠倒于他那沉着的声音，一面又谨慎的在她满涂胭脂的嘴上噙着她那忍耐而正经的笑。

他的日本话说得很好，她做出赞叹的脸色。因把名字告诉了他：叫做阿打克·桑，译出来是竹样；他只懂得阿打岂·桑，译出来是泷样，这一来令她笑出了眼泪。她把年龄也告诉给他，才十三岁。她恐怕他觉得她太年轻，晓得在欧洲的女人们都非等到老了才不致"像极干净的节样那等干净"。但他却向她解说在香港时颇尝过些年甫十岁的中国女人的异味，而她之在他看来简直像个大人了。她于是就坐到他的膝头上，他们做出好些动作；他是主动，她只是努力的在照着做，恭顺得直是一个极听话的小女孩，——一直到这时候，就是那动作变得使她想象到那些恶劣的事上，因而便厌恶的反抗起来。这一来，他倒大笑了，并向她发誓说决不拿她"当作一个法国女人。"然后她方答应了那些天然的把戏，虽然方向是反的，且努力假装出不但是一种不适合而且还不大像的狂欢，并假装出一种不要人笑的平淡的口味来。

当他两个人回到广厅来时，里面正闹震了。原来麦威刚才喝了一杯薄荷酒，更醉了，被一种异样的想象鼓动起来，正热切的拉着那个吃惊而号哭的海伦，要与她做这变性的媾合，几个日本妓女都惊呆了，只是蹙着眉头。费儿士才把他们劝开了，虽他自己也曾着手要向这路走去，虽他自己也曾着手要看这样的两个竹样。他们到底出来了，而为日本女人们所最厌恶的多纳尚在门外等着在，他们遂跟随着他；得亏了清冽的香槟酒，所以只他一个人尚认得路。

他们又走到一条黑巷子的深处，一家用腐草朽木构成的酒馆，——这比惨剧中的一个酒家还要古怪些，还要悲哀些，——就是那用横木支撑的两扇门便有一种抵御刺客的气象。也尽可以相信，进去后，自己就不免是一个刺客，因为地上，——泥污的光地，——正横躺着一些人体在；不过这都是喝醉了的人体。

左边与右边全是些好像大公馆大门内的狗窝；原来都是那卖爱情的房间，——大家都喜欢到这些猪栏里来。大家欢喜的就是这一伙在地上滚转，而起初颇难分辨得出的女性，这由于那一盏常近于熄灭，而烟子极大的惟一的洋灯光太弱了的原故，不过总看得出是些女人，年轻的也有，老的也有，老的极丑，但是并不多，而经验倒极丰富。女人们都喝着米造的烧酒，且常同着一些孩子，虽然还正青春而颜色已在衰败的娈童们，——是含有地方性的变性吸引物之一，——在嬉戏。

为销磨时光起见，这地方还另有一种吸引物；不过目录上却想不到。——靠墙坐在地上的还有一个男子；——一个西洋人，法国人。谁都听得见他这咕咕咕的笑声，一如母鸡唤蛋的声音。他没有喝酒，也没有抽鸦片烟；既没有顽女人，又没有顽娈童。——什么都不，只是拿起一对无光彩的眼睛对直的瞪着。这地方是他在世界上觉得是最舒服的独一无二的地方了。——他瞪着，笑着，麻木不仁的。

他们，这伙文明人，走进去时，都认识他，——由他们中的一人而认识的。他的名字叫克老得·罗舍，以前曾是殖民地上一个顶可怕的新闻记者；他的一管笔寒过多少总督的胆。今日，老了，才四十岁呀！——毁了，空了，完了，蠢了，——然而由于他曾经指挥过新闻纸的威力，至今在西贡与河内的三四家新闻中到底还当着一个主人。他常自夸他的全部生活，就在清清楚楚的临终时节，他还要自夸他是没有上帝，没有主人，没有法律的。

唉！他倒好好生生的生活过啊！照着那种方式；——无成见，无约束，无信仰的；——只是随心所欲；——随他那自由自在的心；——就是到今日，老了，已在与坟墓为邻，或与救济院为邻的了，却还具有当年的志愿与勇气；晓得到这里来寻求他找得见的欢娱，只管是一所陋室！多纳走过时，向他致了一个敬礼。——随即拿指头把上前趋候的两个孩子叫了去，向一间龌龊的小房间内一钻；于是不再出来了。

海伦太醉太倦，靠着她情人的肩头就睡着了。麦威呆呆的立在门口。一个人力车夫从街上在招呼他。他机械的打了个半圆圈，就让那车夫把他同他的歌女载回他的家去，而把费儿士忘记了。

费儿士独自一人留了下来，站在魔窟的当中。四个女人抓住他的衣服，把他朝她们的席上拉去。

他脑经既不能思索，也不甚清楚。但是在他那颓废的脑里，一个念头猛的涌将起来，——一个低能的然而胶固得好似一种头痛病的念头……那个罗舍，约在十年以外，定然也是一个少年，聪明，自重的男子……奇怪的就是变成了这个模样！……

罗舍又在唧咕，又在喝酒。费儿士把肩头一摇，说了一句："呸！"

他把那些女人瞅着：——只能说是些母货。他又说了句："呸！"——于是选了两个：一个顶年轻，一个顶年老的。跟着，便颓然倒在席子上，把口里津液全聚起来才清清楚楚的吩咐了一声：

"拿鸦片烟来。"

八

早晨七点钟。费儿士——杰克·哈乌尔·加斯东·德·西哇阶儿·费儿士伯爵——尚熟睡在他那白鸦儿巡洋战舰军官室内的小床上。

一间体面的房间，——一间传令官的房间，——很大，有十步长，八步宽，六步高；——非常的亮：因为有两扇大如两张手巾的舷舱，天气好时，可以打开的。——四壁是波状钢板造的；一具玻璃厨和一张写字台是平面钢板造的；一面梳洗台和一具平厨是弓形钢板造的；一张床是直线钢桶板造的。——就这些便把房间塞满了。——若是在法国，不管是在舍堡或在都隆，既有钱而又文雅的费儿士定然不许在他家里安排这样一种保险柜的。就在有些陆地上，他也定会在一条正经而秘密的街中布置一所有味，而带巴黎风，适合于他舰队生活的小房子的，就住下了，且不免还要带着少许苦味去追思马得堡街中他的那所没有主妇的住宅。——而这里，因为不能出去，所以才忍耐着驻扎在军舰上。他这营房布置得很艺术，看不出一点撑架痕迹。所有的钢板全隐蔽在一种珠灰色的绸绸和一种铁灰色的厚绒之下；虽是太过灰色一点，但这是那睡人，——正睡在悬有灰色纱帐的小床上的那个人所思的颜色。

他睡得很安静，——毫没有那受过剧烈麻醉物的毒醉，且在天明以后才强勉睡下的一般人所带有的神气。眼皮诚然有点黑晕；但他那棕色发环却干干净净的纷披在额角上，喉际也起伏得很和平，与那睡在教会学院的小床上，纯白无疵的女学生的扁平喉咙一样。

杰克·哈乌尔·加斯东·德·西哇阶儿·费儿士伯爵——蓝衣金徽，并有三道金线安在两片或一片的银海上，——是一千八百若干年十二月三日生于巴黎；是已故的弗力德·哈乌尔·德·西哇阶儿·德·费儿士伯爵，与已故的，其妻，斯摩伦·德·马诺亚的独生子。——至少在民法上是证实了这是夫妇合作出来的关系，不管是不很像；虽然在他们结婚八年之后，因这一个小孩子在全社会中闹成了一桩笑话，毕竟费儿士家人通是受过教育的上等人。这因为他们一共只做了四个月的爱人，就是在他们的一位红衣主教的亲戚给他们在圣克罗底尔得举行过盛大祝福礼后，便往底罗尔与匈亚利去的四个月；——其后，两个不相能的夫妻，除了说话，更无一丝亲密的样子。杰克·德·费儿士大约就在他母亲一种极疏忽的放荡行为中产生了。不过也算不得什么大事，费儿士太太私心里是知道这并未贬损身份；无论如何她儿子总是一个君子，所虑的就只这一件事。

杰克·德·费儿士幼时生长得很像狱院中一株蓬勃的恶

草，——在本邸的第四层楼上，被一个德国女仆，几个下人，许多顽物陪伴着。

　　长到六岁。在六岁上，忽得了一桩最清楚的纪念：——在一个冬夜，——窗台上已有了雪；凡这些琐屑事都明明白白的留映在这少年的脑海中：杰克先生避开了他的女仆在屋里作了个短旅行。——那时是午后五点钟，妈妈大约在吃茶，下茶的一定有许多好点心。——杰克先生便走下三层楼去寻找他的母亲，路径又不甚熟悉。一道门，——两道门，——三道门，都关着的；——一道屏风阻住：杰克先生便悄悄的溜了过去，比一头老鼠还伶俐。——恰是此处：——妈妈正仰卧在一张高背软椅中，把一位先生紧紧的搂在怀里；只看得见先生的背和妈妈的手膀；那椅子也一点一点的在向后退，并摇响得同床栏一样。——杰克先生甚为吃惊而且不安，遂踮着脚尖退了出去，并巧妙的去探问那女仆，于是他获得了许许多多的解释。

　　七岁上，从了第一位启蒙先生，其后又从了几位。起初这人是一位神父，是一位正经人，有德行的人。他急急忙忙的便拿起一种极无味的道德论向他门徒脑里灌去。杰克先生也不知由于什么秘密的遗传，居然成就了一个极其忠实的正直孩子；——由此观之，那下种的决不是个什么蠢东西了。然而事之反面，或由于别人之教他，或由他自己看见，在他观察起来却是极可注意的：——万事万物都是一个逛。——杰克先生开始怀疑起一切的事来。由他所学的各种以及各人不同的教育方法，他的教师们便陆陆续续把那肯定论完成了，就是说生命不过是一种广大的欺骗，而世界不过是一出组织完备的滑稽剧。

到十三岁。这小费儿士已是比利时一所教会中学的学生，复活节日回到巴黎他父母家来闲住了十三天。他在巴黎非常的厌倦，只有一个小土瓦伦陪伴着，这是他同班的学友，人家准其交往的。这两个中学生竟在巴黎发现了些放荡而稀奇的事。三月十一日——事情就在这天，——费儿士与土瓦伦公然走到莫斯科街，一个漂亮女人头衔称为哈特瓦尔太太的家里来，他们早已听见过她的声名。他们找着了一个虽然有点懒散，而其实美丽的女郎，这女郎起初看见他们的体格，只是皱眉，其后才大方的答应了他们的愿欲。费儿士睡下时颇有点感动，而起来时又颇有点迷惘，并且在那位小姐的讥笑眼光之下脸色很是忸怩，末后只好放声大笑。事情才结束了。

到十八岁。费儿士择业做了海军，一如他的朋友们有择业为骑兵的，为外交人员的。海军学校之在他竟是一个意外的藏身之所，正经而急遽的抵制着他那天性中的危险，这因为他的天性是极其多欲而又极不适于种种规律的。费儿士是刚在巴黎过了三年光华而疲乏的生活，光华，是由于他所招惹的一大堆混账事；疲乏，则因为那些混账事过于单调乃使他转向一些不甚单纯而变化极大的别样杂务上面去的原故。于是他才乘机避到不列打尼，避到辛苦与冷酷的军舰上，躲开那些职业化的长裙，就是往年冬天极其逢迎过他的那种交际社会，——躲开他那小表妹的刺激性太重的媚语，他这表妹太小了，假期中在昂惹尔堡内他曾拒绝过她，——躲开那些为上院议员们而设的内店室，以及为外国的外交人员而设的英国酒店等，这些地方常有那新奇古怪的事勾引他那顽劣的愿欲的。——费儿士先生现是海军军官，这一来倒可对那各种恼人的疾病给他一个短期的预防，因为在那些疾病当中凡早衰失调种种现象都是在意料中的。

现在，费儿士的足迹走遍了世界了。

这并不是很开心的事。然而比起巴黎的生活却开心多了；——因为是极其中庸而没有多大的诳骗故也。——巴黎的荒淫与国外的荒淫比起实在值不得去羡慕；在巴黎不过故意的要把窗子关上，灯罩放低了才做，这是虚伪的做作。在国外，那淫乐的举动却是不怕太阳的。因此，费儿士便继续着爱起那诚实来。

他竟老实的做了一名到处寻觅诚实的专门家了，——或在中国，或在苏门答腊，或在西印度群岛；——或在那些装着灰绒面子的哲学书中，就是那些支储在他床的上部铁箱做的书架上的哲学书；——或在多少情妇们的棕色或玫瑰色的嘴上，就是当军舰寄泊或停驻时偶尔爱抚的那伙情妇们；——或在小酒樽与酒瓶之底，或在恶社会里各种著名的吸食毒品当中，——如吸鸦片烟，——如吸印度亚麻，——如吸海碘；——或在多纳的严格与实验的学说中，或在麦威的享乐而自私的主义中，或在他冷淡而煽惑的特别箴言中。凡这些片段的发现的真理，凡这些揭开一角的幕，都不能满足他。

他诸凡都尝试过，而都没味。然而他仍继续生活下去，一面滥用其生命，一面又感觉消耗得可怜。

他父母都已死了。他从这两丧中曾引出了些忧郁，而不多一点儿悲哀。他自由而且富有，依旧循着同样的途路，不知道择一条顶好的，有时倒朦朦胧胧的想过。

一位有理想而纯正的老海军提督，不知在什么干净的颜色眼镜里看见了他，直是非常的注意他；爱之如子，待之如英雄；费儿士总是以一种骄傲的友谊来回报他。

费儿士跑遍了世界，从这个气候中走到那个气候中，到处摆着他那种对于法律的轻蔑，对于宗教的讽刺，对于诳骗的憎恶，以及对于生命许了他却又吝而不与的种种奇异而不知名的食品的饥与渴。

九

　　在沉睡的房间里，费儿士的整理人进来了，——一个身穿短袖条纹汗衣的赤脚小水兵。他赶快的把房间收拾起来，静悄悄的就如一头老鼠似的。房间里凌乱得很：不消说，昨夜人是瞎摸着睡的，所以才毫不注意那拉下来而丢在地上的衣服，更不注意那独一无二的软椅弄得椅臂朝下椅脚朝上的倒着。但是一会儿之后，秩序回复了。别一些衣服都干干净净的折叠在刚才扶起来的椅子上；一件新熨过的短外衣照着规矩佩饰起它的金徽，它的袖章，以及它锚形的衣纽。梳洗台准备了水，铁桶里也盛满了，海绵从丝网中取了出来，香水瓶一行一行的排列起。一切齐备了之后，那小水兵便用着一种不列打尼人的声音说道：“大尉！七点三十分了。”

　　于是紫色的眼皮眨了几眨，眼睛亮得有如夜色中的两盏灯。费儿士立刻苏醒了，精神也清楚了：鸦片烟到底可以杀酒；不过把头上的苦楚易到心上去了。纯洁无垢以及清明无滓的气象也立刻在那醒了的脸上逝去，依然回复出那种疲劳而荒唐的神情来。

小水兵走了。费儿士便起了身，稍为有点惨白，两鬓有点潮湿，并动手把那蓄有余香的咖啡罐倾空了一半。其后，心里方跳荡得好了些，遂脱去他的白寝衣，走到铁桶里。浴后，皮肤上很是光泽，他便让晨风把他的肩头吹干，并在镜里顾盼起自己来。他不算是苗条的，但他却正确的看出了那进步，就是因为海行的生活，而一个极完全的躯体与一张相与适应的脸所给出来的进步。虽然他同样生活了二十六年，他很高兴自己的肚子仍旧是平平的，额头仍旧是光光的。于是他懒懒然的裸坐着。

他把后脑倚在软椅的椅背上。鸦片烟还重沉沉的压着他四肢：头上好像戴了一道铁环，胸中好像是空的，也没有心，也没有肺。他一定在鸦片烟馆的席子上起身得太早了一点；——美丽的烟馆，真是一道出生活而入仙乡的妙门啊！——是的，他起得太早了一点。可是应该回到，——回到船上，回到生活当中。目前，在这儿，就应该穿衣，应该出去，应该发布命令，应该接收命令，应该去干那些蠢的行为，干那男子们种种无聊赖的事。还应该忘记那种在淫乐之后继起的笼罩于鸦片烟之夜的静穆，应该忘记那种藉以翱翔于大地之上的金翼，并应该忘记一个神仙般的公主曾在吃烟人的脚上所赐与的甜吻……实则，这只是一个极下贱的安南荡妇，然而她依附在您的两腿之间，——秘密的，倒颇带了一种母猫的媚态。

总而言之，起得太早。还须一点咖啡来收干这可咒骂的汗。顶可伤的就是夜晚回来的时节，又是颠顿不平的人力车，又是带有腐气的舢板，又是如在秋千架上把心都撼动了的呕吐……

在穿上他饰有金章的帆布短外衣之前，他先把两手浸湿，用来搭伏在身体的凹洼处。和夜来那个小日本女人竹样的抚摸一样的清鲜；他一处一处的搔着，——一面在回忆，——拿指甲搔着他的皮肤。其后，穿上了短外衣，把一条假领和一双假硬袖都扣将上去，做得好像穿有一件衬衫似的，因而就免去了一层布。昼热开始在增加了。

在青黑色的眼皮上扑了一点粉，又用布球把两颧施了一点朱。公然就有了一种快活的气色，遂出了房门。

甲板上，帐幔已起了，屏帷也放下了，冷压器也灌上了水。海军提督部的乐队已集合了。一个舵工守着指南针盘上的表。上下口处，哨兵们已把应放晨色的枪弹装上。

费儿士把时间看一看，时三色信号旗扣起。原来在海港中间有两艘巡洋舰，一队炮舰，若干西贡巡逻船。集合的号声已在各舰上吹动了。信号旗都在樯顶上刮刮的响着。

表上的针尖正指到八点。传令官一个信号，于是整个司令号便壮大的震响起来：

"注意颜色！"

"放下信号！"

"提督有差遣！"

"即请差遣！"

一阵枪声从上下口处放出一团团蓝烟。乐队便在军旗下奏将起来。水兵们把军旗展开时全行了礼，费儿士也将军盔脱下，顶着由帐幔联缝间射下的太阳。——法兰西国旗也徐徐的升上了舰尾，骄傲得俨若在奥斯特里慈①之夜时一样，——费儿士定眼把它看着，不禁把两肩一耸，笑了笑，且从他所喜欢的一本貌似诚实的书上引了七个字来咕噜道："蓝者虎列拉，白者饥荒，赤者鲜血耳。"②——他戴上军盔，转身走下甲板，直到提督处来。

多儿危叶先生，公爵，世族，海军少将，中国方面远征舰队司令官，从外表看来直是第一帝政时代的一位元帅，比今日的一般男子都要高些，瘦些，英雄气重些，两片挺硬的灰色八字须，一头浓密的白发，觉得甚是强固；但一双眼睛，自然得亏没有看过战争，却变成了一双温和而蔼然的眼睛，常是笔端的看着，带起一种又正直，又纯洁，略有一点空想的眼神。说到内心，多儿危叶先生的内心竟与他的眼睛一样。

向他的传令官伸过手来，很有情愫的看着他，一面似又在赞美他是一个体面，年轻，有高等智慧和高等精神的人，——确乎是一个正直人，——就在种种举动和思想中都无一点瑕疵的人。费儿士遂把那只手握了握，并简略的对于一些诘问，把他晚来和夜里的事情回答了，其次又把整理与慎重的议事，几句话交代了之后，就请求白天的命令。多儿

---

① 奥斯特里慈：是为摩拉维之一小村落，一千八百零五年十二月二日拿破仑曾大败俄、奥联军于此。拿翁战绩中，以此战为最有关系，亦为拿翁居常所最矜伐者，故辄被称为奥斯特里慈之战胜者，良以此故。　　——译者注

② 七字为蓝，为虎列拉，为白，为饥荒，为赤，为鲜，为血。三色乃法兰西之国旗，所以象征自由平等博爱者也，著者乃以病荒死拟之，倘在今日之中国，其能免反动派之名乎？未可知也。　　——译者注

危叶先生登时就蹙起眉头，叫他传令官来听政治与海军的严重形势。费儿士许久以来就知道这老人的传统悲观主义，就不再向下问了。——多儿危叶先生把他的话证明了后，又说起英吉利与日本，再一提到已过去的法国政情必要把头摇几摇，结论总要预言一个像是不可免的战争，大概三月后必会爆发的。

因目前是十二月，费儿士遂想了想道："在明年三月了。"

"在四月或在五月，"提督正经的肯定说。跟着他依然温和而平静，毫无一点夸饰的说："我们当中自然没一个人可以逃生的；但在我的年纪上，死本如一所宿舍，不管怎样，夜里总得要在那里用晚餐的；餐时之定准与否并没有多大关系。若我能死得像布鲁衣斯、纳尔逊、鲁意特尔等人，则我定然有极大的愉快，而少许的功勋的……"

费儿士恭敬的，忧郁的，默默数着数字来消遣，直数到二十一，才把话听完，遂又引到头一个问题上："然则今天的命令呢，提督？"

多儿危叶先生把命令发了。午后三点钟还需一辆四轮马车。费儿士请他注意那时候太阳是很热的。但提督却决定说太阳万不能阻止他去与总督会晤，以及去参与国防会议，并去与司令官等，军队等会商要务。末后，应等的电报甚多，传令官在登陆之前得亲自拆看，只管他的心在向他说午前要去散一回步。

费儿士道："对的。"

因为在房间里，第一通电报已在等他了，——这是上海的气象报告。他笑了。

"瞧啦，多半是使我们不安的战耗罢：台湾，海恶；麻尼拉，大风。——倒霉！我勇敢的多儿危叶，没事了：英国战争，不会有的……"

他遂把他床台上的珍玩，书，在角落中放出琥珀大理石光的西拉规士的委奴斯石像瞅着。

"这中间会有一枚炸弹吗，酢？诸事都布置妥帖了！"

他不再想了，遂取了一本书在手上。

"若是电报来得早一点，我定要去看看麦威的早起；那体面的海伦睡在床上一定很惹人……只求老头子这晚不要拘束我的自由才好，方一点钟……八个月来我竟没有在这里，在检阅场，散过步了……"

电报又来了。末一艘遣往中国去的巡洋舰刚刚到了吉布底。但海军部长又急速把它调回法国。

……"为什么呢，见了鬼？……"

一封从香港来的，十五行密密的细字。费儿士忽然胆怯起来，让他的两手弹到膝头上；末后才鼓起勇气，把领事字典拿来翻着。

……"用不着惊疑，必是一艘英国巡洋舰变成了死体……不然就是一头大马跌了腿了……"

他遂用铅笔把那点线译出来：

……"舰队……扬子江……集中……十六艘……'好呀！'……隆洞号……毗尔恶克号……尊重号……丹康号……哥伦哇林号……爱克斯姆特号……'六艘，六艘都是铁甲战舰'……克来西号……阿布其儿号……何格号……德纳克号……阿尔弗王号……亚非利加号……铿特号……爱色克斯号……派德弗儿特号…… '又是九艘装甲巡洋舰,共十五艘,都比我们的强多了,自然的……'"

他放下铅笔又把他的目光向房间里游了一遍:

"这中间硬有一枚炸弹,是的。诸事都布置妥帖了。"

他遂把这电报送到提督处来。多儿危叶毫不吃惊,毫不焦虑的把它念了,很得意的。

"这就是我以前所说的事。"

费儿士很平静的走了,命运既定,更无一点新的东西可以乱他的心曲,而且表面还更其勇敢了。想到提督这个人,他不禁笑了一笑。

"竟是一个奋不顾身的别一世纪遗留下来的人。在拿破仑治下,便是一个大人物的态度。而在今日却是一个滑稽家。要之,是可以同情的。我虽然在讥诮他,而我却喜欢他,如其生成的一样。"

到十点钟,诸事完毕,费儿士便上了岸,——身上穿着制服;因他连换衣服的时候都没有。偶然一阵清风把街上的热气吹散,步行还可以,——向树荫处。

费儿士因就赶那丛荫地方与有穹隆的房子底下一直走去。离开西贡八个月,他咀嚼出一种故地重登的趣味;同时,目前西贡之热与刚离开的日本之冬的这种强烈的比照在他又是一种可悲的不快,不过也是可以欣赏的,这由于他对这样的事知道得还不甚多的原故。凡此种种直使他的散步甚为轻松。

也不怕尘土，也不怕太阳，一径便到了公园。于是就在萦纡的大渠和青草地之间的红砂园道上走着。许多小溪弯弯曲曲的流着，且都深藏在芦苇与河岸羊齿草之下，竟看不见溪水。夜合花树围成了一片奇美的野林，太阳且难射入。而这名园里最为无匹的佳境便是那一丛丛的竹子，成束的竹梢伸得比槟榔树杪与柽柳树杪还高；远远望去，每一丛俨然是一株树，朦朦胧胧又像是一束轻纱，又像是一个巨人。

红色园道上没有一个人踪；一只小舢板在大渠中顺流而下，草蓬底也寂若无人的。

费儿士在这外邦野林之下顺脚走去。一条小径很是诱惑他，因为各种棕树的顶上结成穹隆，下面构成了一个绿洞，又因为这个绿洞曲曲折折好像每十步必要抵在刺篱上而无路可通的一样。一道小桥从那里一直通到一片污泥池子边，其中点缀了些荷花，而四周都用铁栅绕着：一个鳄鱼的扁平的头正浮在水当中，一点不动俨若一段树干。费儿士在强烈的木兰花香中忽嗅出了一股难堪的鳄鱼臭；且从远处又嗅出了一种别的山腥气来。

木兰与棕树渐渐的透开了。小径再绕几转，林木已尽。一个绝大兽栏正位置在树后，一些土人、兵、女人，——有三柄欧洲女人用的小伞，——都在那里看。

原来是虎栏。只见有两头虎，可是极威武，而有写不出的凶猛与大来。母的像是睡着了，肚子平伏在地上，头放在两爪中间；是假睡，是诱惑公虎的娇态：尖利的爪伸在有绒毛的蹄趾之外正隐隐的抓着地上的土。而呼吸也在那条纹皮下一起一伏的。

公的把它瞅着，毫不动弹，很像一头石虎。它比任何雄狮还要高，还要长，它那如雪的白胸膛鼓得很厉害，当它嗅见别一头睡下的兽时。

一柄玫瑰色阳伞忽向费儿士这面撑了过来，脚步在砂地上踏得悉悉索索的响。

"哪，您吗？您是来看这两头大畜生干那可怕的事吗？"

费儿士一看，原来是海伦·李赛隆，在她那粉云之下很是新鲜，两眼微微有点疲乏。

"您是怎样的在弄海孟呀？"

她伸过手来；他握住了，照他平常的习惯一面用指头把它抚弄着。她软软的只是笑。

"宁可问他是怎样的在弄我啊……"

"如何？"

她笑得更厉害，并把嘴角一披。

"不算什么！"

那公虎已在怒吼了。它不再去看那些窥视它的弱物；只带起一种傲态掉过它的长脸，一直走到那母的身边。一头向母的碰去；母的动也不动，装做死了。公的生了气，便兴奋进来，把母的滚得好像一头小母猫。于是母的也生了气；一跳而起，尖利的爪张开了，向着公的冲去。公的并不退缩，母的倒害怕起来，定着两眼好像点燃的两盏绿色大灯。母的屈伏了，平卧下去，变得很温驯。公的便粗暴的拿前爪踏住它，把它推倒在地，并伏在它的身上。两个交尾的畜生不动了。

那得胜的公虎继续的吼着。

李赛隆又兴奋又恐怖的，紧紧握住费儿士的手，看得很心羡，并微微有点喘。老虎每吼一声，她的指甲必要深深的掐一下，到那母的已获得了它耻辱上的赔偿时，那被掐的手掌已经快要出血了。

费儿士先把手掌看了看，又把那少妇看着道："使您不高兴的怕就是您没有变母老虎……"

她拿扇子在他手臂上打了一下道："不许乱说，您！"

虎栏中已毕了事。公虎离睡着的母虎四步远处，傲然的，静静的坐着，两眼无所视的直看着当前。

费儿士道："您是步行吗？"

"不是呀！我的马车停在园道上。您有您的吗？"

"没有，我是散步走来的。"

"您不是顶着太阳步行回去吗？"

"应该如此。"

"疯了！一定会热死……若您不穿制服，我倒可以让给您一个坐位……"

"但是，何故不呢？"

"唉，大家看得见您的。"

"看见了又怎样？"

"真的，这不令您讨厌吗？"

"什么话啊！"

一到车内，他遂把手臂抄在海伦背后，——替她把衣服上的褶弄平。

她说："我把您载到那里呢？"

"到您那里。您回海孟处去吗？"

"不，我回我的旅馆去，喀底纳街。"

"好啦，喀底纳街。"

马车启行了。

"海孟在早晨就这样放了您吗？"

她把嘴角一披。

"他要挽留我的话，不免要费点事。我让他好生睡下子，他是一直眼见我走还没睡着哩……"

"是吗？您把他弄得如此的疲倦吗？"

"是哪？可是与您无干的。"

她在口辅上微笑了笑，费儿士的手摸抚着她的两肩。他们两个都笑了，想到同样的事。

她咕噜着道："这却怪。他又年轻，又高大，又强壮的……只是……"

"只是疲倦得太快。"

她点了点头，很贞静的低下她的睫毛去。

费儿士解释道："我的天，您以为他年轻么。他业已三十岁了，我亲爱的。"

"如何的？"

"……三十岁，还有些风流事，——我不相信这会把您的幻想吹破，向您漏泄说您并不是他头一个爱人……究竟是有风流事的，东一下西一下总不免牵绊……他绝对不是鳏夫。陈设久了，物件已不是新鲜的了。"

"三十岁了！"

"唉！我却只有二十七岁，但是请相信我，我于许多夜里都是很辛苦的……"

"算啦，算啦，您捏造了些什么故事啊？亲爱的先生，我也是三十岁的人……这是一种值得自承的年纪。并且我可以向您保证说三十年光之压迫我并不比二十年光甚些……"

"这是毫无关系的。"

"……我还知道一些人很正经的，——我们认之为成熟的，——一些五十岁的男子啊！——说老实话，都比您的朋友值价多了。"

费儿士做了个样子表示他丝毫不能够，而且也找不出回答的话。不错，像麦威，多纳，以及他自己，这样的生活下去，是老得很快的。——于是那罗舍污秽而落伍的面容便在他思想中不快的反映出来；为要赶开这映象，遂把他女伴的肩头搂抱得更紧一点。一种轻微的欲念便在他神经里发动了；于是他的青春与壮健便当着这美妇人的面前而轻快的回复起来。

马车停下了。

海伦说："我让您留在车子里吗？"

"不许我同您上楼去么？"

"啊！我的天，可是可以的。不过，实在糟得很……我是暂居的，所以什么都没有。"

旅馆的房间果然不见精致。粗砺的墙面上并无墙衣，而方砖的地上也无子席①。只有那张轻巧，结实，凉快的大床罩在它那放下的纱帐之底倒带了一种愉快的神气，此外，好些绸衣服凌乱无章的堆在一张长的藤椅上。

海伦·李赛隆道："您许可吗？"

她遂站在玻璃厨的跟前，高擎起两臂把帽子取下。他坐了下来，定定的把她瞅着。只见褐色的头发飘拂着，而饱满的白光致致的后脖便如在一片纯金网下一样。坚实而肥腩的两臂花发在短短的衣袖之外，皮肤上仿佛染了一种热的玫瑰色。指头插在头发里散出了一派雅致而强烈的香味。

费儿士从镜子里先看见一双狡狯的大眼，继看见一种奇怪的微笑。他遂不假思索的站起来，走到她背后将她一把搂住。她吃了一惊，或者做得像是吃了惊的。

"怎么？您病了吗？"

他一句话也不回答，因他正热切的把那有金色绒毛的脖子咬着在。并且各部份都同她接触了，膝头触着她的大腿，胸膛触着她的两肩。她叫道："您要令我生气吗？"

他也不瞅睬；把她像洋囡囡似的举了起来，一手揽住她的腰肢，一手搂住她的小腿。并把她拥倒在长椅上，丝光熠熠的袍子堆中。她认真的抗拒起来，——不多久。

"算了罢，好啦！"

"算了。"

---

① 子席是和主席配合使用的小凉席，天稍热时用子席，大热时用主席。 ——编者注

他当真算了，——从他形态上看来，是这样的，——因为他安静的站了起来，突然便换了个样子。

她一句话不说，仍旧回到镜子跟前，理她的头发；接着，才笑了笑，很像一个好女郎。于是他又走到她的背后，吻起她那芬芳的头发来。

她猛然说道："说啦？海孟呢？"

"怎么样海孟？"

"您一点也不内愧吗？"

他极亲惬的说道："您生得太美丽了！"

她自夸的把嘴角一披，还是在问："但你们两个人岂非顶要好的朋友吗？"

"诚然是的。"

"那吗，要是他知道了呢？他定然会忿怒的……"

他不禁狂笑起来。嫉妒并不是文明人的感情；麦威对于他任何一个情妇决不管这些事的。

她温柔的看着他，热切的等他去吻。她心里委实以为费儿士的行为是对不住海孟的，但在她的虚荣心上又希望人家为她而犯罪。他于是便把她吻了起来，虽然有点可笑其实是欢喜的。现在，算是把她弄到手了，同时也就觉得她并不十分的出奇。真正的，刚才他为什么要那样发狂啊？呸！

到正午，他回到军舰上去午餐。一个舵工正等着交给他一道刚署过名的命令。他念道：

"特派中国方面远征第二队司令官海军提督

"命令：

"自本日起，凡军舰附设之初级学校与运动学校着一律停办。

"由各指挥官更番统领部下即就其时其地实施炮击之普通训练与总训练。

"每夜着于准备战斗情势之外，更加夜间瞄准之训练。

"本提督认上述诸种训练实为当前急务，并望群以爱国热诚增大舰队效力，此即共和国所以信赖之者。

"自白鸦儿军舰布，一千九百……年十二月二十七日。

多儿危叶署"

费儿士寻思道："好的这些蠢事果然在进行了。"

十

八天之后，费儿士一早醒来，正靠在舷窗上。

季候正不好，夜来落过大雨，——一场倾盆暴雨，好像把旱季里几个月的雨做一次落下来似的。气候颇似春朝，虽然天上已经红了，已经被太阳烧了起来。费儿士细看那埋在丛绿当中的湄公河的左岸竟是一层层的累叠而上：最低一层，俯临在水面上的是芦苇，是芭蕉，是矮棕，——密密杂杂的，在那厚的生垣中直找不出一个孔，一丝隙。上面则是木兰，榕树，刺毯，柽柳等与成束的竹子相间而生；色彩极调和：竹子的色灰而柔，蜜柑的色绿而光，圆叶桃的色棕而晶莹。叶子中间还纷披着许多花，——白花，黄花，尤其是红花，——如灿烂的虞美人，如血红的西施比斯葵。——顶上一层则是各种的高棕，扶疏的枝落掩映在晴明的天光上，做弄出许多复杂古怪的阴影。槟榔树的圆叶直与那扇形的棕榈，垂着巨实的椰叶混在一处；——这些乔木全都昂藏在野林顶上，白而亭亭的树干很像伊华式的长柱，层层叠叠构成了种种不可思议的形式。

在巡洋舰的舷窗之下，擦着船身而流的则是黄色的水。流得迅急而不安定，还漂流出好些半沉半浮的树干，树叶，树枝，以及从远处而来的渣滓，以及大亚细亚洲无名的地方上一切成为疑案的残剩物体等。太阳把江面上蒙了一幅耀目的练布，简直使人分辨不出那打涡漩的黑窟窿，就是把种种漂浮物吸取下去的黑窟窿。

费儿士不禁悠然说道："都好，都好。"

并且觉得气性也极佳。因为昨夜不曾抽鸦片烟的原故。

一礼拜来太好了。他毫未想到过得这样快法，西贡实是用了一种相当的仁爱在待遇他：既有一所好宿舍，——又有好些快乐的晚餐，——还有其余的。宿舍是一间睡午觉的简单房间，大，并无涂饰，凉快，只简单的一张软床，一幅蚊帐，一具风扇由一个侍童拉着。窗子上一道斜撑的遮阳，把树枝撑着，把花朵动摇着。外面，是老式的都士克区，半中国式的街，棕色而芬芳，间杂些商店和洗衣店。到午后，在这间透空气的房间内睡觉是很好的，其时，巡洋舰钢壳上的白油漆被强烈太阳所炙，皱裂得正和牡蛎壳一样，而上面的沥青也是一点一点的在滴。于是费儿士便赤条条的躺在他蚊帐下，皮肤因常在冲凉，故是润的，梦想着他西贡的生活，小心谨慎的不要动弹，因为只要一伸手而手臂上立刻就会流汗。

晚餐，麦威与多纳自是常客。他们三个人每夜过得都同第一夜似的。细纲节目略有变更。平均总不过是些女人们，鸦片烟，混合的酒精，以及在烦嚣的中国城的夜游，或在荒野的寂寞乡中的休息。

"其余"则由海伦·李赛隆来补充。费儿士既不使之成为名义上的情妇，也不为之保守一种可笑的忠诚。不过他们第一次的欢会却令他们彼此都深感趣味，所以他们仍是偷偷摸摸的继续了下去。费儿士于这中间觉得他的生活越发的简单起来。他甘心做一个令人爱之不甚的女人的第二情人。至于外国肉欲上的珍馐，自有每日在堤岸的晚餐来担任供给调味的香料的——日本的，安南的，中国的。

海伦在种种情形中，一任她的命运牵引了去，毫不觉得是不祥的。两个情人自然比一个好。不过费儿士与麦威总是更番的在苦恼她。因为海伦对于他两个都爱，而且还是拿起一种原始的感情，很嫉妒的在爱。每每看见他们在爱别的女人们时，她就在她的自尊心与欲情中痛苦起来。所以，费儿士不把他与亚细亚女人们的交情稍为隐匿，麦威常常把他有心或无意的外遇说出来时，这负心而自知负心的海伦遂也自欣起她负心的行为来，并且希望总有一天大胆的向她每个情人供认其他的一个男子是顶好的。在事实中，麦威是毫不知道于他之外还有别一个人；费儿士则因海伦的原故，还对他保守着秘密在，因此，便常常由于嫉妒或由于色情不满足的原故，而常常去受她的威吓说，"要完全说出来"……这就是好宿舍，快乐的晚餐，以及其余了……

凡这种种，可以说就是生活目的里头的真实满足，或者是向这目的所画的一条大道里的满足。若干年来，费儿士本依着他的感情在生活的，除了使之最能满意的事情外，并不再找其他的东西。但一经与麦威、多纳亲近以来，遂令他今日想到世界上并没有善，而所希冀的只是空想，所以他就心悦臣服的羼身到这文明的轨范中：以最小的努力得最大的享受。——这种科学的真实定理把他迷惑住了。

他朋友们各自服从其真理的踏实态度并不很使他起兴。那一个为特别嗜好只向爱情方面拉去的麦威，竟公然爱上了五个情妇，对于他们各人的幽会都不疏忽，除了偶然又碰见了别的人。他的挑选是没有成见的；所有的嘴都一样的可以惹他来亲，只要她年轻而好看就行。一个是唱小曲的歌女，——一个是交际之花，律师的老婆，——一个是在他家里执役的安南仆妇，与其谓之为情仆，无宁说是奴仆的，——一个是在私塾中的日本女子，每礼拜二欢会一次的，——一个是号称贞静的女子，实则暗地胡为的，——一共五个女人，大概各都瞧不起其他的四个，而且她们的命运虽各不同，但为这个偶因偏爱便不能坚持的男子同样的在欣赏，同样的在恭维，同样的在爱抚，也同样的在瞧不起。——这就是明显的智慧。——讲折衷主义的多纳则按享乐主义中的算式把他的欢娱调平起来，自夸能把生活如此的表白出来时幸福便在其中了。这目的未达到之前，别人的议论全不在他的眼里的：甚至把他与娈童们的关系在街市中公然的讲出来，并把他的两个土著孩子巴与骚引在检阅场人众中间去游行。——或者这也是智慧——或者是敢于把淫行提高的勇士。

费儿士也就享受起他的西贡生活来，并以他必如此而后欢乐的理由享受起来。

他最后又把这一条为野林所范的江流看了一眼。

"好个城市啊，西贡……"

这是礼拜日，——一月二号；提督在一项时后便有一场亲密的宴会。费儿士虽最不堪社会交际之苦，但也答应来参与，这因为小亚培尔姑娘也要来的，——就是政府副官长的女儿，那个带有斯梵克斯眼睛的精致雪花石雕像，从第一天起觉得就很令他迷惘，其后逐次相逢而迷惘的程度必有进步的那个女郎。——他寻思，这真是个奇怪的女郎；好比一池静水使人极想投一个石子下去，看有什么东西浮上水面来的一样。——这次来赴宴的，除了亚培尔一家外，还有总督，这是多儿危叶公爵的老友，以及他的一个寄女，一个年轻而母亲又寡又瞎不能伴之到社交中来的女郎。费儿士走到业已陈设齐备的餐厅中，忙着去插花，因在架子上把提督的日本七宝烧瓶取下，满满的插了些玫瑰与兰花。一面把花束向女人们的席上安置，一面念着那楷书的名字，于是很迷离而回忆的止步在总督寄女的名字跟前，——细儿娃小姐，——细儿娃？——遂去问起提督来，提督正在他办公室里，把一幅战争计画纸刚刚折好。

多儿危叶说："怎么，您记不起了吗？但这却是有历史的！"

他遂叙述起来：

细儿娃小姐者乃有名的细儿娃大佐的女儿，就是本世纪最重要的史诗当中因爱尔·亚纳儿之战而死于亚非利加驱逐中的细儿娃大佐的女儿。多儿危叶先生一说到这上面，便因父亲而忘记了女儿，于是就把细儿娃英雄向着他那心思纷纭的传令官细说起来。费儿士也算是知道曾经有一个在摩洛哥边境被围困的旅团，是被两个派出侦察的马队救出，而大家都以为全军覆没了的。这两个马队的指挥官正是细儿娃大佐。被围的实是处在一个叛乱省份的核心，他负着重责得去将它营救出来，于是从敌云中破阵飞驰了三日，战刀从未纳入过鞘中，到第三夜，才把那已操胜算的摩洛哥人的后方打破，把胜方打得一败涂地。虽然如此，但他全身都带了重伤，天蓝色的戎衣染成了朱红颜色，还把他得胜的骑兵一直引到法兵营幕之下，向他们大叫了一声："休息！"——而后才死了。

费儿士是艺术家，所赞赏的只是那红蓝装束的骑兵队突入在身披大氅的棕色人群当中所构成的复杂的光华与动作。其后，复恻然的一笑，想到那些蠢事。剩下来的是什么？只一些寡妇，孤儿，壮丽的题名录：英雄之家，如斯而已，然而在万众赞美中也只好饿死。——他遂拟想到那细儿娃小姑娘；必然是一个纪念章上的面容，棕而瘦，粗糙而激烈，带着哭像而蠢如吃草料的东西，——一言蔽之，一个老女子的雏形。——是时提督两眼瞪着，正在梦想那史诗；传令官则肩头微耸，悄悄说道："可怜的奴才们；——可怜的小东西们！"

因为十一点钟响了，舵工们通告总督已到，值日官便叫卫兵们在上下口处列了队。费儿士也走往扶梯最下一级去以便把手伸给女人们。在那被牵引的划子中，平钢板反映着太阳，人眼被光芒所射，什么也分辨不出来。

划子傍近舱门。费儿士方看出了总督的鬼样而皓白的头。亚培尔严整而灰发的头，以及三柄玫瑰色，葵色，蓝色的阳伞。葵色伞收了；费儿士便接住了亚培尔太太的手臂，她轻轻的跳上了第一步梯子；他看见她和平常一样，并不美丽，不过很和蔼而气色还好；——她是高兴的。

亚培尔小姐，——玫瑰色的伞，——是第二个上来。她依然噙着那斯梵克斯的神秘的眼光。她扶着那伸过去的手，稍为倚了一下；她那纤细而新鲜的指头却没有握拢。费儿士甚为赞美那一双柔若无骨的皓腕，可以说那简直是撒克逊的粉抟成的。

末后，才从蓝色的伞底露出了细儿娃小姐。

费儿士大为吃惊，因与他刚才所拟想的肖像迥不相同。

细儿娃小姐并不瘦，并不是棕发，并不是愁眉苦眼的，而是脸如玫瑰，发如淡金，令人头一下就注意的更是那蓝而兼绿的眼睛，又大，而顾盼又端正。

她并不把那伸过去的手扶一扶，便一跃而上；她跳跃得极大胆；费儿士因更看出她虽然纤弱，但是轻盈而壮健。他跟在她后面走去，一到吊桥上，遂把手臂献给她。军号一齐为总督吹了起来。她遂把眼睛抬起，向着这般军舰上的东西，并止了步；费儿士听见她念出了一句格言："勿畏勿问。"

他们一同走时，他便把她瞅着：她有一种水彩画的容色，一片极干净的额头，一张狡狯而矜持的口，——就在这些上，便流露出一种迷人的青春，迷人的风韵，迷人的厚重来。他立刻就觉得她是美好的，竟把亚培尔小姐忘记了。然而一到船尾的客厅中，把两个逐一的看了后，却承认这个雪花石的斯梵克斯确是毫无疑义的拿她深沉眼睛中合规而如法的端好把他的神夺了去，如一个败兵之将似的，——但一瞬间又悠然的笑了笑，自承细儿娃小姐虽不甚端好，然而到底是很美丽的，因为是很活泼，很有女人气，而不甚像雕像。

　　入席时，他们恰又联坐在一处。提督的餐厅是通气的，角上有两道舱窗口，原来是退走时的两道炮门；两尊炮稍为有点妨碍，但在女人们看来却是位置得并不讨厌，细儿娃小姐因就赞美起来；费儿士他高兴的作了些有趣的讲解，于是把冰界冲破了。细儿娃是好奇的，又不把她好奇的心隐着；见什么就问什么，问过了石棉布的帷子，又问刻有公爵武徽的家用银器，又问日本的七宝烧瓶，又问兰花，直令费儿士觉得在那张不甚勾引的口里发出来的多是些孩子话。但他又高兴的去回答她，因而谈锋开始了，并且立刻就亲密起来。细儿娃小姐大为快乐，她的巧笑直是世界上顶美的。费儿士遂找了许多机会来引这笑，这笑很是迷他，而这位少女也觉得她的男士实在可人。

　　他们说的话很多。费儿士于少女们的话向来是不听的；他从不相信那是能存在的。而且像这种名字的女人们他到处都遇见过，或是在旅行程途中，或是在留驻法国时，或是在那渐远而仍在显现，给他留过若干不欢纪念的四个巴黎的客厅当中；那般女人只可算是些女人们的稿本，较之当今女人更为堕落，更为撒谎。他也只顾把他们那种未完成的，脆弱的，精致顽具般的美好拿来欣赏；所以起初倒高高兴兴的瞅着她们，一到她们开了口，却又憎嫌起来。但是细儿娃小姐却与这部份可鄙的处女相反，在他看来委实又忠厚又贞静，——在老话说来，完全是一个少女。他于这一层又吃惊又满意，纵然他于这忠厚与贞静起初还不免有点怀疑。

细儿娃小姐快乐的说道："我运气还好，一直到今早晨，我还以为有些事是悬起的，而这顿午餐只算是一场幻梦罢了。"

"多谢这顿午餐了。"费儿士笑道："既然如此，小姐，是午餐才把您引来关在我们笼子中的？"

"第一，你们的笼子，它到底是快活的……简直是一所怪美丽的餐厅，如此的简单，而对于一个大人物又安排得如此的妥帖……"

"那是我们在海上也曾看见过的！"

"您过于谦逊了，这很不好。——可也是，我曾经倒极想到这有名的白鸦儿舰上来。全西贡都在说这件事，新闻纸上载满了您……一顿与军界有关的午餐，对于一个小女儿真是一个佳节哇！"

"很小的吗？"

"我还在顽洋囡囡哩……许！莫再说这些事。不过我很爱船，爱海军，爱一切……"

费儿士忍着笑道："您爱海军？您为什么要爱海军呢？"

"因为……"细儿娃小姐寻思了一分钟才说："……因为和别一般男子们不同……"

"哈！……很好。"

"不错……和现在一般男子们并不一样……和陆军们也不一样……他们跑遍世界，他们到处旅行，或是无论何处都去打仗，也不操心乡国，也不操心仇人……而且对于钱财也毫不留心，他们很可以发财的，要是他们愿意的话；而他们却不愿。他们宁可老于陆军或是海军。这些都是古代的男子们啊……"

费儿士不由梦想起来。

细儿娃小姐说到结尾道："这就是我为什么高兴在这里，在生怕来不了之后。"

费儿士忽如梦醒。

"生怕吗？真正的，小姐，我们不是几乎把您失去了吗？"

"若是妈妈痛苦起来，我就不会来的……"

"我相信您令堂太太的年纪是很大吗？"

"并不很大，不过弱得很，尤其是在这种酷热之时。我不在她身边时，很不放心的：您可知道她的眼睛瞎了三年了么？"

"我知道。小姐，您的生活大概不常是快乐的罢？"

"又不然呀！到您认识妈妈时，你认识她的，她本是多儿危叶先生的老友，——您就看得出同她在一块儿是不能够生愁的。她是怎的善良和蔼，怎的完全……"

"您很爱她呀！"

"啊！是的。我也相信断断不能爱别一个人还过于我爱妈妈……况且，您也得承认这是天然的。假使我不是她的女

儿，那我也不会这样爱她；也不会这样有幸福的同她一块儿
生活……"

"我以前并不知道提督是细儿娃太太的朋友。"

"他们相识很久了，其后才没有会面的，但以前却绝对
的亲密过。这些都在我生此恶浊社会之前经过了的；至于
我，刚才还是第一次看见多儿危叶先生……不过我早就喜欢
他了；妈妈常向我谈过他。我晓得他是个善人，性情又好，
这……"

费儿士遂瞥了提督一眼，只见他的一对眼睛和那高贵强
毅的面容对照起来更其纯洁了。

"这是一位古代的男子，如您刚才所说的。"

"是哪……古代是比现代值价些。"

"或者，"费儿士说："小姐，您既这样生活在西贡，差不
多成了个看护妇，而于您的生活又高兴。您简直不烦厌吗？"

"简直不呀！我是很忙的，请想啊！"

"倒是真的，您有您的洋囝囡哩……"

"不许胡说！这得如人家把国家的秘密信托与您，您就应
该好好的保守着一样的来保守！因为这一传出去便会损了我
的尊严的：您可知道下一个月我就是二十岁的人了？——姑
且把'我的女儿'放下不谈了。我做妈妈倒是说笑的，当管
家妇却是真的。"

"这倒合式。"

"而且是个好管家妇，请您相信。——又要料理家务，又
要念书给人家听，又要散步，这就是我们的生活，很齐全，

一点也不生厌⋯⋯先生，家庭是多么的好，就如这里一样，家庭是一种神话时。"

费儿士道："海军人员不老是欣赏同样的事，倒是一种幸福。但我从想象中可以理会得出的。——那您简直不喜欢社交了？"

"这又不然，是怎样想起的呀！家庭并不妨碍社交的。我非常喜欢的就是跳舞，晚会，党会，装饰，尤其是制服。并且我跳舞得和一个疯人一样。先生，我们八天之后便可在总督衙门里跳胡旋舞了：我的寄父将以欢迎白鸦儿为名来请客，我必把您列在我手摺的第一行上的。"

"定规了，万幸之至。小姐，您可知道您乃是一个折中主义的少么么？家务，交际生活，制服，海军——还有什么呢？——您无等差的什么都在爱。"

"应该的呀！细想起来，生活并不怎的可笑⋯⋯应该把它弄得舒服点⋯⋯你瞧，我想到把我和妈妈从法国载来的那只邮船，已有四年了：三十天的航行，起初很像长得无聊，单调得无聊，但船上载满了漂亮的人，于是我们不久就组织了些游戏，读书会，餐会；夜里便在上层甲板上跳舞；晚餐后，便学演折把喜剧；到末了，航行直如一场梦。生活十分的相似：邮船的旅行；所以应该把它弄得舒服点。"

"您是一位哲学家了。"

"一点也不是的！我害怕的就是那伟大的理解，人家在这中间头发都要弄脱四分之一的。并且对于灵魂，对于永久，对于无尽，说一些说不完的诳话，在我只觉得麻木而且虚妄，丝毫得不到一点通常的意义……这就是我与马儿特两人常常要争论的……"

"马儿特？"

"马儿特·亚培尔。您不知道她叫马儿特吗？实实在在，人家总要给她些绰号的……"

"说说看？"

"我不会说的，"她笑了笑："您不晓得那些绰号是再好没有了……"

"您委实是个秘密的小女友。"

"女友……多少算一点，而秘密却常常如此的。"

"多少算一点女友？"

"是女伴。我是没有一个少女做朋友的。少女们都害怕我：显然我又无礼貌，而教育又不良……"

"竟以此吗，太太？"

"我敢向您断言。这岂非已在我额头上写出了吗？我毕竟是个秃头，并且是有疥疮的。马儿特差不多是在维持着我，但我们的思想却不相同。"

"如此吗？"

"呃，就是如此，她是沉迷在哲学中间去了。她能理解，能思维，她读过多少载满惊人学说的德国古书；她并不去做弥撒；她是个无神论者，凡此种种都极其与我相反……"

费儿士很好奇的把那位与斯梵克斯很相似的怪女郎看着。亚培尔小姐不甚说话，只是一面听，一面看。她那深沉得与湖水一样的黑眼睛只在那一张被放射蓝光的鬓发所范围的雪花石脸上安安静静的发着光辉；很难能的去测验这一双眼睛，并且把那蕴藏在止水之底的思想发现出来。

细儿娃小姐道："我并没有读过叔本华的书，我也去忏悔过。"

费儿士又把眼光向着这位尚在顽洋囵囵，蔚蓝眼色，淡金头发的美丽女孩这面回将过来。

"天主教义可以使您满意吗？"

"完全使我满意。"

"您是信徒吗？"

"不是信徒；我并不把我的生活拿在教堂中去过。但我却是个天主教徒实行的。"

费儿士没有耸他的肩头。细儿娃小姐接着说道："先生，您必然也是个教徒；海军人员都是的。不信上帝只应是疯子……尤其是，我觉得一个无神论的女人直是一种怪物。无神论并不高雅；我觉得只宜交给那般老先生们，交给那般又狂，又愚，秃头，扭颈，肿脸的独身男子们去……"

费儿士不再忍他的笑了，说道："绝对的。小姐，但您所说的乃是一种古老的学说。您读过《缪塞》吗？"

"读过一半。妈妈以前给我勾出了许多页，自此，我简直不想去读了。——我将等到结了婚再说。"

"这可快了罢？"

"没有把握，请您相信，我今天很幸福的，我一定不能再幸福的了……"

他们亲密的谈着，你看我，我看你，你也笑，我也笑，——毫无顾虑的。他们开始了一种友谊。细儿娃小姐是个爱说话而轻信的。费儿士只是听着，不敢间断。细儿娃小姐把她的男士看待成一个老伴，看待成灵魂与种性的同乡，看待成晓得他理想，信仰，思想，皆与我们的理想，信仰，思想毕同，差不多可以视如兄弟似的一个兄弟。费儿士猜透了这少女所迷信的幻想；而他暗愧未把这幻想给她一扫而空。有时，到了歧路上，他便近于缄默好像一个撒谎的。——他很愿做个诚实的人，——十分的；——说："我不是您相信的那种人。在心头，在脑中，也没有您可以爱，可以了解的。若您看穿了我的内容，一定会令您恐怖起来。我是钝根，怀疑者，无信仰的，我不信善，不信恶，不信上帝，不信恶魔。得亏到处在走，所以更事还多。幸而因为我的制服，您才在我身上堆上一大堆为我所不屑，为我所没有的古时的德行。而我所具的惟一的修养，乃是一种从实际淫乱中得来的苦修养，您将惊怖得如一个大不敬的人一样。要之，在您与我之间并没有一点儿共同的。"

不过他这些话一句也没有说出来，因为他无此勇气，——这时，那个日本大管家把他毫未动过的盘子给收下去，是第三次了。提督便从上端向他的传令官笑了笑。

"我亲爱的总督，我不禁要向您阁下致一声正式的叹息：我的小费儿士忘了食了，只在献好于您的美丽的寄女去了。"

总督大声说道："那他就错了。人家是不会把殷勤献给色梨赛特小姐的；色梨赛特小姐并不是个少女：乃是一个男孩子，我只疑冬玄自己才觉得她是穿了裙子的；——而且费儿士先生算是把自己葬送给一个异常可笑的小鼠疫，我倒要劝他好生的防备着。"

细儿娃小姐又不服又在笑。费儿士见她完全变成了玫瑰色了；她那敏活而殷红的血液直在她那极娇嫩的皮肤下透将出来；他遂想到从前，当他顶小时，曾拟想过这样的仙女们在她们的宝石宫中的样子……

"您叫作色梨赛特吗？这倒是个美丽而奇特的名字。"

"太奇特了！但我父亲爱这个名字，所以，我就有别的三四个名字都可选用，而我除了他给我的这个外偏不用别的。"

费儿士又梦想起来，——他所想的并不是在这个赋有原始思想的小女郎之侧所尝得的矛盾的欢愉，——想的乃是，他，文明人也，麦威与多纳的朋友也，罗舍的朋友也，……

大家都站了起来。一到客厅中，费儿士便离开他的芳邻，而去献起茶来，——是一种四川省的绿茶，斟在没有杯把的萨摩瓷茶杯中的。——总督是一个有天才的演说家，常常回忆到在下议院的时候，——他原来是做过议员，而且将来也一定是的，——便把殖民地的风俗演说起来，——本地的与移殖过来的。

"中国人是贼，□□□□□□；安南人又是贼又是强盗。这是定了的，我却更知道这三种人各有许多为欧洲人所不知的道德，以及比我们西方文明更为进步的文明。他们本应该为我们的主人翁的，而我们却做了这般人的主人翁，我们岂不应该把我们的社会道德拿来制胜。我们岂不应该不要变成殖民地人，不要变成强盗，不要变成贼。然而竟成了一种乌托邦的故事了。"

提督亲亲切切的表示了些反对的话。总督还是坚执着说："乌托邦。我亲爱的提督，我并非为您而捏造，老实说，所谓人伦道德这些蠢事一到殖民地的征服上便淘汰了又淘汰。我绝不归罪于殖民地；我只归罪殖民，——我们法兰西的殖民，——那真是一种极劣等的品质。"

有个人问道："何以呢？"

"因为在法兰西全国的眼里，殖民地是负着最后富源的名色的，并且是各个阶级中落了伍与夫缓刑犯罪人等的顶好的遁逃薮。不管怎样，首都老是把那有价值的新人物好好的为它自己留下，而将一些用剩的废物输送出来。所以凡到我们这里来寄住的，无非是一些坏蛋，一些不中用的，一些图啜的，一些偷儿。——例如到印度支那来开垦的，在法国都是不知耕稼为何物的人；经营商务的也都是倒过账破过产的人；那般身任指挥有学识之官吏的大都是公学里的干果子；而裁判人与惩罚人的则是曾经被裁判与被惩罚过的。如此说来，固无足怪一个西洋人之在此地实比一个亚细亚人在道德上卑劣得多，一如在别的一些地方就智慧上说也不行得很的一样……"

政府副官长亚培尔也说了起来，用着一种温柔而讽刺的声音，这与他那笑比河清的铁面实不相称得很。

"总督先生，请不要多心说是我在为我的圣堂辩护，——为那殖民的圣堂——我是只想拿一件故事来证实您所说的。您可认识波儿达列么？"

"可就是派驻东京的波儿达列参事官吗？"

"就是他，您可知道他的历史？"

"我知道这是一个无才无能的。是前总长都波亚在去年送给我们的一份愁礼。"

"是的。这就是秘密了；我于殖民地的用人办法是不甚知道的。波儿达列以前本是一个新闻记者；专在报纸上记点无关紧要的杂事，而以撞骗吓诈为生的……"

"甚好。"

"他几乎饿死……"

"何其不幸哉，他之不死！"

"上帝是不愿罪人之死的。波儿达列挣扎到无法可设时，忽然神妙不测的邂逅着那位大名顶顶的都朋太太，前任尚玺大臣的老婆。您可认识都朋太太？"

"这是一个……"

"您认识她的。波儿达列自有他的狡猾与能力……"

"这就是殖民地的一个好典型。"

"……便由这些工夫，所以他颇能取悦于女人们。其余可以猜想了。一个晴明的早晨，波儿达列居然就变做了中心所欲的一名备员，在巴黎，弄得人人都知道。事情如此的经过了几个月。其后，都朋太太把这新闻记者寄居的备员，换了。波儿达列又跌入沟壑，便拿起一些近于威吓的负义话来告哀。"

"他又想起他那老报纸了。"

"大概是的。都朋甚为讨厌那些谣言，决计将这个前任的保护人放逐出国来。花神院离旺多门广场本不甚远的，都朋遂走去找着都波亚，向他如此说：'我有一个待安置的傻子，您可有合式的地方？越远我越喜欢。'都波亚说：'唔！把您的傻子叫来好了。'人家遂把波儿达列引了去，他是很自负的。都波亚问他：'您知道些什么？''大都知道一点儿。''换言之则是一无所知。高级学校的入学资格呢？''没有。''妙极了。我给您一个书记的位置，印度支那的民政书记。于您合式吗，我希望？'波儿达列傲然的说：'不大对，书记么！啵！您没有顶好的吗？''您真讨厌啦！也罢，看着都朋的面子……您可愿意在一个绝清爽的地方去挣六千佛郎么？''在何处呢？''在安南。'亚非利加的安南吗？''正是的。''六千……我不说不干……可是以六千为起薪？……那我是个什么呢？''特派参事官。'波儿达列的脸立刻就花发起来，他说：'参事官吗？那我答应了。有些事可要像毕士马克之类吗？'"

总督不由笑了起来。

"这是事之必至的！可也就是我们殖民地的候补人员；——又腐败，而又是胡涂蛋；——何况无论在什么境地中都准备着去顽那翘脚拿破仑的把戏。他们到西贡来已是腐化了的，而又常常在堕落；加以气候的恶劣，环境的不良，这两种影响，更把他们充实了，成就了。但不久，他们便要充任我们根本计画上的向导，而把我们的策略丰富起来；所以立时立刻，就弄来与一千八百一十五年的人相反，把什么都忘却了，纵然一点东西都不曾学得。——这是一种人类的酵母。——或者值得是的……"

"岂不是奇论吗？"

"非也！本来以各种的步行动物相遇于这新近开辟的殖民地上，或者最好把这一种人类的酵母放进去，好把那陈旧的思想与道德霉滥无余，而另自发生一种新文明的产物。"

费儿士此刻正在客厅的一角上，拿着一把贝壳柄的棕叶，给那喝茶的细儿娃小姐扇着。一听见文明这句话，便抬起头来。总督也正接说下去："就在这般极可鄙的殖民地上的劣等人中，我也看见过几个高等人。对于这几人，气候与环境都是有利益的，他们变成了这未来文明的前驱者。他们只在我们合律的生活缘边生活着；而弃绝一切的信仰，及一切宗教；假使他们答应来将我们的律书审察一下，我相信是凭着和解精神的。这样的人除了在这又极老而又极新的印度支那外是不能够发展的：因为第一得有彼此相消的舒徐的困苦气氛，以及中国的、亚利亚斯的哲学气氛；其次得有那种社会的腐蚀性而后欧洲的道德始能打倒；再次得有这西贡的火热的谦德而后种种才能溶解于太阳中而消失，——所谓元气也，信仰也，善与恶之意识也！这些超过我们世纪而前的人方算是文明人。我们只是些野蛮人而已。"

那位政府副官长的温柔声音说了个结论道："这于我们便好极了。"

亚培尔太太是趁着西贡生活的潮流的，虽然良善，并不愚鲁，因就低低说道："是的；或者不前进也不好，过于前进也不好……"

客厅后壁，在上面嵌有一片紫铜牌。提督多儿危叶走去靠在上面。

他道："我一点也不懂。然而这里就是一个野蛮人，他之令我欢喜比您的文明人好多了。"

他把那铜牌上所镌的文字念道：

"海军少将孤拔之纪念

远东舰队总司令

著名海军军人之遗骸运回法兰西时即停柩于此

——

塘杭，淞台，福州，基隆，乍浦，琉球，一八八三年——一八八四年——一八八五年"

细儿娃小姐站了起来，走到铜牌跟前。低低的念了一遍，跟着便注意的来问，——即是那般初次拜领圣礼的女郎们跪在圣案前的一种注意力："他就死在此地的吗？"

多儿危叶答道："不是的。他是死在别一艘白鸦儿上面的，现在这船已拆毁了。但是无论如何！老人们都与我一样的，相信有鬼；所以我敢决定说那老舰的灵魂必仍住居在这新舰壳中间的，——而且谁晓得呢？这位已故提督的灵魂……"

总督很有礼貌的说道："一位极伟大的提督。"

"是呀；而且是我们今日不复再有的提督；一位古代的提督，与那支配海洋的剧盗为邻的；——总而言之，却是一个野蛮人，——然而绝非今日的兵士；绝不是一位文明人；——恰相反的……"

"也是嗜好各殊啊！我亲爱的总督，您尽可以赏识您那未来的人们；我所取的乃是已往的人。也由于我年龄使然。无论如何，已往的人断不是文秀的；而且还有点蛮横；他们是原始人；他们尚保存得有简单的天性，以及鲁莽，以及忠厚；他们既不精细，又不宽仁；他们既不懂，也不受那矛盾的道理，而且还天真的自尊自贵，瞧不起世界上一切其他的。他们思想只在打仗；他们除了当兵外没有一点更好的足以使他们醉心……

"我说老实话，他们都是好兵。绝不像今日的兵：也不是文学者，也不是音乐师，也不是艺术家。但在战场上，敌人都害怕他们。他们几乎全是一些凶恶的老兵，所以要傲慢的非难宪法与法律。不过，时间一到，他们又晓得为这些极可笑的法律去死。

"我们再没有这般人了：种子已绝。究竟幸呢不幸呢，只好让您去自决好了。这是一个野蛮种子，与现代社会是不调和的。然而也是一种绮丽而光荣的种子；兵的种子。现在是没有兵的了。我曾认识过那般最后的：如孤拔，如细儿娃……"

多儿危叶先生猛的住了口；因为细儿娃小姐正在他身边：他说得起劲就忘记了。然而细儿娃小姐只管面色惨淡，却漠然不动。费儿士的眼睛没有离开过她，恰看见她骄傲的口颤了几下，发烧的指头把手巾绞着。

怀疑而敏锐的总督辩道："再没有兵了吗？我亲爱的提督，您得注意再没有比今日好的就是权力幸赖巴力门与司法之力而同化了。所以再没有比今日好的就是已不需要兵。我承认您说的，他们都不像向日的兵，如您所言，他们是些文学家，哲学家，艺术家。但您可相信他们起码也是良好的兵么？"

多儿危叶在挺硬的胡子之下大大的把嘴一披。

低低的咕噜道："倒有风度啦。"

但他又拿起一种忧郁的快活样子说道："到底，您是对的。总得乐观些。而且新统系不是坏的……"

他走了三步，把手按在费儿士肩头上道："这就是证据。请看这小子；是生长于保姆之手的，是会做诗的，是会制歌曲的；——凡是坏东西都会干。——然而您却不要信这张狡猾面孔：我深知道际遇一来，我的小费儿士，必不踟蹰，定能把荣誉的功课做给我看的。"

费儿士又冷淡，又强忍的毫不动弹。倒不自今日始，他早就学会了冷冷静静的来任受他这纯洁上司的誉辞的习惯。纵然这些誉辞有时积压在他的忠实上，他也只好静静的容忍着，因为给他誉辞的这人实在太亲切了。然而从没有因这中世纪好人的偏心而就自高其身价！但何苦要使人难受呢？

他举起眼来，于是他的眼光正碰着色梨赛特·细儿娃的眼光；——一种热切赞美的眼光。细儿娃老老实实的把这看成了一篇抒情诗。费儿士先生之在她眼里居然就是英雄了……

然而费儿士先生不知为什么，却羞得满脸通红。

一点半钟了。客人们都老早的就告了辞，因为要午睡的原故。大家都把阳伞撑起。细儿娃小姐更用着一种美丽的姿式，将那被风扇吹乱的头发理了理。

费儿士提议道："要镜子吗？"

他遂把她引到他的房里，很近的。把她安置在蒙有灰绒的玻璃厨的大镜前。细儿娃小姐深为赞赏的。

"您这儿多精致呀！又是绸，又是纱！这些小书全蒙着薄绢么！可是为少女们的？人家可以看么？"

费儿士笑道："不能。"

"哈！……或者到我嫁了时才能罢。——您的房间直是一个小天堂。然而……"

"然而？"

"这些帷幛都是灰色的，住久了，岂不令人愁吗？"

费儿士笑了笑道："您不喜欢愁吗，小姐？"

"不很喜欢……尤其是，我觉得在生活当中已愁得够了，不要再用人工去制造了。先生，假如您能听劝，您尽可以把这些全送到染坊去，它会给您全染作天青色的……"

"那就是您眼睛似颜色了。"

"笑话了！我的眼睛是绿的……"

她两肩一耸，一点不做作，并把她那尚未戴手套的手向他伸过来。

"再会，多谢得很。"

他握住那手，一只美而老实的小手，就经未婚男子的把握也不柔软，也不兴奋的。他突然动了一念，便弓下腰去，强勉把这手举起直到嘴边。

在一个少女手指上接一个吻，这实在算不了什么事。然而细儿娃小姐却神秘的一动，拒绝不许；——虽然没有声响而意思极为明白的拒绝。——所以人家并未接触着细儿娃小姐。

谁晓得呢？这未遂的一吻，费儿士或竟会以他那未知的滋味来把你们骚扰几夜哩。

十一

　　费儿士把他所编纂的报告签了字，并把它放在衬衣中。嗣后打开一个纸箱，把一些日本图画细看起来。这时已是六点多钟；白日的工作已完毕了。

　　那图画都是顶淫秽的。费儿士所收集的并没有别的：于此足见他是很高兴的在重视那般与羞耻之诳全无妨碍的艺术家；所以他对于北斋与太田麻麿吕这两位日本画家极为尊重的。

　　他翻阅着。在樱花之间，蔚蓝天际之前，一些女娘正同着一些穿戎衣的武士自自然然的在施爱：只看得见不多一点儿裸体，然而都是顶真实的。费儿士独自说道："奇怪的艺术啊。对于正确是何等的用心，对于情欲是何等的激发呀！没一点讽刺，没一点狡狯，没一点冷嘲，没一点热笑。男的女的都本着全部的心，全部的筋，率真而行……"

　　他遂拿指头把筋结处与脚肚的轮廓勾画起来；那些袍子与著物都大开着，因为拥抱得太厉害，都揉破了。一个女人的头吸住了他的眼睛。画是现代的，与从前单是把一些日本太太的可笑而长的美描摹下来的不同，也与那大写一个头面，草画一个女娘的样子不同，这是艺术家有了西洋烟士披里纯的原故。费儿士笑了起来：那眼睛是绿蓝色的，那鼻子同手弹一样直而且高，因在他记忆里引起了细儿娃小姐的可人面影来。

他寻思道："这女人并不甚美。我委实对于那年轻的色梨赛特并没有像这样宽衣解带的凭证啊……"

画上的那个女人裙子撩得极高，仰卧在一片花原中，一个正动情的少年向她奔去。这少年画得太注意了，费儿士不甚喜悦，遂把这一幅翻过去。

他又说道："是的，这些东西与中国的春宫简直不一样。如此……"

他便取了一本古锦装的中国册子。

……"哪！这个手脚一齐伏着的女郎，她正好好生生的等着一个精力已倦的老头儿的高兴在，——这就是一个日本人所不为的。第一，这太可笑的题材就不足起他的兴；尤其是，在一张春画里，他也悬想不出这种对于欢会与会欢人物而加以嘲弄的狡狯脸子来的……"

便把北斋的著名之"梦"找出来。

……"他所悬想的就是这个，这个为一些无脸子的人所干的不可能的大骚动，每个人物他都给了他十样性交，所以每一页上在六对性交的地方竟包括了六十对。"

他极欣赏的把那太为稀奇的春画，呆望了好久。跟着便站起来，把衣服穿好出去。

因为要把衣服脱了，换一件白的常礼服，他便停顿着又把那极与色梨赛特·细儿娃相似的日本女人的像看起来：他心头暗暗的高兴着，拿手把那实行爱情的男性掩去，又把那女性的淫秽处也遮了，只把那向着他在笑的狡狯脸子露出。而后他才穿上常礼服，并戴了顶草帽：太阳已下，可以不用白盔了。"

他忽然高声说道："这间灰色的房间果真是麻木不仁的。从今晨以来我就郁郁不欢了。应该消遣去。"

他出去了。

一到岸上，他对于各样的消遣法又犹豫起来。他白天的光阴是阴沉的。欢愉与生活的空虚不住的在他思想中纠缠着；并且这个两日以前尚未认识的小女郎，色梨赛特·细儿娃的面容又以一种可笑的矛盾在他眼前总跳有二十次之多，常是带起那花发的幸福之笑在。这幻相虽然在眼里是可人的，但又觉得威不可犯；费儿士现在很想把它分开，很想纳头投到《天方夜谭》的淫乐中去，把那严禁不可犯的聪明女贞以及她们的浑噩处，一尝报复的滋味。

但临到实行这计画的时候，他又缺少那相当的兴会了。

这种讨厌的荒唐是不甚可以开心的。费儿士想到往他情妇李赛隆那里去的时候已过：麦威可以到那里去的，李赛隆顶恨的是现行犯。就是到土著少女或唐汀与何克猛的杂种少女当中去寻找一个晚餐前的欢侣也迟了；她们一定在检阅场的马车中散她们的风骚去了。

费儿士感觉在世界上是十分的孤单，把别一个寂寞与他的配合起来，直是不可能的。他遂把一辆走过的空车叫住，向俱乐部奔去。

费儿士每逢厌倦之日便要到俱乐部去的。殖民地的本身实没有一点什么足以使其着迷：它真像总督说过的是人类的酵母。俱乐部中会员只是些莫明其妙的人，因为交游甚少的原故才被招致入会，往往以其风流罪过而被人看重的；——也不过一些普通人或努力要实现那罪过的，并且在大胆胡为之后又说不出所以然来的；——一伙高等流氓，在种种平常机会中，是能够把名誉夸耀出来，及至把真面目夸耀出来的。这是滑稽的珍馐。所以感觉迟钝的费儿士便毫无顾虑了。

确也有些人对于那群众是特异的。医生麦威有时也到俱乐部来的，——每逢一个新女角强迫着他聚餐时；——多纳则常在赌博室中出入：就中更能看见一群一群的西贡人，并能把对人的轻蔑增加起来。也还有极可注意的人，——文明的或野蛮的：有新闻记者罗舍，有银行家马勒，有律师亚利特；——这些人在这伙恶俗骗子堆中是自高得直到骗子贵族的地位上的；这些人大多是豪奢的，晓得竞买竞卖以致富，实比简单的诈欺取财好得多；这些人都很巧妙而大胆的找着合法的钱在，纵然有损于人。这些人都令费儿士高兴的，所以当他的车子正向俱乐部跑来时，很希望碰得见其中之一。

造化如了他的意。马勒正在日报室中看晚报。最初，费儿士只看见一堆展开的报纸；但来人一到跟前，那报纸就卷了起来，而银行家现出，已经站了起来：马勒以前曾当过兵，当过海军，当过印刷匠，当过商人，当过移民，所以由他许多职业中保存了一种活力，这活力反映在他那粗鲁而疏略的动作中，一如在他那急遽而质朴的语言中一样。

费儿士问道："马勒太太无恙吗？"——那少妇，他曾在戏园里会过几次，虽然觉得她秀美，却并未起过她的意。

银行家笑道："吾妻甚好，并没有吃过哥洛因。"

费儿士不禁把两眉一撑。

"硬是真的，您不知道喽。您的朋友麦威甚想把她置于宠爱之列的。这小子很精明的医治着这里大部份的女人，所以这于他倒是一桩好口实，藉以博得她们的眷顾。得亏他那不知从何处弄来的丸药，可以抵御暑热，——自然于神经没有什么不方便，大概在西贡是察不出的。——因此，吾妻既不令其不欢喜，这个好麦威因就努力的要引他的哥洛因来帮忙。我曾安排得好好的，但也绝不恨他。您尽可以相信。"

费儿士笑了笑。

银行家问道："您到此地晚餐吗？"

"是的我想。"

"我也一样。请您赏光与我同餐为幸。我今天工作太久了，得请一个像您这样的客以为酬劳。"

他们遂一同坐下。马勒一顿脚头把那摊在身旁的报纸踢开。

"胡闹，这些无聊的东西！您可相信他们不惜把总督于昨天到一个不知所云的救济院去访问的事连篇累牍的登载，而于英国事情不吐一句话么？一伙未开化的！"

他拿起一双侦探的眼光粗鲁的把费儿士瞪着："但您，乃传令官，您总该知道罢？"

费儿士老老实实的说道："一点也不知道。您说的是外交紧张吗？我相信并没有什么要紧，不过我却没有一点儿个人的见解。何况电线是英国的，说句不可能的话，假若一个战事快要起来的话，我们由担任来毁灭我们的敌人舰队，就可知道的。"

银行家审察着道："您的地位真太好了。"

他沉思了一分时，把肩头一耸道："倒与我没多大关系：在战争中我也没有赚的，也没有蚀的。"

"就在战时吗？"

"嗨；我在此地是银行家，是财政人员，是税官。地方上的一切事务都要经过我的手的：您想战事之于我是如何？政府只管更换，而我在政府中总免不了是一样的重要的。"

时候已到，他们遂用起餐来。马勒只喝一种特为他由美国运来的香槟酒。费儿士很为欣赏它。而且清酒之于他好像是一种逃愁的渊薮。其后，再加几筒鸦片烟，遂又把他引到乐观上来。他微微醉了。

仆欧们把饭后的果酒摆上来。马勒叫把他的香槟端到露台上。他们继续着一面抽土耳其的纸烟，一面喝酒。费儿士很是赞美那种蓝色烟子，它盘结在电灯光中，和瓦尔基利骑队的云阵一般。

马勒道："您爱梦想吗？"

"您，不么。"

"不。我没有那些杂务。梦想，这并不是一种工作，也不是一种休息。"

"您是一个讲行为的人。"

费儿士笑了，而且笑里面颇有点轻鄙意思。但马勒似乎没有觉得。

"您也是的呀！一个海军军人？"

费儿士仍然笑着道："不。我只是有那制服而无那灵魂的。我只是一个过于您所思的海孟·麦威的朋友。"

马勒简单的说道："倒霉。"

但他仍把他那亲密态度保存着。好像费儿士这个人很是令他高兴。他老实把这事告诉他道："您比您的朋友有价值得多。您比他还更聪明些。"

"您怎么知道呢？"

"我知道的。"

他把他的纸烟丢了，带起一种鄙视那棕色烟叶的脸色，——或者所鄙的是别的事，——另选了一支马尼拉雪茄烟。其后，他又说："海孟·麦威是为的女人们，也是因女人们而生的；我所责备他的就是此事，就是这堕落而无能的事。"

费儿士很不以这话为然。一种好奇的念头来到心上，便道："一句话说完，您于海孟的腻友们像是很清楚的？"

马勒笑了起来。

"您也与我一样的：似乎，起码你们也有一个共同的情妇。"

费儿士毫不否认的说："啵，这一个说不上。我打算说的别一些，——人所不花钱的，起码也不光明正大花钱的那些。"

马勒也道："唔，这些都说不上。您应该知道她们的名字的：这都与公开的秘密一样。那体面的李赛隆比我更能告诉您，而且她的泄漏大概定还富有些激刺性的……"

费儿士把肩头一耸，并把他的酒杯斟酒。

他把酒杯举起道："于女人们的故事中我宁可要这东西。"

马勒道："您是对的；这到底不很危险，也不很蠢。"

费儿士把酒喝了。

又把他空杯斟满了道："不蠢。只有些不同的脑，不相似的人。我喜欢的是这个，"——他拿指头把瓶子扣得发响，——"又是那个，"——把他的雪茄烟子吹出一大口来，——"这就是为我而设的。麦威所选的是黑而光的头发，绿而紫的眼睛，玫瑰而褐的脸；这是为他而设的。您，我亲爱的，您所幸运的是税额之涨，银行之就绪，借款之安整，这是为您而设的。——各有其价值。说不到蠢上去。"

"或许，"马勒道："然而费儿士先生，请听我说：迟早之间，土耳其烟叶总会对于您没味的，而清酒也会变酸的；迟早之间，您总会看见您的麦威解散他那紫色的，褐色的，玫瑰色的女人们的队伍，而去坐在那机动的小车中的；——至于我，绝不，——您请听这个绝不！——我将不停止的过着我这战斗而疲乏的，有滋味而良好的，动作而勤苦的生活，因为我这生活在人们当中是与那顶强顶贤的生活调和一气的：是什么样的人们？是赋有杀伐天性，保守天性的人们。——这是我的名言哇！您使我说起哲理来了。说起哲理来了，我呀！"

他遂狂笑着站了起来。是时，那赌博室正从门窗口上把一派灯光，一片银元的响声送到露台上来。

马勒忽然说道："费儿士先生，今夜，我打算把您招请到我的生涯中来。来罢，我们来赌一次。我们规规矩矩来赌；我们来作一种不只是消遣短夜的赌，而是发财的赌。我可以给您保证这才是极动情而又极有生气的快活，中间并不夹杂一点神经的颤动。来啊。"

费儿士把末后一瓶酒拿起一斟，空了。他便站起来，一言不发跟着马勒走去；醉了，他是不甚说话的。

七张，八张，九张桌子的扑克；一张桌子的自动巴加拉牌：——一共十张绿呢台子铺在电气花球灯之下。虽然四角都有送风器，虽然天花板上又有摇扇，虽然夜气由各个大开的窗中流入，但仍热得比在洪炉里还厉害；头发都粘在两鬓上，失了硬性的胸甲把常礼服都浸湿了；一般赌客收进推出的动作把脸上弄得全是汗，全是苦恼的颜色。

马勒穿过了那厅子。他那强有力的脚步与那地方火热的痹麻状态很不调和。在最末一张桌上，一个赌客站了起来，费儿士惊异的认得是多纳。技师并不常赌，所以拿了一手的牌，却凝精聚神的把他对于公算法上的特殊学理用来在证明。那证明事件无疑的是完毕了，因为他坚决不再归坐。与他同赌的是亚利特，亚培尔，和一个制粉厂主德国人名叫斯密特的。政府副官长拿起他温和声音向新来的人道着日安，而常是柠檬脸色的律师则向他们在那无须的脸上做出一派光荣的巧笑。

马勒宣称道："费儿士先生要来赌一下，在他的一份里我认一半。先生们，我们来作庄，你们来过庄好了。"

多纳道："那么我留下来看罢。"

他遂坐在银行家之侧，费儿士的身后。费儿士静悄悄的把牌洗和了，散出去。

四周，在各张绿呢台上，以及银行钞票悉悉索索的声中，全是那银元的响声。就中除了少许欧洲金元外，全是银元的地位，全是银元的声响；银元之在远东商人与投机者当中，似乎是一种主要的财货。也有铸着一个共和章的印度支那银元，——也有铸着戴盔的亚尔宾像的英国银元，——也有日本银元，与铸有盘龙的中国银元，——尤其是墨西哥银元，一面铸着抓住长蛇的自由鹰，一面铸着有神光的小赤巾；——所有这些厚而且大的银币恰如纯银一样重。许多都是新的，因为墨西哥老是不断的将其从银矿中流传到太平洋的两岸；然而大部份都是老的，用熔了的，变黑了的，被中国钱商用那秘密圆图章盖上了许多油墨污痕的；这些银元定然在黄皮肤的贪婪手中经过来，也曾在一些非常荷包里藏过，也曾用来买过多少不知名的欧洲货物，也曾联络过多少为西洋人悬想不到的外国商场。这些银元或来自冰冻的直隶省，或来自广东省，此地的女人们是不把她们的脚缠小在细木条中的；——或来自不毛的云南省，或来自出产皇帝的盛京省；——或来自更远的地方，来自顶老的中国所自范围的秘密而弯远的各省，来自人口繁殖最速的四川省，来自几乎与鞑靼一样的江苏省，来自有前史期的京都之遗迹的山西省；

或来自庞大帝国的各处，为无数中国人活动，买，卖，不倦的发财的所在。

马勒向多纳低低说道："您干的职业太与人们无关了，请看这般顽扑克的，您一定在他们身上找得出您悲观主义的养料。社交的油漆在这般人们的脸上，一到输钱与赢钱时都要剥落得干干净净的。他们一面假装着厌倦或微笑，而一面却在他们举动中赤裸裸的泄露出来。"——他把声音更放低了。——"您瞧斯密特：他只管是一个百万富翁，而他所由来的店子把他的眼睛与他的肚皮都节约小了，而装满了他的银元，并拿起那勾曲的手指数了又数。再瞧亚培尔：这是一个法兰西事务官可敬的典型人物，惯于拿起别人的银钱来操手艺；对于他，十句话，二十句话，乃至一千句话都没有不同的意义的；他只留心牌去了，并不留心赌。尤其是瞧亚利特：他自己又在起诉，又在辩护，每次都要评量一下同意呢，不同意呢，眼睛一眨就容纳了他的对手们，或闭着眼睛不使他们能在眼光里看出他的心情来；——就到了法庭，当他保护着一件坏讼事时也如此；他所用心的只在赢钱。"

多纳道："您真是个好心理学者。"

"是的。这于一个税官是必要的。"

马勒笑了。多纳用眼睛指示着费儿士道："这个呢？"

"这个，"马勒道："这是一个病人。天然的本能都在他身上衰减了的。但赌博却是一个良医：稍缓，您就看得见这病人会兴奋起来，激昂起来，把他怀疑家的平常面具丢开的。"

"这不是一只面具。"

"我们且看罢。"

费儿士运气甚好。两次必赢一次，堆在他面前的钞票与现洋是很数大的。

马勒又向多纳说道："我相信您于偶然的法则与气象必有特别的研究。您却怎么样来解释赌博者所证明的事实，说运气之具有是由于联续而非由于间断？"

理财家是喜欢问这些专门话的，但粗鲁的多纳却把肩头一耸道："我将枉自给您解释；您一定不懂的。"

但马勒并不生气的说："多谢，请您说说罢。"

"那么。请听：凡是赌博部份的集数，自从世界之始便构成了一个全数，是不是一个有限的，决定的全数呢？那么，假使这些部份的 n 数……"

"n？"

"我曾经说过您是不会懂的……这些 n 部份的每一个都可以赢可以输；而集数总之是包含一个终结的等于 2^n 的数的。"

"哈？"

"这些 2^n 终结中只要一个实现了，——自自然然的。于是，这惟一实现的终结因就容许了这联续，而丢却了这间断。这是应该证明的。"

马勒蹙起眉头。多纳更其说起俏皮话来，拿起一种大学教授的声口接说道："必然的归结是：到际限时，即是说在世纪的终期，n 延至无尽 2^n 也一样，于是实现假定的或然性遂变做了无。而这个假定也不存在。而人们也不再顽扑克了：

这是一种幻想。"

"酣？"

"一种幻想。"

马勒把肩头一耸道："您说得对。我不懂。"

他于是又看起赌博来。厅子深处的大钟已响了十一下了。

亚培尔道："先生们，要是你们都愿意的话，我们就打后
四牌好了，因为时间已晚。"

没一个不答应的。亚培尔散起牌来。斯密特把他的手提
篮打开取出几张钞票来放在衣袋中。亚利特眼睛连连眨着，
好像在拈掇费儿士的所储，或者在计画如何一扫而空的样子。

但是一牌一牌的，费儿士又赢了两次。

该亚利特来散牌了，——是末后倒数第二牌，——并是
一次极重要的"颇"。斯密特骇得早就不进了。亚培尔与费儿
士还不曾丢牌。律师反了两倍。费儿士翻出一个 A 三同来。
又赢了。

马勒说："非常的运气了。"

费儿士回头笑了笑。

"我于这事很惭愧的。"

他安静得很。

多纳低低说道："您瞧，这可不是一种面具。"

最后的"颇"开始了。

亚培尔先说："五十元。"

费儿士说："一百。"

"跟了，一百。"

亚利特道："二百。"

大家不再开口。便掉起牌来。

"三张。"

"一张。"

"三张。"

律师道："不掉。"

他把他的牌理了一下。马勒好奇的定眼瞧着他。但亚利特闭着两眼，仿佛一幅滑稽的漫画，虽然又丑，又神秘。

多纳只管不注意却也很有兴趣的，就着耳边说道："可是虚张声势吗？"

银行家嘘道："我不信。"

费儿士把他末后一张牌审视之后，便让人去说。斯密特开了牌。亚培尔轰了一手。

亚利特拿起一种略无色彩的声音说道："最好是二百元。"

费儿士把钞票一推道："二百,四百好了。"

亚培尔与斯密特都把牌丢了，一个微笑，一个叹息。

亚利特并不睁开眼睛，只是说道："四百,一千罢。"

邻桌上好几个赌博的人都走了拢来。在西贡，这赌是很大的：打"颇"中间，实与法兰西四百金鲁意有同等价值。

费儿士向马勒掉过头来道："请您原谅我，我把您的利益实在算得太轻；不过我于我的手气也实在太惭愧了。"

他把他的牌摊了出来。

"干脆的我也不反轰了：顶大的同花顺。"

他的牌原来是一个 A，一个王，一个王后，一个武士，一个十，都是红心的，——败不了的大牌。亚利特不觉从柠檬颜色变到草的颜色，这就算是他失色的方式。一片欢声便爆发出来赞美这位赢家。费儿士拿起那毫不打战的手指把各家所摆的"颇"收来，和在他的钞票堆中；跟着便分做两个同等部份，请马勒选一部份。

然而亚利特一瞬间便定了神。

他说："亲爱的先生，我的一千元只是说的一句话，我现在暂时欠着您。明早您一准收得到的……"

海军大尉笑道："我请您不要太早；我有时是不能早起的。"

亚利特笑得很是温驯。

他道："既这样，我们就如此罢：我在午前从未用过早餐的：这可够晚了，您可愿意光顾我在明晨到我那里去用餐么？我不免稍稍沾了您一点光，因为您将为我作一段令我生畏的海程：您的白鸦儿距岸是如此其远的呀！"

费儿士想道："不过一百二十迈当而已。"但他并不犹豫的道："您太客气了，我答应就是。"

亚利特遂道："明天见。"因在嘴上噙着笑意而去。多少人都在赞叹他的胃口不坏，因他这一场赌差不多损失了四千元。

费儿士吸燃了一支纸烟。马勒很亲切的注视着他。

他说："我怕您硬不致于有我相信的病。我的药失了效了。"

费儿士微微笑了笑。

多纳道："您希望看见他在银元堆前乐得跳吗？费儿士于这些事是极文明的呀！"

马勒又道："病深了。不可救药的。"

他遂向海军大尉伸过他那大手来道："晚安，我的同伙，努力去做番噩梦，这或者于您是顶好的。"

"您如此早的就回去了吗？"

"已经不早了。您可知道我每天早晨从五点钟就骑马到郊外去了么？为准备日常的事业，没有比这个再好了。晚安。"

多纳嘻嘻笑道："您的生活真好：拿起您几百万的家财，现在却被迫着毫无睡意的到床上去，恰恰又是全城在顶可爱的时节！"

银行家回过身来。

反攻着道："这是嗜好中的事。您是白天睡，而我却夜里睡：这与您不对劲吗？"

技师道："不。但是我为生活而工作，而您却是为工作而生活：这一点与我不对劲。"

马勒冷冷的道："我深为惋惜，但您容许我继续下去好了，因为我高兴如此。有甚办法呢？我并不是您那类的文明人：我那顶简单的生活老实合规得有如音乐之纸；我挣钱，而与我的老婆睡觉。"

"而且给她生小孩子。"

"只要我能够。"

他们彼此都含着一种轻蔑的笑意厮看着。

马勒狂笑道："实实在在，我的种性比您的高明：您的会

105

死的，而我的还要历世哩。"

多纳道："文明之人所以自矜的，即是没有继续者。事业既成，别的工人们又何必呢？"

"疯子们的自矜。"

"您当然要把我们当成疯子了？"

"是的……就对于恶人也一样。"

多纳把肩头一耸。马勒遂走了。

费儿士静悄悄的另燃了一支纸烟。技师向他回过身来。

"你来吗？"

"你打算往那里去？"

他们一同出了门。费儿士的银元在他沉重的衣袋中响着。他毫无挂念的寻思，这些款子并未给与他一点儿快活。

他想："两千，三千银元；按照女人们寻常定价，大概可以供给一个联队的嫖费了。"

多纳问道："我们往那里去呢？"

"见鬼！生活真是麻木的。"

十二

费儿士站在一家时髦珠宝店的玻璃窗前，把额头抵在玻璃上看着。

他要在那些打开的宝石箱中物色一只珍贵东西。货架上东西很多；又有不少的指环与手钏；尤其多的是灵巧的中国银器，与香港制的浮雕：在那些杯子，茶碗，茶托，瓶子的宝光中，费儿士并没有见着他所欲的。

他走入店去。那个在西贡负有盛名的犹太女人弗儿朗忙迎将上来，带着她那秘密的笑容来敬礼他。

费儿士道："我打算要一枚手钏，一个碧玉与金的环；您几日内定可找得到的……"

店门忽然打开，马勒的高身躯出映在门框中。费儿士之未见他已有两天——自从顽扑克以来。

马勒很亲密的道："哈，您在这里。为李赛隆买件首饰，我敢打赌……"

他把那正在宝石箱中寻找东西的犹太女人唤着道："弗儿朗！我的扇子呢？这一次我想一定弄妥帖了罢？"

他又转身向费儿士道："我女人送给亚培尔太太的一件礼物。告诉我这可是好口味……"

费儿士把扇子拿着很赞美道："啊！好可爱的！您在那里将这些羽毛偷来的。"

扇子是鹄羽与贝甲做的；嵌在平面上的金葡萄藤载着许多串黑珍珠做的葡萄。

费儿士笑道："您可知道吗？这葡萄藤是靠不住的：它要说出行贿的事来呀。"

"而这手钏呢，却要说些什么？"

这手钏是一种奴隶的桎梏，很重。最值价的是那些大颗宝石。犹太女人把价目念出来：二千元。

"与您前天所赢的恰恰相抵。"

费儿士笑了。马勒忽把额头一拍。

"我晓得了！这枚嵌宝石的金器是要到沙士卢·诺巴街去的。"

费儿士疑问的样子。

"沙士卢……街？"

"假装不晓得！即是亚利特太太的所在。"

军官冷冷然的道："我央求您。"

但马勒把肩头一耸。

"我亲爱的，不要乱生气！您会使弗儿朗笑您啊。缜密之在这里是太过于了……"

费儿士想到麦威，便也不再否认。

"鬼人！您怎么知道呢？"

"因为风流事之数到您已算是第二十个人了。"

马勒便坐了下来，把他的表看了一看后。他自然还有时间；遂谈了起来："第二十。哈！您是走到一个特殊人家去了。那都是我的熟人：我曾在诺美亚遇见亚利特一家，已有八年了。那时他们才新婚；而他们的蜜月正在四月里：他们因为彼此都不相知，所以彼此都不甚爱，但不久他们却彼此相知了……

"那女人也和现在一样的美。有一个人忽然赏识起她来，而这人乃是一位大主教的儿子，有相当的富，——也是您的一个同业，驻扎苏格兰的旗舰大尉。发生的事是如此发生的：一个良宵，亚利特算着时候，在行乐之际把他破获了。到底是一个机警人，他并不闹出来：收入五万佛郎做遮羞钱。"

"这个大主教的少爷竟自出了钱吗？"

"亚利特太太叫他出的。我想您总该知道她的手段罢？"

"其后呢？"

"其后，两夫妻中间便结了一种条约：由一方面之许可，任何关系俱可发生，条件是必须有利，赚来的钱规规矩矩的平分使用。"

费儿士道："咈！这倒是现代的，而非虚伪的。"

他把手钏钱付了。

"两千元……"好奇的马勒道："硬值得这东西吗？"

费儿士深思着道："……不……然而……"

他又从而解释道："没有一个女人值得二千元的，乃至值到二百元的；凡我们合作的女伴在顶亲密时供应于我们的那种快感，单调的快感，理理性性的估量起来实在并不算贵。不过，就我的口味而言，那太过自负的快感也只占淫欢中的一小部，所以我可以向您承认说，我并不想向亚利特太太来要求那快感……"

"怎么呢？……"

"不……我们只有……一点儿关系。或者那值二千元的，乃是装饰与衣裳；乃是我被请去午餐时的那种含激刺性的对照，我在长椅上咀嚼餐后糖果时的那种含激刺性的对照；这只算是贞操序幕中的一种辣椒：例如家庭餐室，丈夫，四岁的孩子……"

"八……八岁。"

"四岁好了！脸上摆出的四岁。"

"八岁。您忘记了这气候之于儿童是有碍发育的；而于母亲们倒极方便，匀称的青春起来。"

马勒遂站了起来。犹太女人殷殷勤勤的送到门口。费儿士走过时顺手把她的奶子捏了捏，因为她生得甚美。

他向马勒道："到底，这个弗儿朗……您信得过吗？"

"怎这样的谨慎呀？罢哟！一个犹太女人么！她是极狡猾的，又最贪心的，断不会失了利益而负了一个顾客的。而且，就是一桩不名誉的事于她又何干呢？所有西贡的奸情事与行贿的事都在她手上经过。这店子直是一个藏垢纳污的窝巢！

"例如：一枚手钏与一柄扇子。"

"是呀！一件奸情一件行贿，——虽然我的行贿对于那半正经的男子亚培尔的嘴是洗礼过了，涂了石灰的，而且是甜

110

蜜蜜的，虽然您的奸情，您向我说过，是……"

"是一种修道院中，小女郎们所惯行的奸情。"

马勒的手放在费儿士的肩头上。

"这令您开心吗？"

"什么？这修道院的奸情吗？"

"非也：而是您所过的生活，以及这缺德的永存的角色。"

"这并不使我开心。您弄错了：这并不是我所扮的角色。"

他们相傍走着。马勒的马车跟在后面，那是一辆华丽的马车，驾着一匹澳洲的黑马，比印度支那的小驹有两倍大。

银行家突的说道："您是我所最憎恨的那一种人产生的：漂亮的无政府党一类的人。然而，我却喜欢您。我打算帮助您走出您所处的泥涂，——泥涂，别说不是的……您可接受这忠告么？把您那些旧游丢开，另外来往一些人。这于您并非牺牲，您于这变更上也并没有什么危险：您于亚利特，罗舍，以及他们同类的人切不可太粘滞。您要晓得他们这些东西简直是一伙无赖子，不过是用石灰漂白了而已！罗舍么？一个变劣了的曲子相公。亚利特么？一个骗钱的大骗子。他的老婆么？一个私娼；我宁可百倍的爱您那李赛隆，她又不隐藏，又不欺一个人，人家就尊敬她，她也并不装腔作势……

"我一点也不向您谈说多纳与麦威：这都是您的朋友……而且我也不把他们与殖民地的无赖混为一谈；他们也算是好家伙，——坏家伙：正派的聪明人。——没甚关系。我所欲向您说的，只是您所不深知的那般人，或者您喜欢知道的：正经人们。有的，——很少；可是有的。您可愿意见他们么？

请到我家里来。我并不是一个端正的人呀！……"

"不是吗？"

"不是。——我是一个强盗，亲爱的先生；我偷过人，抢过人，劫过人；我挣过钱，而且这句话里便包含得有一大堆小小的丑行为，于是总合起来做成了一个罪人，同时又是个百万富翁。但也由于这些丑行为，方把我的生活饱满了，餍足了，所以在那种端正人中我是有点生气的。费儿士先生，在我家里，您一定握不到那些不明不白之手的；在西贡，称为最大豪华之事的，就在不与这些手相把握；但我还少少有几文钱来供应我的豪华。吾妻在这里也与在别处一样，只能容忍一些干净的人……"

费儿士开着顽笑道："您不怕我玷污吗？"

"这是我的事。只管来。"

"什么时候？"

"随您的便。只在没有日子做荡费小子时……"

他们走到"香港与上海"①门前。马勒遂拿起他特别的快动作把他同伴的手握了握，走入大门而去。

费儿士沉思的行走着。他的头上一片嘲笑的光华漏出一些红花来。

费儿士寻思着。毫无挂虑的转身走上他的大路，——因为邮政局刚打过五点钟，正是检阅的时间，他的马车是在土都克街等着他；在土都克街正与湄公河相邻，而费儿士顺脚

---

① 银行。　　——译者注

行去，反与河岸愈去愈远了。

　　他放下那些光明的中心街道不走。西贡北区全是浓荫蔽道的。费儿士已走到沙士卢·诺巴街，即是亚利特所住的街，而并不认识；他只尝味着那些藏在花园当中，木栅栏之后的别墅中绿色凉意；不晓得，就在这些房子当中，正有一所房子将一个女人和一张他所亲炙过的沙发隐蔽着在。他的梦想，正自不同。

　　他继续走着他的路，对于街上风景略不在意。在一所本地富室之侧，正有一个年轻美丽的女仆站在门口，一面敲着门，发出一片尖锐的笑声来引逗他去看她。但他却低头走过去。西贡是绝佳的城，可以把一切的事全遗忘在这里：盛而潮湿的热气把我们意识麻木了，街道中的红尘把一切生的声响全壅住了。

　　费儿士喃喃说道："生活是麻木的。"他又把那紊乱而完全悲观的思想引动了。他所交往的那般人，据习惯道德说来，是不是正经人，委实都是在单调疲劳以外便一无所有了的。而他自己的生活也单调得讨厌；他所努力求的乐也无非单调与急性的无味。他又如刚才一样的连连说道："这并不使我开心。"他想到人类快活的目录实在贫乏得难信：一总算起来，不过才五种著名的感觉，五种喽！而顶好的只有触觉，——爱情，——全包在医学的定义中：则云两层表皮的磨擦。再无别的了，再无好的了。——费儿士更正道："表皮吗？不一定：还有粘液。四平方德息迈当的皮。——而变化呢？就是文学！这是客气话。"他瞧不起麦威，因为他对于爱情爱得要疯了，也瞧不起多纳，因为他要把幸福纳在规律中，实在是太蠢：——最大的享受……"并没有享受。幻想……然而要是有了呢？有了不知名的呢？"

已经西下的太阳光正射着他的脸。他遂把遮阳帽拉下来，并机械的向四下看了看。一枚铁牌标着街名，——摩西街；——摩西是印度支那一个老民族的名字。——费儿士看见老树两行，沿街全是花园。房屋都是分开的。顶左近的是一所安南式的别墅，大而矮，砖墙，斜顶；一道乌木的游廊隐藏在一片绿藤帷子之后；几株很高的榕树荫蔽在那上了釉的瓦上。

一辆马车等候在门口。一个很小的侍童捉着那两匹驯马，是少女的马，或是老妇的马。凡这街道，房舍，车子，以及在打开的栅门之后所望得见的美而庄严的花园；互相调和成一片简单而和平的醉人的谐和。

费儿士想道："在这中间当然过的是好生活，——也是我们所欲饱餍以及我们目的所在的庇荫之所……"

他遂傍着栅栏站着。两个女人正从房里出来；费儿士猛觉得一个神秘的振子便在胸中动作了，干脆得有如一个枪柄：原来对他走来的正是细儿娃小姐，引着一个白发太太，步履蹒跚的向马车行去。

一个瞎子；自然是她的母亲；——一张惨白而和蔼的脸，眼皮虽然闭着，而仍是很体面的。

细儿娃小姐动情而温柔的拿着两柄阳伞和一件黄昏时披的薄氅。瞎子上了车；那少女帮着把她安整好了，然后转过身来，才望见这海军军官离她只有四步远近。

"费儿士先生！"

这是一种老实欢喜的呼声。小而敏捷的手大张着伸了出来。一面又在介绍。

"妈妈，这是多儿危叶先生的传令官。先生，妈妈已很晓得您的，我曾把您的船，——以及您这个人全向她说过了……"

费儿士深深鞠了一躬。细儿娃小姐不想上车去了。她只是快乐的说了起来，因为把这个曾令她心喜的男士看见了是很高兴的。细儿娃太太觉得街上不及客厅方便，很愿意起来把这位客人招待到别墅中去。

费儿士忙止住她道："我请您赏光别把我待得如此的慎重，不要把您的遨游耽搁了。太太，我并且不配受您的招待，因为我是偶然来到您的府门口的：我初不知道您就住在这里。"

细儿娃太太很慨然的说道："那么，这偶然就恩宠了我们。您既然绝对不想进舍下去，那就请上车来同我们一块儿：您喜欢往何处，我们就送您往何处去罢……"

细儿娃小姐结尾说道："这于您尽可算是一次专诚造访了。偶然不应该无所为而为之的。"

费儿士道："您太优待我了。但我敢信我不免会妨碍你们的……"

"一点也不！这里有一张顶好的活动挂椅，而且我最喜欢坐挂椅……"

"要是它比这坐位还好的话……让我坐好了……"

他翻然上了车，并坐下来了。车子启行了。费儿士的两膝恰放在蓝裙与黑裙之间，彼与此都以同一的感情——绝对贞纯的，把他弄得很不好过的。

细儿娃太太问道："您没有什么事要做吗？那么，同我们一直到吐都克来；七点钟前我们得进城去的。"

费儿士答应了，道谢得非常热烈似乎近于不恭。一点钟以来，马勒的言语都把他的思想疲憋着在，所以对于他所不知道，所绝不知道……绝不，且没有地方知道的这些正经人，一种好奇的念头便在他心里萌了芽。谁知道呢？这般人或者比起他那寻常在一块儿的娼妇，骗子，文明的——太过于文明的无神论者，还更有味些，还不甚单调些。费儿士一面勉力与这个真正干净，真正诚实的女郎接近着，——一秒钟也不怀疑，——一面悬想起自己仿佛是在暧昧房子，小戏园，夜餐馆，鸦片烟馆等处，长期的过了一番狂热季候之后，忽然躲到亚尔卑斯山上一个寂寞的最高处，爽爽快快在那里呼吸着冰原上的清新空气一样。

……而且细儿娃小姐的巧笑，与她喋喋不休的言语全是新鲜而爱抚的；——而细儿娃太太沉静的面目，与她的声音又全是温和而平静的。

费儿士先生自持很谨，而他温然的心也麻醉着，一句话不说。车子从一带颇有乡风的街道上绕着老砦行去，并从公园桥上渡过那条运河。那桥是寂然无人的，而沉睡在竹篱与木兰短篱之中的褐土园道也杳无人踪：西贡此时正风骚的回翔在检阅场上，所以公园里在太阳西沉以前是没有游人的。

细儿娃小姐问道："您自然认得吐都克的？"

"吐都克？……"费儿士从他迷乡中出来，答道，"吐都克吗？不认识……"

细儿娃小姐便叫了起来，并且愤激蹙额的道："您不认识吐都克啦！可是，天哪，您做了些什么？自白鸦儿来到西贡，十五天了？"

他所作的事真不容易说啊！

"并未做什么事。我老是出来得很晚；我的伙计喜欢到何处，就引我往何处去，——老是检阅场而已……"

细儿娃小姐严正的说道："检阅场是受不住的。在那条人所不能驰骋的笔直的蠢路中，只是很多的车。很多的装饰，很多的漂亮人。您准可以看见吐都克的大路殆不止百多倍的美丽……"

费儿士早就是心服了的。其实吐都克在桥旁边并没有如何好法，只是蜿蜒在稻田之间，蜿蜒在丛生的木兰当中的一条可爱的路；不过那些稻田却比爱尔兰的草原还绿，木兰花则由它那一团团的花冠中放出醉人的香。

费儿士道："任何地方都没有这条奇香的路。西贡真是一个香城。"

"任何地方吗？"细儿娃小姐说道："真个，您见过所有的地方。把您的旅行告诉我……"

费儿士温温驯驯的叙说起来。他跑过很多的世界；以他锐利的眼睛观察过一切的人众，和一切的风物，并在百多种

117

如画的庞杂东西之中曾把那顶稀奇而顶富激刺性的精选过。

他把他所由来的日本描绘出来。说着那些老是像新的白木房子，极大的树，以它神奇的绿袍把房子遮着的树。他又说到拱在干涸之浇上的拱背桥，以及那些野店，游人来到这里不但找得到他的热茶杯，找得到他很软的鸡蛋糕，并且找得到下女的翘着嘴角的笑容。他遂把那尖脸节子的样儿描画出来，以及与她雪白袍子相杂的黄色，蓝色，葵色香客的队伍。——他竟自把有竹篱的吉原，以及可怜的女娘们，以及日本一切淫荡事情全忘记了，——他不是有意的要忘记：因为细儿娃小姐确把一种贞洁的气雾散布在她的四周的原故。

其时，车夫正从一道粉红砖桥上渡过一道小溪。

细儿娃小姐问道："日本的桥可就同这个一样吗？"

"简直不像，真有千百倍的不同，——以致我简直不能讲解。譬如说，只须把这小溪与这桥洞一看，我便知道身在越南，而绝非别处。在全世界中，对于知道看的眼睛，实在没有两个相同的地方。"

那少女叹道："何等的有趣啦，看过恁多的东西，而如此的留映在其记忆的深处！——您的头脑硬像是一本画片册啊。"

细儿娃太太以她沉思的声音说道："有趣，——却也一样的愁人；常常被逐出于他们所爱之地的海军人员应该深知道他们在旅行中的乡思的……"

多纳在别一周曾嘲笑过费儿士的气性忧郁；费儿士回忆起来了，而细儿娃太太的同情于他却是顶温和的。

"乡思再多也做不出愁来的。我们于以前的地方自都保存得有些清明而迷人的样子；但我并不甚追念它，因为今日的地方全抵偿得过，并因为这一根钉把那一根钉钻了出来的原故。譬如在这个正开花的木兰林中，别的地方只管好，我怎能去追念它哩！"

色梨赛特小姐摇着她那淡金脑袋道："然而明天，在别一片森林中，您又会把这里忘记的。此乃无恒的事……"

"我承认的。但是若果我有恒，我不免就太可怜生了……"

他忘记去梦想那最高的，这是他平生第一次。

"人是可以本本分分的无恒的。对于往日的甜蜜时候，我自然保存着我的谢忱；不过时候是死了的；它的鬼为什么便要把今日的甜蜜时候给我弄坏呢？当我翻过我生活之一页时，我便努力要用我的新眼睛开始去看下一页。这是容易的，因为两页之间绝不相同。现时之在西贡的我并非两月以前的日本费儿士；而那个日本费儿士又不像去年的巴黎费儿士，也不像往时土耳其或大衣地群岛的费儿士……"

细儿娃小姐开心的笑了起来道："请把这些不是您的费儿士说与我好么？"

"他们委实做过我顶亲密的朋友，我在昔也很爱过他们；有时似乎他们还生活在我所认识过他们的那地方。大衣地费儿士，举例说，是一个沉思的人，他最欣赏的是树子，是草原，是溪流。逐日他都在田野中漫游，穿着一件蓝帆布的'巴哈阿'，戴着一顶大草帽，——自然是赤脚。他曾在他所唤为华美之府的巴必特村落中，佃住了一间建在可可树园中的小屋。每月一次，当那些信与新闻纸，贴着法兰西邮票，盖着法兰西邮戳的东西，寄到之时，他并不将信封打开，而新闻纸只撕来作厨房里的燃料。”

"土耳其费儿士呢？"

"那是一个极有信仰的回教徒，他无一周不到斯丹堡的几个大回教寺中去祈祷亚纳的。祈祷之后，便坐在一个奥斯莽里咖啡店的露台上，静静的去看波斯福尔运河，而且每礼拜五日，——休息日，——一定在斯苦打利坟园的深处做四小时的梦。"

"尚有一个中国费儿士呢？"

"一定的！这一个人的日子是这样的在过：一面自矜着他的种族是世界上最老的，一面自矜着他的哲学是最明晰而最讽刺的。这是一个不可耐的人：所操心的只是卷烟用的米纸以及醮墨水用的钢笔，而且瞧不起一切的地方。"

细儿娃小姐变得很思索的了。

"如此其多的脑经续续发生在一个脑顶之下！想起人很焦人的：明天，您说不定还要再变一次，假使我在巴黎或日本遇见您，我们岂不应该重新结交过……"

"或者。我想来这仿佛是一块照像底片：只要见了一丝阳光，而所感映的肖像便会消灭的；而且只要把定性水一涂上，它就会变成一种不再更替的凭证的了。"

"但那定性水呢？"

"我还没有找着。"

大家静默了好一会。大路盘旋在一片与吐都克相通的槟榔林子中；已不再有木兰，稻田，以及为太阳所粉碎的红尘。只繁茂的槟榔树以其纤细而端正的树身彼此相挨着——它们四散的长叶也在离地五十步的高处密密的相间着；这一来便造成一种为伊华式细柱所支撑的寺观之中森然而立的穹隆。在树丛中，地是褐色的，流水是发光的。全个森林都寂然无言。

　　细儿娃小姐把一双手连在一只膝头上，贪婪的望着，一言不发。费儿士很赞美那一双端庄的蓝绿色的眼睛，并且甚为惊诧一个小女郎竟知道去看这无花，无鸟，无太阳的森林之美。

　　瞎子说道："先生，我想您刚才还没有说全。我同情于您的就是在各地方中您都在发现一个新灵魂；但在我想来，您应该逐处都得念及您的家庭才是；这点破坏不了的回忆始可在您所信为当过各种角色的各种人的中间安放一种联系，一种亲情……"

　　费儿士道："我没有家庭的。"

　　"一个人也没有吗？"

　　"一个人也没有。"

　　"在您这年纪上倒极是可悲的。"

　　费儿士沉思起来。一个家庭，直是一所监狱：锁链交加的监狱：如亲戚，如朋友皆是；——凡这种种都不足以引诱他。——一个家庭吗？先生，太太，以及别的；——号哭涂抹的小孩子们；——一点儿缚束，一点儿滑稽，一点儿不名誉；

121

惑人的水药啊！——费儿士要笑了。但是一举首，却看见了这个家庭，使他吃惊而周章的：这个和蔼温柔的母亲，这个纯洁精细的女儿……他遂很诚实的答道："是的，可悲，——有些时：我本来是流荡的旅客，尤其在我中途休憩，偶然发见一个和平而热烈的家庭之时，以及由一道半开的门口，偶然发见一些诚意的丈夫，一些被爱的妻，一些体面的小孩之时。这些夜里,我的船便黯然了,而我的寂寞也加重了,不管我怎样，总望对这些幸福人加点儿祸害。男子是一个贪心不足的丑畜生，他只是把别人的苦痛拿来做他的快乐的。"

这是一种说不厌的诳话，也是一种海员的浪漫传说，这些海员大都是被逐于陆地之外流荡海上，老是以家庭相思与家庭温柔为粮；然而诳话总会无尽的把一般女人骗住，因为女人们大都在她们各样态度的装饰之下，都藏有一片不同而愚鲁的深情在的。——费儿士先生是孤儿；费儿士先生没有家，几乎没有国。所以两个女人同情的听他说后，不由就要设法来把这奇苦的索漠给他软化下去。

细儿娃太太道："先生，我恐怕在您屡次旅行之后，您简直还不曾发见生活自有其顶好的强壮剂的，——就是家庭呀！要是您愿意，您定可认识我们的家庭的。您差不多是我老友多儿危叶的儿子，他原是我丈夫顶亲密的伙伴。我的家就是您的……"

她把她那仍然白柔的老手伸了出来，费儿士遂在上面深深的吻了一下。色梨赛特快乐的说道："我们把您收编了！

啊！我们是一个很小的队伍，但是很精选的；在我们中间，大家都不作兴献媚，作态，胡骂，——西贡的三件例外事。大家都来打网球，——一种当真的，正经的网球；——大家来念书，来谈论，来散步，——种种高尚的；而且遇着那不可爱的人便挥之门外。一个很小的队伍：总督，亚培尔一家，马勒太太。"

"马勒太太？"

"你认得她吗？"

"不甚认识，但很认识她的丈夫，他今天也恰恰请我在他家里来往。"

"那就好极了。您一定在我们家看得见马勒太太的，而在她家也定然看得见我们的。这是一个十分好的女友……"

色梨赛特小姐便琐琐碎碎的把个马勒太太完全表白出来。费儿士寻思偶然有时也含有神意的。昨天，一切都还牵连在幻境上，过着那使他疲劳，使他心烦的旧生活在；今天，却一切都协和了把他引着向一种新生活方面去。昨天，他所来往的社会，尚一一的陈列出他的污点，他的缺憾；今天，则一个新而惑人的社会竟大开其门来欢迎他。他将走了进去……

车子停下了。这是散步的终点：那路一直通到江边，也没有桥，也没有堤。只一只渡船，而吐都克正藏在对岸的槟榔树间；仅看见三间土壁茅茨的肯哈。

那野林葱葱茏茏，密密层层的拥在两岸上，一条河水从中贯入，好像是一条园道。树根都一直浸在急湍中，黄水里头显出了一条条的绿纹。槟榔树把这湄公河便如此的夹在两道厚篱中间，两道盘根错节的大栅中间，其上是扶疏的大叶好像戴了些凉笠。被野林阻隔的太阳在这两篱之间的流径上复起仇来，因此，那水便火一样的红……

两匹马都嘘着气。而那不动心的马夫却又挥起他的鞭鞘来。

色梨赛特·细儿娃小姐喃喃说道："这些波动的棕形叶直是一些竖在这野林顶上的小旗……"

渡船正推到急流的中央；桡夫的细长影子映在炽炭色的水面上，动摇得和中国灯影一般，一个本地女人坐在船头上，双脚垂在水中，吚喝着一首断续而哀怨的歌。

太阳沉下了。应该回去的时候。夜色在槟榔树下已在迷蒙。因为六点钟而生的雾已经满布水珠，谨慎的细儿娃小姐便拿起一种小母亲的爱护姿式把瞎子裹在她的外氅中。

……夜色在槟榔树下已在迷蒙……

色梨赛特·细儿娃玄妙的寻思道："当我幼小时，我们花园中的树子似乎都很大，而花园也宽广。这些槟榔树以及这一派野林，与我回念比起来，却是极小的……"

马蹄踏在软土上没一点声音。黄昏的静肃对于内心的隐秘是太合式了。

……"我们那时住在一所很像农庄而人呼之为古堡的老房子内，因其有一个尖塔的原故。这是在白利哥儿地方。有许多的花，而山丘上又有一群山羊，与一个戴软胎遮阳帽的小牧人。四围墙上全绕着藤萝，爸爸每年从亚非利加回来收获时，乡人们便把些小纸灯笼与小旗幡挂在墙上。当他在家时，屋里多么的快活啦！他那一身蓝武装到处都生着光芒……这真是绝好的收获期呀！到他重去时，他的坐位仍留在桌子跟前的，他的食具也逐日都要摆得好好的，如像他还在那里一样。——其后，他再也不回来了……"

费儿士从中打断她的话道："您就在这时候离开法兰西吗？"

细儿娃太太以同样的声音答道："后一年。我已孀居而我的女儿已大；她寄父正做了西贡总督；我们才随他而来的。我作得并不差，既然六个月后，我的眼睛便病瞎了。一个瞎子妈妈，一个远出的寄父，——我可怜的色梨赛特一定会焦死在那边的……"

费儿士把她那白头发而无皱纹的脸定定睒着。这女人的全幸福没落得有如一种被刈的熟麦，才不多年；她失了她的丈夫，她的祖国，以及白日的光明。然而还是微笑的；如此其多的苦楚都未将她的勇气损却；为着她女儿的情，知道把她的眼泪泰然的压抑下去……

"当我小的时候……"

细儿娃小姐又叙说了些童年而美好的故事。费儿士仿佛在他记忆深处看见了他自己的童年，悲哀而枯燥的。所以他的柔情不禁就为这个以如许恩惠而把那秘密之箱向之打开的有信心的少女而增加起来。

……木兰花在黄昏中更其香了，——小渠与小桥的粉红砖目前已是灰色；——公园中的大象都在大栅中叫唤；——

大家已进了城了……

"不久再会，可是吗？不多久再会吗？"

"明天会，只要您许可。"

在光明的夜中，他步行着返身而去。温和的空气出奇的活泼。

走到喀底纳街，多纳碰着他。

"今晚，到堤岸去吗？"

到堤岸，喝酒，高谈阔论，找姑娘？

"不，不能够……"他毫不思索的打着诳话道："不能够：我走了整整一个下午，腰腿都倦得要折了，我要回船上去。"

十三

在赴检阅场去的时候，多纳于喀底纳街上遇见麦威摆着两手在步行。他大为惊诧，遂取笑道："你的车子在何处去了？你却在这里闲踱，当女人们都出来了时？"

"我不知道。"

麦威好像厌倦而无神气的样子。多纳遂把他手臂挽住。

"还有费儿士，是怎么样了？八天以来我未曾看见过他。末后一次，就在这里，有一晚；他跑得同一匹小马似的；我约他去消夜，他却说他不能够，说他腰腿都疲乏极了，然而大步的走了去。从此，就未看见了。"

"我昨天却远远的望见他在马勒家人的四轮马车中。"

"他公然置身其间啦！"

多纳惊疑的止了步。

"是的。大家都说他在这家里，在别些人家里。"

他们并肩走了去。

多纳述说道："马勒在米生意中正赚了一笔大钱。单是税关免征的税额已是四百万，因为政府不敢亲自来征取这税。

马勒却敢：他曾为文怯斯特队中征集过二千名无赖子；税关得拨出八百万；——但我们总不免要遇一次大革命的。"

麦威做了个漠不关心的姿式。

多纳仍旧说道："苦恼咯，一旦革起命来。人家就要召集我们的。"

他原是任命了的预备军官，限期一到，就要到圣杰克角去炮台上指挥的。

麦威并没有听他说，只两眼看着地下在走。

技师忽然说："你怎么了？"

医生徐徐的把肩头一耸道："厌倦……"

他又悲伤的说："……厌倦，我正思念一个女人，——她不愿意。我正思念两个女人……"

"谁呢？"

"马勒，——亚培尔。"

"那位亚培尔母亲吗？"

"不是。马儿特。"

"这个小女孩吗？你在前觉得她很瘦的。"

"是的。但我注视她时，我的头就昏了。有一夜，在戏园里，你可想得起？她把我弄得眼花缭乱的直像一盏电灯。我翻遍了我的医书，找不出类似的病来。我真不知道如何的来保养我……"

他站住了一会。把话说完道："我得把她娶过来。"

多纳道："你疯了。"

"或者是的。"

多纳寻思着道："两个不愿意的女人！这在西贡很多的。你都试过吗？"

"我一点也没有试过：我碰了壁了。马儿特令我怕，令我痴。那一个又怕我，而拒我于门外。"

"然则她爱你了。"

"所以我要进行咯！"

他们点燃两支纸烟。麦威让他的烟自行熄灭了。

技师劝他道："别的女人很多。这里或那里，出精总是一样的。"

麦威把头一摇道："我不能。是倒是，别的女人很多；——过于我所要的；——过于我所弄得到的。——你看，就这时，就有人在堤岸等我，我之所以要步行去者，因为我不愿坐车去赴这幽会，这是一件秘密的风流事：一个少女……"

"我看来是一样的。唔？"

"唔，这却不是我所想的，也不是别一些。"

多纳道："你要当心。若你在这里，是危险的……"

他们一直走到大教堂。便站在门前。

多纳道："你可记得有一晚我对着这墙掷去的猫尸么？就在费儿士到的那一天；——蠢费儿士！——那时我们都醉极了，我们寻找波乃士区，极淫乱的那一区。这故事中很有些哲理，——以及药物；与你情形极适合的药。一些酒精，一些女人：你的昏晕就会好的。"

医生说："不行。我有过经验的：当一个想女人的念头逼着我时，无论什么事都把我的心分不开。我太过于服从这种想头了；我是它的奴隶；这一次还是如此，我应该服从，或者……"

他们是站在红砂行人道上的。一辆马车逼着他们走过，车轮响着。麦威端立不动；车轴擦着他的腿。

技师跳往后面叫道："注意呀！"

麦威吃惊的把他看着，做出一种无忧无虑的姿态。

叽咕道："并没有危险。"

他们重走下街道来。

医生提纲挈要的说道："正是她。"

多纳道："不要颓丧。那女的马勒大概是爱你的；去追随她好了。利用费儿士，那个傻子！既然他在她家里走动。去会她，无论何处，去窥探她，去骗她；只管去擒拿！至于那一个，——见了鬼！你并不爱她的；只是些昏晕，而非情欲的冲动。"

麦威决然道："若我不与马儿特·亚培尔同睡一觉，这昏晕是无了期的，而我也一定会死。"

"那就算了，"多纳道："今夜在俱乐部会罢。"

他走开了，跟着又走回来："到底还是得当心车子。你与车道恰成些切角线。这比内在的昏晕还严重得多。"

十四

多纳的鸦片烟室是黑暗的，因为那大木板的天窗把午后两点钟的太阳正遮完了。只是那烟灯的光黄黄的映在天花板上，而棕色烟旋便徐徐的在这药气熏透的空气中流动着。多纳正在吸烟，他的两个娈童则熟睡在他的脚下。

又不能沉沉入梦，而酷热得只想咒骂的午睡时全西贡都是睡了，晒杀人的太阳便临照在那些空街上。只有吃烟的人才继续在严闭的烟室深处活动着，沉醉于鸦片烟中，跑出人的世界，一直达到古昔孔子所启示于他弟子辈的明慧而至善的最高学术之府。

多纳向左侧卧着，右手执着烟签，正在预备他第六筒烟泡。他把许多装有鲜稻草的柬浦寨垫子叠在身下：他那敞襟的浴衣露出了棕色的胸膛，同他大脑袋比起甚为狭小的胸膛；一片壮健而佝偻的胸膛，这是一种把他世传的脑经不住的来精炼，而故意把他的身体拿去荒于酒色的文明人的胸膛。——多纳正在抽他第六筒鸦片烟。

他把那筒黑烟泡不换气的抽着，宁可不出气，绝不把烟子吐出来。他的头仰贴在垫子上，快活的挺着，所有他的意识颤动得有如弓弦。药的香气满足了他的鼻孔，而烟灯也照醉了那金属的眼睛；娈童们熟睡以后的细微鼾声在他耳里直如一派四弦琴上醉人心脾的哀怨声。

外面，在那沉寂得好像撒哈拉沙漠的街上忽听见一片脚步声，——除了吸烟的人外没一个人开始就听得出的。多纳很好奇的听见那走来的男子；——一个男子，因为这是一种并不急促而大踏步的步伐；——吸烟人的锐感是练习着来顽的。那男子站住了，接着又走起来；多纳从脚踵与行人道的石头的接触上猜出那步行者不得不舍去树荫穿过街道的一种迟疑情形。那步声停在门前，多纳仅仅从指头叩门的声中便认出是费儿士，虽然费儿士还不曾在太阳正烈时上过街。

多纳拿起脚头向那睡熟的棕色肉堆上踢了一下。娈童们都惊觉了。骚先站起来，鸦片烟把他的眼睛全胀红了。当费儿士耐不住再叩门时，他正在找寻他那件白帆布的"凯好"，是午睡时脱下丢在一角上的。那童子于是便赤条条的跑去开门，只一面把他的长头发缠在黑头巾之下。

费儿士一进来，便丢下他的帆布盔，静静的坐着。

吸烟的人问道："做什么？"

"没有什么。"

他遂躺卧在烟灯右边，多纳烧了一筒烟递给他。费儿士摇头不要。多纳独自抽了，其后他们便假寐了一会。娈童们也重新熟睡着了。

黑色烟子动手染在墙壁的草席上；只有黝黑石板上的

方程式还透过那几乎不透明的烟阵放出光来；于是那吸烟的人颇想在这上面把那种永远存在的福音书上的银样短句念诵一番。

四点钟响了，多纳起来。他的脸与双手都被药物弄得污黑；他遂擦了些香水，并把瓶子递与费儿士。

"十筒烟，而在第十筒之后两小时的休息。不宜太过费了。"

他脱了浴衣，穿上常服。费儿士则吸燃一支纸烟。多纳遂跨坐在那惟一的折叠椅上。

"你何故到这里来睡午觉？"

"人家把我从我寓所中赶出来的。"

"谁呢？"

"李赛隆？"

多纳等着解释在。费儿士把他的纸烟闭熄在鸦片烟盘中。

"故事很简单。我有时同这女子调一调情，麦威依然是主角。麦威自然是不晓得……"

"倒无甚关系。"

"一切都很顺利，而这几日中我打算把李赛隆撇开。困难因而就发生了。"

"要离婚应该是两方面的。"

"我只有一方面。她是纠缠着不丢手：同我两个去欺骗麦威这是使她高兴的。我只好不常去找她：她却跑到我寓所中来；我只好躲避：她便在我门口等我。昨天夜里，我太不耐

133

了，遂给她写了封信去。"

"明明白白的说了吗？"

"不很明白：只求她不要再来；因此，刚才正午睡时，她忽跑到我那里来。"

"好像社会主义之加于资产人家一样。"

"这不奇怪：我是时正穿着浴衣；我睡熟了；却应该去给她开门。"

"困难咯。"

"她进来了。我脸上立即接受了三百块银元，——这是我昨天附在信里寄去的，——其后，毫不停顿，一个赤条条的女人便堕到我怀中来；她是穿着浴衣来的。"

"你抱怨吗？"

"我生怕她强奸我。因就尽我所能的摆脱出来；把外衣穿上，就跑到你这里来了。——她气得叫喊；但这不久就算了的：我已向她说过。"

他无怨无尤的笑了笑。

多纳问道："你的家具不结实罢？"

"只有一张铁床。"

他又取了一支纸烟。一口一口的蓝色烟子静静的一直上腾到天花板上。

"你不欢喜罢。"多纳很大量的如此判断；——鸦片烟犹然灌注在他的血管中，而调节着他那无情的习惯在。

费儿士承认道："我确乎不欢喜。"

他遂走去看黑板上的分析公式。多纳旋过折叠椅把眼睛

134

跟着他。

忽然的说："十天以来都没有看见你。"

费儿士脸上红了。

"疲倦的原故。"

"然而却有了腻友了。"

他身体好得很，——容色光昌，眼皮清洁；也没涂黑，也没有扑粉。多纳便笑了起来。

"你拿谁来代替李赛隆呢？"

"并没有人，我要休息一时。"

"很好。今晚我规规矩矩的要在堤岸酒室中晚餐；——这很合你的办法。你可愿意？"

费儿士的脸更红了。

"不能。我先已答应别人在城里晚餐。"

"在城里？"

"在马勒家中。"

多纳假装吃了一惊。

"马勒夫妇吗？你是往这般漂亮人家去吗？"

他狂笑起来，并叉起两臂。

"我可怜的老友！这竟是真的了。人家已向我说过，我煞是不相信。你，一个文明人，一个我们前卫上的兵，现在却变成这个古怪的东西：一个社交人物！现在你竟拜倒在女人们的裙下，竟缚束在礼节当中，文雅当中，以及交际当中去了！而且是一些忸忸怩怩的裙子；而且是一些相互的阿谀令色：全是些假货，伪币。你竟自为这撒诳的恶劣烧烤东西而把我们正直理智的——算学似的——生活中的滋味吐弃了！十天以来你都拿背向着我们；你把我们男子的理想否认了十天；你目前所追逐的是何等的虚妄，何等的蠢事？你，一个老实人，都埋没在何等样的撒谎泥涂中？你是疯子或者是变节的。"

费儿士道："你说得太过了。"

他曾试着不要犯这遣责。在这哲人的跟前，他并不想辩护，只觉得拘束而羞愧。但十天以来他所尝试过的新生活却以着那种令其只好甘心接受的甜味把他羁縻着在。他遂悲叹道："我是照着你的规律在生活的：我曾毫不费力的寻见了与我口味相合的欢欣；我便把它揽住了。我是毫无所虑，也不防人的随意在生活。告诉我这计画的便是你啦！"

"傻子！"

多纳并不生气，只做出那种怜悯的样子来骂他道："傻子！我们不要争辩了。你可是相思者吗？这定然不会是一种辩护，而是一种说明的……"

费儿士心里很不服。然而于这些遣责，于这些讥刺，他老是低头忍受了。但色梨赛特·细儿娃的名字在这上面终不免是亵渎了的！——实则。——他忽然寻思起来，——为什么生气呢？谁在说色梨赛特？但并非相思者，比起任何一个社交女人来更不是她的相思者。他遂笑了。

"相思者么！你呢？"

多纳拿起一种侦察的眼光将他钉着。但费儿士并未打诳；他的诚意确乎含笑在他的脸上。多纳不再说了。

他一面把那脱了以便午睡的衣服重新穿起，一面说："我要往麦威家去了。你来吗？"

费儿士把表一看道："可以。我还有时候。"

"时候？你要做什么？"

"一个网球会。"

"何处？"

"马勒家中。"

费儿士的脸不再红了：他并非相思者，这一点明明白白将他的内心平定了，放安了。他把肩一耸，同时那顽固的多纳，正发言道："一自青春期停止以来，爱情只算是一种智慧的贫血症。"

他们一同步行到麦威家来。嫩妹嬉街散着一派土著的香气。他们到了街端遂转入西班牙街，再一刻钟便到了。医生的栅门已开，银镶螺钿的人力车正在大覆盆树的院中等着它的主人在。

费儿士进去之前不禁说道："美哉，这房子。"

"又肉感又秘密的：女人们的一个陷阱。"

多纳侧着头，着眼，就如一个画家或一个代数家似的欣赏起来。麦威的房子完全隐伏在那丛树之后，而每层都有一条为绿藤所蔽仿佛一片厚盾似的游廊伸在外面。栅门一开，园道便一直绕到长方的阶石下，而来客只要一踏上阶石，一下就看不见了。

多纳又说道："青春情爱的寺院啊。里面还有许多与一切女人长短合度的躺椅：凡你每日在寓所，在马勒家，或在别处所尊崇的那些女人都曾在这些椅上睡过，或将来要睡的。"

费儿士冷冷然的说道："可能的。"

他们进去了。

麦威正独自一人，最后的顾客已走了。他的办事室只管宽大，然而却显得很亲切，得力于那种半明不暗以及寂静的景象。窗扇门好像不大，蒙着铁丝活络帷，清风透过而吹扬不起的；四壁都隐蔽在极大极长的一种葵色纱幕之下，到处都打着褶子；乃至二人密谈椅上，藤沙发上，都是这种纱罗障蔽了的，就是两扇常关的门上也像帷幛似的垂着这种东西在；——所以在房间中这许多软罗直漉出了一派和平而秘密的气象。凡在这四周谨慎的墙壁之间所说所做的完全漏不出去；因为动作与话言全被这些鼓起的帷幕助手所埋没了。因此，许多女人都要到这忏悔室来自白，来将息那种几乎全西贡都吝而不与以及不便的贪欲；又许多并不生病或已经痊愈了的女人，也要在这些预备着的沙发上来接受，来求得别一种的看护。

直是一间忏悔室；绝不是一间办事室；——一间为那犯了风流罪过而设的忏悔室。也没有书，也没有纸，也没有囊：只是些珍玩，香，扇子，以及寻常预备的美酒与糖果。

麦威正坐在一张长椅上，瞅着他那已熄在烟盘上的纸烟。那个半仆半妾的安南女子也正在地毡上奔走，这种女子为在印度支那的欧洲人万不可少的动产；——十四岁，两只朦胧的眼睛，一张淫荡的口。一双凡事都巧的瘦手。这一个很美，与她那杂种同胞一样的美，——印度之铜中国之琥珀的合金。

"你们么？"麦威依然坐着这样说；——多纳与费儿士走了进来。

那个正在主人身边蹀躞的女仆便拿起一种摇唇鼙眉的样子笑迎着这两位来客。

每逢他们在一处时，在他们的中间并无亲密的表示的。他们的友谊只算是一种意见与聪明的一致，只算是一种并行自私的集合，这自私是毫不客气的只在希图那最容易的最大享受。然则幼稚与欺人的把握却何益呢？

多纳看着那女仆讽笑道："一幅家庭画图啊。"

他们随意谈了起来。费儿士谈了些当日所得的政治新闻：依照最爱预言战祸的老多儿危叶的意见看来，消息很不好。各种武备的练习不停的在白鸦儿舰上举行着，并且全舰队都具备着一种战争的情形在。

多纳问道："可是老年人的颤动吗？"

费儿士伸着嘴唇做了个不敢决定的样子。

"起初我还相信。现在，却不知道了……"

这种惊人之声以及英国舰队在全球各海洋上集中的动作确乎使他吃了惊了。

所以他末后便说："总之，英吉利定然在企图那种绝对出人意外的坏事情在……"

多纳叹了一声："喂！"

他想及了那可能的动员令，想及了在圣杰克角的炮台上与敌人炮火迎面相击，而正在等着他的那战争……他又把他另一种的不安提了出来，就是因为马勒过度的把税额增高，不免要引起土人革命的不安。

一听到马勒这个名字，麦威就动起心来。

技师从中把话头一掉道："正是，在这家人当中关于你的有什么新消息？"

麦威叽咕道："一点也没有。"

多纳审视着他那黑晕的眼睛，他那惨白的嘴唇，他那深陷的两颊。

"病了吗？"

"未曾。"

费儿士接说道："至少也是疲乏了。停止一些时罢，相信我。"

麦威奇怪的一笑。

他道："你瞧，八天以来我都在禁欲——八天啊！"

多纳做了一个鬼脸道："见鬼！这还纠缠着你在吗？"

"还在哩。"

费儿士问道："什么啦？"

多纳哈哈一笑："这不大是你权力所及的，社交家啊！麦威现正害着相思病在。他的爱情只管胶固，但并不惶惑在柏拉图的主义中；他所梦想的，端在把他渴望的那目的物弄来睡在他的床上。这于你新精神状态确是极简单的。"

费儿士把肩头一耸。他正要回答时，恰是那看门的仆欧来向他主人说话。麦威便挥之而去。

他说："这惟有李赛隆，这该她的日子。可怜的小人儿，她可错了……"

多纳很希望看一出喜剧。麦威天性爱漂亮，便把帆布的外衣拉伸。费儿士只想着他的网球，留心的是时候问题。

李赛隆笑着进来；大概费儿士已不在她的记性中了，或者她刚把负心女人们的报复本能恢复了的原故。但她第一眼所见的正是他，于是她那刚刚忘记的恶怒又扼住了她的咽喉。她猛的住了脚。费儿士拿起那淡漠的眼睛把她看着。她，在前已在那女性的自尊中受过侮辱的了，现在，经这冷淡一待遇，直像脸上挨了一鞭似的。她便跳了起来，脸色陡变，捉住费儿士的手臂把他从椅上拉起来，拖去与那吃惊的麦威迎面站住。叫道："你可知道，我同他睡过呀！"

跟着，便胜利的，报复的，粗野的，等着一场大祸的来临。她那简单的脑经正怀想着一个被欺男性的那种不可避免而是悲剧的狂怒在。殊不知世传的文明已经把这嫉妒兽性的恶根从麦威身上铲除得干干净净的了；他并不动弹，只是笑。李赛隆被一种把她狂怒平息下去的麻木弄来茫然不知所措的，把费儿士的手臂放开：——费儿士安安静静的又坐了下去。

他说道："确乎不错。"

他提到这上面很想寻找一句怪话；却寻不出；麦威把那好奇的眉头弯了起来，因为这戏情把他迷得好像一个谜。费儿士解释道："这不过是重演的埃及历史上的悲剧罢咧：蒲底发或者是脱却外套的……"

麦威慨叹道："我可怜的女郎！你也得走出前世纪来才对呀！"

他们两个人——三个人都对着她笑起来。她自以为疯了。

她只连连的说："我睡过同……我睡过……"她的怒气忽又重升起来，这一次还杂有一种奇怪的恶恨。她唾骂道："胡涂东西们！你们的老婆同任何人去一块儿睡觉，你们都能忍受吗？噢，我哩，一个娼妇，我偏要提着名字叫你们：你们都是些懦夫，空头腐物。人家打你们的嘴巴，你们也不会觉得的。因为在你们肚中的并不是血，而是……"

一派恶骂都在他们的嘲笑上滑过去了。尤其是多纳，他把这些侮辱咀嚼得有如一种奉承上司的野蛮敬礼一般；——这是一种专爱看那从赤裸本性当中而来的自由戏法的哲学者的欢欣；——多纳只是笑，也无所谓怒，也无所谓恕。麦威毫无做作的，冷冷静静一直听到结尾，继而便站起来把那女人掷到门外去；——他以前从未侮辱过一个人；但他觉得一个情妇敢于不恭敬的来向他说话则是不对的。这个叛奴似的李赛隆几乎叫了起来，几乎要正当防卫了；但她看见了她情人的眼睛，——一双要使她服从的恶眼睛，于是她便把肩头擦着门扇退了出去。麦威仍然回到他长椅上，打着呵欠。

只费儿士一人红着脸。他不发一言，不举一指。但一种奇怪的愧色升到脸上。他身上并找不出鄙视卑劣部份的力量；所以他心里难过得好像镪水灌了的一般，其实是被真理所疚；——但他却不能决定这到底是不是真理。

……那个在长椅之后逡巡的女仆默然而害怕的，当李赛隆说话时。其后，麦威把喧闹止住之际，她便险些大笑起来。这都是风流事的注脚。多纳毫不动情的把那打断的话重复续起，向麦威劝道："你不能把你的苦恼压抑下去，实在是你的

142

不是。今晚，我在堤岸晚餐；请费儿士，他又不去，因为聪明贫血病；然而却没有什么能禁我们照常去荒唐的。八天的贞操也太过于了。"

费儿士问道："他在害谁的相思？"

多纳瞅着他道："害马勒太太的。"

费儿士并不动弹。

"……也害亚培尔小姐的。"

费儿士嘲笑道："你只管把地球上的女人说完……"

但他却害怕说到别一个名字。他自己偏不认可。

他道："五点钟了，请了罢。"

麦威道："你往那儿去？"

"打网球去。"

麦威站了起来道："引我去。"

"哈！不！"

他竟不晓得要如何说法，但在他看来麦威之和介绍给他去看望的那般人比起来，似乎是最下等的一个。

多纳道："何以不呢？一道走罢。麦威认得全西贡：这不算是介绍。去于他或者很好，——并且你可在那里看见他……"

费儿士摇着头。多纳向他说了一句含有讽意的俗谣道："嫉妒吗，先生？起初是一种微声……"

那一个却道："傻子！"于是他答应了。麦威把衣服穿得比平常习惯快多了。多纳陪着他们直到西班牙街口。

他道："到此，我们的道路就分开了。"

他又看着费儿士道："……甚至空气都各各不同的！由那畔，是愚蠢之路；——由这畔，是理性之路。"

他选了理性之路。

麦威迟疑不决的道："我竟不知走那一条。"

然而他却与费儿士一样走上了愚蠢之路。

十五

麦威头一个踏上了阶石；但费儿士却赶走几步，抢先进了广厦，把路指引给他。因为他很不喜欢在这屋顶之下麦威有那亲切的样子。

广厦是建在游廊中间的，而游廊又建在花园的中间。网球场是丛林当中的一片草地。近处的葱葱茏茏的槟榔树构成了一片天然的帐幔，就在这帐幔之下，一道浅色袍子与白衣服拉成的圆圈正嚣嚣然的在谈论。到处都放了些球与球拍。大家都在休息。

费儿士同麦威走上前去。马勒太太便迎了过来。她的美色委实光华灿烂；大气与她那淡金头发的爵夫人的秀雅很为适应；在大树与青草之间，虽然因为气候的原故戴上了那讨厌的软木面具，费儿士却相信看见一个活伐多向着他在笑。他把那伸过来的手吻了吻，为麦威说了一句介绍话，便让他去计画他的调情之术；他自己急忙向槟榔树方面走去；他的眼睛业已把那件蓝袍子认清楚了，那衣服之吸引他好像是一块磁石。

马勒太太只好强勉来招待麦威，因为她已经招待过费儿士。但这体面的医生却丢了手指不吻，偏去吻她的手腕，她不禁失了色；因为这倒是真的，她确乎在怕他，一种苦痛的怕，这或者也是一种爱情的方式。她是正经的，又被丈夫严防着不使染受西贡的恶德，所以对于这个敢于向她进攻的人很是慌张，因就战兢兢的给了敌人一个严谴；不过一种隐愧把她恼得简直不能在心坎上将那恶怒感觉得出，即是反抗追随她的这个大胆流氓的恶怒。

麦威做得更其可怕，当他跟着费儿士向槟榔树方面走去时，便说了些媚语来爱抚她；——她更其害怕了。但他忽的住了口；因为马儿特·亚培尔走近了他们。他脸色大变，在这少女跟前鞠了躬，叽咕了三句话，便奔开去了；——凡这些都是一瞬间的事。——马勒太太去了她的恐怖。把马儿特的手紧紧握着。这吃惊的少女只拿眼睛把那逃人望着。

麦威自己很生气的把神定了一定。努了绝大一个力走到谈话的人丛中，要借谈话来把精神焕发一下。他那轻薄的天性又发展了一次；所有的女人都在听他说。费儿士是被压倒了。

他正本着一片内愧向其所寻觅的那人跟前走去，——色梨赛特·细儿娃，——起初先走了一转，去敬礼那些不留心的人。但几句话一说，几度手一把握之后，好像无心似的在她的身边选了一张椅子。细儿娃小姐的球拍还拿在手中；她的两颊变成了朱色，而额头也是湿的；她快活的把那热手伸出来，并责备道："也与平常一样，您来得老早！没有您，我业已打败了一场。"

他望着她，被她的风情与她那青春的力迷住了……迷迷糊糊觉有一道大壕横梗在他们中间，——他哩，一个怀疑而苦的文明人，她哩，一个灵魂清新的小姑娘。他遂忧愁起来。她却坦然的向他笑着；但他看见她忽的住了笑去听麦威的妙言；他就觉有一种嫉妒的苦恨把咽喉都弄干了。多纳的讽言于是就透出了他的思想：相思吗？他瑟瑟索索的来自问，但起初却还不知道在自己心坎上念出来。

大家又回到网球场来。细儿娃小姐快乐的拿她的球拍把网敲着道："我赌您跳不过！"

他忘记多纳了。

"您呢？"

"不要激我啊！"

她业已把她的裙子曳起；他遂调笑她，唤她做小山羊，并定睛看着她的脚胫。她笑了，很迷惑的。

有一个人说道："我们顽吗？"

马儿特·亚培尔站了起来：马勒太太仍坐着不动。麦威迟迟疑疑的。但那位淡金头发的爵夫人却装做同她一位邻坐的女客深谈去了；他遂跟着马儿特走去。

细儿娃小姐宣称道："应该来抽签。我们快点，太阳已西斜了。"

大家先抽出场人，其次就配对偶。马儿特与麦威为一组同费儿士与色梨赛特一组相对。细儿娃小姐得意的握住她同伴的手，当他们穿过草地，上场去时。

"您这位麦威先生可厉害么？"

"很厉害。他早晨打球而晚间便在西贡一般俏皮女人家里。"

"那么，若您使我失败了，我就会懊悔同您配在一组中的！"

"坏女子！"

他唇角上只管在笑；而嫉妒却已涌了起来。

麦威与马儿特在他们对面站住。麦威试着去瞧他的伙伴。竟敢于向她说道："今晚我将放一枚白石在我的桌上：我也没有多少希望，既有两点钟的佳运来同您游戏，小姐……"

他择用了一种顶惑人的声音，——热烈，而抑扬顿挫又极清晰。但亚培尔小姐只管眼睛黑而面容白，却做出一种怀疑的哲人样子，并不说一二句娇媚的话。她留心着他那生硬的礼貌，而随随便便的向马勒太太这面看着。

色梨赛特叫道："预备！"

麦威遂举起他的球拍来用它。因为受了他伙伴的冷淡激刺，他极欲顽出一种光荣的手法来炫耀她。巍立在与竞技场相似的草地上，手臂向天挥着，好像一位青年的伟人。所有的视线都随着他的姿式在转动。费儿士看见色梨赛特很是注意的，或者是在赞叹罢？——他的神经全颤了起来；她所射向敌人的一眼，在他看来好像是飞过去的。一种无名之火传遍了他的全身，遂以一种决斗人的手把他的球拍抓住；他顽得仿佛在打仗似的。

麦威先说了句："着！"

他的球就箭一般激射过来，细儿娃小姐竟不能反打过去。但轮到费儿士的头上却还应付下了；而第二球虽比第一球更快，但反打得非常准确以致麦威接不上手。

是时，这直是一种热切的决斗。两个少年女郎仅算是在参加，实已被那凶猛热烈的拍击弄得很狼狈的。槟榔树下，大家都一言不发的，拿起种吃惊而几乎严重的眼睛看着；各个人都茫然的在猜想网球中间用为面具的一部份秘密。然而那游戏仍静悄悄的在继续；而公共的注意变得拘束而几几乎不安起来。

那些球急遽而险诈的在网子上跨过去跳过来。麦威的球专向角上打去，尤其专打色梨赛特，因她比她的伙伴要弱些。这是一种出规而倾斜的顽法，一种对于打球人很像危险的顽法。费儿士起初竟不知道怎样的回打。他打得极规矩，而且对于马儿特·亚培尔的反攻很不在意，所以一下一下的失败了好几次。

但他并不丧气。细儿娃在他身边一心一意的在打，在帮助他，在防御，并以一种同袍的忠诚在维护他。他们虽是两人而同心同德。他觉得她全是他的了，而一种动心的柔情直把他的心也煨暖了。他现在在这形体暴动以及忠实表现的一分时中深深懂得他是在以一种伟大的爱情在爱她，懂得有她在身边则他的生活便温和了。他希望她也会爱他，希望她曾经爱过他。一种力的奔溢便在他血管中流动起来。

他愈加努力。他简单而坚强的顽法把麦威弄得倦乏了，而他自己并不疲乏。事情转变了。色梨赛特现在大为喝彩他的打法。他更其自重了，更其勇敢了。

马儿特·亚培尔在对面还是淡然而冷酷的；打法的变换于她并不相干。这场打得太久，也倦了，她仅能挥动她的球拍，看着那球飞过，不想伸出她的手臂来。麦威觉得这不关心的态度之压着他，其沉重的量与轻蔑是一样的。

此刻，他竟自不甚活动，不甚矫健，不甚体面了。大家都觉得他已是败家。他的手臂仅仅把球反射得过，而汗珠已把两鬓浸湿。——完了。——球打得更快，全失败了；最后一球直打在他身上，使他不知道如何躲闪。他让那球拍落在地上，并且去拾起时还颠了一跤。

全场都对费儿士喝起彩来。他并没有听见：因为色梨赛特正得胜的呼着向他跑来。他看见那一双亲爱的眼睛闪着一种孩子般的乐意，他把那一只老老实实扑伸过来的热手握在手中。她极亲切，极家常，极仔细的向他道着谢道："您使我打胜了……您真可爱极了！"

麦威走过来，亚培尔小姐很恭敬的自己抱怨着她的拙劣：要是没有她，他定可以打胜的。他并没有听见，他瞅着费儿士与色梨赛特在那里把握。——仿佛有什么冰冷的东西直刺进了他的心。

费儿士是沉醉了，是被现在流注在他胸中的爱情所醉。这爱情流得好像一片为隐流所灌得满极而溢的池塘一样。他在色梨赛特的友爱眼光中看出了一种施爱的允诺，于是他感激得快要疯了。加之她又把他的手紧紧握住在，他遂把她爱敬得有如一位圣母。强忍着不要跪下去吻她的袍幅。

太阳在暮霭当中放出红霞。大地染得血赤；行人道旁的水渠与各人家的玻璃窗到处都迸出回光仿佛点燃了似的。那街道竟成了一条镶金布朱的凯旋大道了。

对于为爱情所迷的费儿士，那生活似乎就从此打开，一如这光辉之道似的。

十六

　　……早晨，我乘着扁舟渡过了波斯福尔海峡。我夜来是在斯苦打利我的阿房中过的夜，而早晨乃回往斯丹堡我的家中去的，就是我写此书的地方。我的舟子们都无声无响的摇着桨，他们手臂上的虬筋直把他们的白衣袖撑起；小船在水面滑走过去甚至縠纹不动的。

　　太阳已经高了。但一道云栏尚将它掩着在，所以晨光是黯然而淡白的。斯丹堡在淡白的天与灰色的海之间好像是一座北方的城池。

　　然而我却看见了那座极雄伟的圣沙菲教堂，陡峻的高垣是涂着红黄杂色的；我看见了毗染士石墙上镂的诗，上面且多人工凿的炮眼，下部是海水撞击的孔穴；我看见了无穷尽的土耳其房子，老旧的木板全是紫色的，与秋林落叶一样；我看见了世界上无与比伦的回教寺，每一寺都是把一个皇帝的宝藏倾了才修造成的，——如那有一百个宝顶，好像若干大理石泡的亚克梅特寺；——如那为四战苏丹造得绝结实的穆哈麦特寺；——如那为庄严苏丹造得绝华丽的须勒马尼寺；——如那为阿拉之鸽所选的巴牙吉德寺；——如那为罗克斯郎赎罪所造的沙惹德寺；——还有许多别的。灰色圆顶层累起来就如热风吹聚的沙丘一样；回教塔尖向天森立着如预言者斯丹堡之征服时的矛锋一样。城之尽处是故宫中的一片黑森森的柏树，这树对于后妃已去的绝美的古斯客宫直是一幅殓尸布。

太阳不出来，斯丹堡的灵魂也随太阳而隐。褪色无光的斯丹堡好像是一所北方的城池。

太阳忽然的透过了层云。我便在肩头与后脑上感觉出它那热的爱抚，并看见那海在我四周放起光来：这好像一幅光芒四射的席子在水面上展开了似的，并且比艇子还快直向斯丹堡流去。阴影向前逃走了，全城为太阳所袭击，只一跳的就征服了。——这是一种奇迹。凡宫殿，寺院，居住，以及城砦的每一片石头，花园中每一片叶子，都如此的活跃起来，而在金光之下纷披着。各尖塔之顶的铜月牙在蔚蓝天色里灿烂得有若繁星；整个白色的，绿色的，紫色的城在那比天还蓝的海中倒映出来如映在一片青玉镜上似的。而且就在这载有船舶的黄金角的上方，起初还看不见的供奉埃汝卜的浅冈现在竟庄严而大胆的横列在天边。——这是一种奇迹；一种复活；一种迅速得使我惊叹不已的奇迹。——太阳之一线光明便足以显出的……

色梨赛特·细儿娃的爱情也一样的在费儿士心坎中放出了日光，一动手就将他的生活完全改变了。

踏实说起来，费儿士还不曾生活过，既然他从未享受过，也未痛苦过。努力于文明的缩本只算成功了那种无感觉的定型；而况文明人的费儿士适足算是把他本来的天性没灭了，将生活雕斲来像是一种感情的而已；——也无忧也无乐：欢愉与厌倦彼此很少有区别，——人类的战栗并没有深入过他的骨髓；不过那顶强的与惟一的爱情战栗尚能动他的心，尚能摇他的魄。

大概动摇也很薄弱：费儿士是有脑经的，自然与他船上任何一个水兵比起来其热烈都不甚行。然而他却从未感觉到动摇，甚至连薄弱都说不上；因为没有比较的原故，所以动摇之在他看来实是暴乱的。与他定命的无聊大为相反：所以他吃惊而且迷惘。因为在这不确定的思想中他甚为欢喜，觉得他的爱情极与一个纯洁的青年人的爱情相似。他忘记了他是自动心理学者，他历来便是的：他以前的生活是不管生活的。他对于这新把戏才算尝着了生活的滋味；纵然他的宫室已是相当的在荒芜了，他很惊叹这滋味，因为于他实在是新的。

他这时方欣然的认识了有希望有空想的少年人的乐趣，也认识了在爱人跟前把你们咽喉勒紧的那种令人魂消的咽哽。他的空想也很简单，而他的希望也不奢：他别无所冀，只愿得到色梨赛特的友谊与巧笑。许多的女人皆是可鄙的，以前曾接接连连在他床上睡过，现在像都在使他感觉到只想与他这惟一的偶像同床共寝的希望。

每逢费儿士去造访摩西街的别墅时，——很常去的，并且很留意要在只有细儿娃太太与她的女儿在一处时，——他总是从那常开的门栏间走过，并不经过正室便一直到花园中。在出游之前，四点钟之际，细儿娃太太定然是坐在她的露台的榕树之下的，呼吸着为繁荫所蓄敛的鲜空气。费儿士看见瞎子老在那地方坐于她的藤大椅上，她的老手也老是编着那同样的灰色绒线东西，在并老是由她那喋喋不休或高声念诵的孝女陪伴着在。

　　现在他已是顶好的朋友了，为人家欢然接待的人，并且是对于一位母亲一位女儿的那种温柔密谈毫不生厌的人。人家已给他留了地位，人家已请过他去同游，人家甚至还为他把花园中亲密的谈话延长至暮。他叙说的是新闻，人家却将家庭中一些无干得失的大事来传授他；他与色梨赛特谈起来则用的是那种可以把一个少女的生气鼓舞得起的狡猾方式；而瞎子则将她那蔼然的尊严以及那种老年女人的美妙的宽和溶和在一切中，这老年女人虽然所受的痛苦甚多，然而破碎的心并不酸楚，丧服与坚忍还更把她锻炼得高尚无伦的。

　　有时，夜色不意而来把他们罩在花园中，而细儿娃太太便扶着费儿士的手臂回到屋里去。人家走去把灯点燃，于是那亲密的光明便一直射到色梨赛特的珠光粉色的面颊上。费儿士在走之前总要请人家把钢丝琴盖的盖子打开。细儿娃小姐并不是一个大艺术家；但她那朴质而端正的声音响得非常清脆，直可以说是在颤动的金声。

　　一些老的曲子，一些有韵的神弦曲，很含有时代与地域的风味的：费儿士——本来是多讽而堕落的，——却以着一种流泪的感情在细听这些贞纯的合歌。

当他在昏黄夜色中回去时，一种忧郁便侵入心里，越是把那亲爱的房子离远了，越是沉重。路也好像长了，腿也好像软了；有时便唤一辆空的人力车，因这最便于胡思乱想了，于是在这静悄悄的小车中，便毫不惭愧的自己承认凡他的幸福是全被勾留在他的背后，——在那畔，在那可敬爱的姑娘的身边，这姑娘已把他的心拿去了。今后既离开了她，他的生活则何如呢？一个无目的而极无价值的旅行因又动起手来。

两个中国裱糊匠，——两个发辫梳得很好，白袜之底套了一双毛边底青鞋的肥胖广东人，——在白鸦儿舰上的那间小舱里，听着费儿士的命令。

……"把四壁这些灰绸全给撕去，就是那些灰绒也完全不要；……在原地方上，把这东西裱上去……"

这东西者，乃是一种浅蓝而闪绿光的中国湖绉；——从上海来的；费儿士为寻找这必要的颜色，倒费了大力才弄到了手。

……"护壁上则用这东西裱糊……"

这是一些中国旧女服上折上的挽袖，在窄窄的一条黑缎子上绣有无数的展蓝翅的蝴蝶，——各式各样的翅，极其调和的蓝。为细儿娃小姐在堤岸商人处赞美不已的东西。

……"把窟笼全给遮掩了；有方法在今晚就完工么？"

一种肯定的表示，在无须髯的脸上一点微笑；——常常

156

都有方法的；在中国商场的语言中是没有"不能"这个字的。

"当心不要打脏一点儿。该多少工钱？"

稍为计算了一下，稍为用广东土话商量了一下；几张绸纸手簿就从衣袋中拿了出来。——如此便定了局。很少有讲价的，因为这是负责任的工作。费儿士早已知道。所以他便答应了，各自走了开去。

监督一个中国人作工这是很不必的。只要一切相当，他自会做得很细心的，与其去接受一种责备，他宁可连工钱都不要。

现在，灰色房间已一变而为蓝色的了，——即是色梨赛特的眼睛颜色。费儿士很高兴的看着他这女友的色素，——跟着，就是在桌前。几本书仍然照旧翻开的：小心的中国人把一切东西都还原得毫未动过的一般。

这是几本兵书，几册气象表，几本航术教育。费儿士现在才从锁闭的抽屉中把那几幅秘密战图及炮台图取出，将湄公河近海处及圣杰克附近一带的图页展开。

这是有关于一种合围的计画。本不是奉命的工作。费儿士为自己而研究，为爱国热忱而研究的，也是防守西贡而抵御敌人的一些最可靠的方法。

"对于圣杰克并无可尝试的地方，"他叽咕道："除非是发狂的示威，急遽的胁迫……但由西边登陆却是可能的；——是咯。那吗从第一夜起，就得把合围打破——合围之打破，恰恰就在此间。我们的鱼雷艇可还够么？"

他住了口，举起两眼。只见在那用作书架的锻铁架子上，他那些极淫秽的丛书现在却以其灰绒书面点染成一大团污痕。他笑了起来：在他读这些东西的时候，要是有一个幻术家向他预言，说他必有一天不免要以马罕来代替了撒德侯爵的话，这是何等可惊的呀！他遂低吟道：

"为一个艳女的爱情，

其人美艳而蓝其晴……"

这是色梨赛特的一首歌。他正正经经的顿了一下道："……一切都明白了，即是说我断不能离开她的……"

政府副官的老婆，亚培尔太太，每礼拜二从六点钟到七点钟是她招待宾客的时候。费儿士每次都要去的，起初由于职务所关，不得不然，——一个海军提督的助手对于西贡执政的助手是应该造访的，——其次也由于那可爱的女人乃是细儿娃太太的密友之一。亚培尔太太比起她的继女值价多了。费儿士并不喜欢马儿特，因为在她那有礼的冷酷之下，常常都隐匿有一种莫名其妙的思想；至于她的继母，也不蠢，也不老实，但对于她的朋友们却显得诚信而直率的。

有一个礼拜二日，费儿士把时间弄错了，到得很早。街上杳无人迹，常来的马车一辆也不见，东京卫兵也熟睡在卫兵房里。费儿士心不在焉的一无所见走了过去。西贡副官府的建造是模仿新雅典的一个德国寺院来的：又丑又富，有许多希腊式列柱。费儿士踏上阶石；一般安南仆欧都惊异的瞧着他，并让他走了进去：土著人是不敢阻止一个欧洲人的，纵就在他主人的屋顶下也如此的；费儿士毫无阻碍的一直走到客厅；察觉在那些空软垫椅之前只他一个人时；他方明白了自己的错误；假壁炉檐上的挂钟正指着四点五十分。

他寻思道："我恍惚了。却怎么做呢？"

他寻思或者有个仆欧会去通知主妇的；这家的各个人都认识他。——他是不意的到来，准备说点抱歉的话就是了。他并不安坐，只在客厅里徘徊。墙壁上的图画并无佳趣。他走到一张盖有东京绣幕的独脚圆桌跟前，看见一本图画夹子从它套子中拉出，——是一本日本装订的漆夹：他拿手指把漆面摸了摸：很厚，完全无缺，棕褐色，散有一些桃花。他想起了长崎，这漆货就是从那里来的，又想起了某一处，即是出产这漆货的。

……日本是美而清楚的。色梨赛特定然爱这地方。

他翻着画夹；都是些照片，肖像；把册页随便用指头转着，毫不留心去看老远就认熟了的那些面孔；他默想不再等候就走了罢，所以只瞅着那道打开的门在。

他心里忽的一跳：因为正打算把画夹关了时，恰看见了一幅细儿娃小姐的照片。

他从未看过她的照片；这尚是第一次。她忠厚而美丽；相信看见了细儿娃本人；他觉得咽喉上轻轻的有点哽，每每一看见了她，总要哽得全身震动的。

……细儿娃本人，仍是她那得意的袍子，在冷纱反面上显成半月形的袍子；仍是她那淡金色的头发，她那微笑，她那迷梦的眼神……

垂下的活络帷是将客厅遮得黑魆魆的。

费儿士毫不犹豫的就将这照片从画夹中偷了来。——他的指头稍稍有点颤：他得把手套脱去，因为那片子在页缝中卡得并不好。

其后，抬起头来，把门瞅着；听见外面有些脚步声。他遂把那照片插在怀中，——在衬衫之下，贴着皮肤：这照片定能听得见心房因为又怕又大胆的在跳跃；——他遂急急的逃了，他变成了小偷。

他一回到船上，一到他那关锁的蓝色房子中，却快活得醉了，并且对着这张窃得的肖像，——战利品似的，宝藏似的，圣贤遗爱似的，——倾了许多的狂泪在这囚禁的色梨赛特身上，这人从此以后就永远的与他共同生活了，狂醉以极，迷信似的生怕把这照片失落，因就把这东西藏在一个信封当中，——好像古代的波里克纳特，萨摩斯的暴君，把他顶珍贵的环子牺牲给亚德纳斯特亚一般。

十七

细儿娃小姐在她寄父那里午餐之后，便同适来造访的亚培尔小姐在督署林园中散起步来。

在她们两人中间并不很亲密，因为马儿特觉得色梨赛特太年轻，而色梨赛特又觉得马儿特太年长了一点。虽然她们彼此都是二十岁，不过是成熟不同的二十岁。

她们并不大说话，只碎步的在那美好的丛薄间，英国式的园道上散着步，这丛薄将园子直弄成了一片森林的模样；——一片大如花园的森林，不过茂密得简直看不见墙垣。

"色梨赛特，"亚培尔小姐忽然说道："您怎样应付您那狎侣呢？"

色梨赛特老老实实的说道："那个狎侣？"

"费儿士先生咯。"

"这并不是狎侣，马儿特；仅仅是个朋友，我敢向您断言他并未和我调过情的……"

亚培尔小姐笑得真像一尊斯梵克斯。

"人家已把您的照片从我画夹中偷了去了。您如何说呢？"

"偷我的照片？谁呢？"

"我自然毫不知道。我想，一个害相思的人罢。"

"这或许是一个可怕的，"细儿娃小姐忿忿的道："但我宁可相信它是失落了。我再送一张给您好了。"

她看见一列石凳放在园道旁边，因为懒得好好生生的闲蹀，便在上面跳了起来。

"您真个太年轻了！"亚培尔小姐如此说，——她虽然在说，但那说话的声音仍是水晶似的，仍是清清楚楚的。

细儿娃小姐依然走回到她的身边来。

"马儿特，我倒要问您一点儿害您相思人的新闻。难道医生麦威没有用过您的心吗？"

马儿特瞅着园道上的红砂道："……不然……或者；并且也一样的用过许多别人的心的。医生麦威并不怎样有趣。"

"我相信，"细儿娃小姐迟迟疑疑的回想起费儿士的话来；"我相信他之用您的心却过于用别人的心……"

"那他就错了；"亚培尔小姐摆出她那顶冷酷的样子来；"谁向您说的这个？"

"没有人。"色梨赛特撒了个谎，脸上登时就绯红了："您不喜欢他吗？"

马儿特把嘴一披，好像在回想一些辽远的事情一样。

她忽然怪笑了一下说道："我顶爱罗舍先生的。"

色梨赛特调笑道："那个老新闻家吗？您疯了么！"

她们遂坐在一根石凳上。

"色梨赛特，您对于费儿士先生是如何着想的？"

"一点也不特别。他还风流，很精细，而且是良伴。这一切您都知道得和我一样的。"

"你喜欢他吗？"

"马儿特，您为什么要调戏我呀？我敢向您断言在我们中间并没有什么，绝对的没有……"

"您是一个小女郎的爱神。"亚培尔小姐肯定的说；并把色梨赛特双手握住，紧紧的握在她的手中，这在她冷酷的习惯中就算是异常同情的表示。

"我一定相信，"她明证道："相信并没有什么。不过好生说：您喜欢他吗？"

"何以不呢？"

"您爱他吗？"

"您真狂妄呀！"

细儿娃小姐站了起来，几乎大怒了。

"您不要发气，"马儿特恳求道："我向您发咒，色梨赛特，我并不愿意，完全不愿意使您烦恼的。反而……"

色梨赛特心平气和的叽咕道："我很知道。"

"您听，"马儿特又说道："您很年轻，又如此的温驯，所以我多么的爱您。我们适才还说过医生麦威的。他就是费儿士先生顶好的朋友……"

"对了。"色梨赛特如此说；而她一想起刚才所说的诳话便又脸红起来。

"如此，就努力罢……我不知道怎么说法……努力好了，他们比起这事来就不甚讲朋友了。"

"可是您打算怎么说呢？"

"努力，色梨赛特。——我之爱您远过于您所想及的，更远过于……"

在摩西街的花园中，芙蓉花全开了，紫荆也全红了。

就在这天，提督多儿危叶来拜会细儿娃太太，她正独自在家里；色梨赛特被总督留着，还没有回来。

两张软垫椅挨着放在露台的榕树下，一个挽有丝髻的小仆欧早在提督身边放了一大杯浸有冰块的苏打威士克。

多儿危叶道："我老没有听见一片我所爱的美丽声音把我的老曲子向我唱一番。"

瞎子道："色梨赛特不会太晚的。"

细儿娃太太笑着，因为只有她女儿的名字能把幸福给与她。

他们等着。提督取了他老女友的一只手，吻了一下，并友谊的将她瞅着。

他突然说道："您可知道在我们一切的丧服，一切的困苦之后，我觉得您比我幸运得多？您有您的色梨赛特；这在我寂寞而老的生活中便是一个大窟窿，——因为没有女儿来爱我。"

细儿娃太太轻轻的将那握住她手的手捏了一捏。

提督叽咕道："一个二十岁的女儿，"他又突然问道："在何时结婚呢？"

细儿娃太太把她的瘦肩一耸。

"听凭上帝安排好了。妈妈们都一样的，我的孩子要不永远撕碎我的老心是不离开我的；但我一点也不自私，我的女儿总应该嫁人的，好给我一些小孙子。"

"西贡可有丈夫吗？"

"很多，因为我的色梨赛特是富有的。但我们却一定要尽意选择，我顶喜欢一个丈夫而不是殖民地的人。"

多儿危叶道："这就得了；色梨赛特思想如何呢？"

"还一点想不及此。"

"您相信吗？小女郎们都是隐秘的。"

细儿娃太太道："却不是我的女儿。"

她又把她的信念解释出来道："我的女儿并不是一个今世的女子。我使得她同我一样，同我母亲之教我一样。我并不觉得妇女的教育是进了步的。大家都看不起昔日的小白鹅；但我也看见过新的时代：并不甚白，而极其是鹅。"

"这上面我的经验甚少；但是您所说的我觉得很有理。"

"自然的。现在大家之教育少女们总以为生命是顶丑的；可是怎样呢？即是以小说，以报纸，以街道，以狎侣。难道相信她们在这中间能够得到一种有益的科学吗？难道相信先在泥泞中打个滚，而她们将来就能在泥路上走得很好吗？这只算是锻炼着其所猜想的锻炼法在。大家指教这些孩子总说世界只生活的是算数；但她们却不很巧来启发蒙昧，所以时间一到，她们就算差了，做出种种愚蠢的婚姻来。"

"在昔呢？"

"在昔，妈妈却为她们的女儿计算着；这就顶清洁而不很坏的事了。我一定要为色梨赛特计算的。在那使她欢喜的男子中，我一定要勉力探出那顶忠厚而顶正经的；她将秉承我的信念而嫁给这人，并且整个心儿的去爱他。然后他们就生活得很幸福……"

"除非……"

"除非是意外的生命。但怎么办呢？她将拿着最好的号数而接近宝藏去的。若其轮子转得不好的话，则给她留在寂寞当中的必为基督的信仰，而她也一定秉着所有的十字架，如我做过的一样。"

提督道："我们再来谈谈这些事；几天之内我将把我老头脑中一种老思想给您说一番的……"

细儿娃小姐两颊粉红，风一般的回来了。

"妈妈，妈妈！我不看见你有一年了……"

她疯狂的抱吻了她。

"在总督那里，简直没有了期。一大堆人，——马儿特·亚培尔……"

多儿危叶先生站了起来。

"我已看见了出奇的孩子，我很高兴；我要去了。"

色梨赛特请求道："且不忙！"

她便走入一丛芙蓉树中，转来时便献了两束有金色长蕊的红花给与老友。

"且放在您那刀剑雪亮的客厅中；——要使您在那里时多多想着我们！"

多儿危叶先生接了花，并爱抚着那一双小手。

"多谢。您可允许我分给少许与费儿士，好安慰他一下今天不能陪伴我来？"

"汗！我不知道我允许不允许，"细儿娃小姐开着顽笑。"费儿士先生，他往那儿去了？"

提督严重的说道："他办佳会去了。"

淡金的眉毛颦蹙起来，——可是渐渐儿的。

"一种航海的佳会，"多儿危叶先生笑着补足道："他在一只鱼雷艇上去检察那活动的防御，并且在圣杰克角的大海中去实习；凡是从那简单纯粹的奋发中而来的，方才算得功名：今天，海上的天气却不好。"

就在这天晚间，细儿娃小姐在将近睡觉的时候，还走到游廊上呼吸了一顷时。

热夜散着浮香。所有的花以及各个湿而芬芳的小泥丘都吐着颤动的气息。

细儿娃小姐在这生动的影子中打着寒颤。游廊很低，天空甚窄；暧昧不明之夜竟展开了一片黑魆魆的广大的幻相。细儿娃小姐梦见了全西贡，以及浮着大舰小艇的江流。在她梦境中，一艘鱼雷艇飞驶过去，浪花如雪。

就这时，费儿士恰回到白鸦儿舰上。

他疲劳已极，大海中的浪花直浸到骨。海浪的盐，苦苦的扑在他的脸上而烧着他的眼睛。

但一种圣洁的快活却在他血管里流着。——有时，一些回忆也不免攻到他的闲暇时间中，一些在色梨赛特前的回忆，一些酒色荒唐与怀疑哲学的回忆，——很像那些乡愁；——不过今天，那满是狂风的艰苦日子却把这些恶劣的乡愁扫得干干净净。在睡眠的时候，居然仍旧在他的蓝色房间里，心里简单而精神未凿的，——并不文明；——却很相思。

一种奇怪的醉迷娇媚着他。他于是便胡胡涂涂的得了一个他所逃脱的怪病观念，——文明是也；——他自己相信是在病好之后；——计算着将来，一种快愈的将来，壮健的将来。

壁上，在一幅黑豹皮作成的怪而可疑的框内，有一幅水彩画像正笑嘻嘻的，——原来是色梨赛特·细儿娃，依照另一礼拜他偷来的那张照片画成的。费儿士规规矩矩拱手跪在他这医生跟前，并从他记忆深处搜索出一些崇拜话来，确乎是从他幼年以来头一遭作宗教的祈祷。

十八

十五天之后，总督因春天到来，准备要往河内去时，便开了个末次冬日的大跳舞会。全西贡都请到了，所以，印度支那总督署只管宽大，也得把园林界画出来，将一具音乐台藏在树子中间去。

十点钟时候，宾客们便动手在来了。他们被侍卫武官们迎接着，或由文官们。亚培尔太太，她在西贡自据着第一把交椅的，因为总督是独身男子，——便招待着妇女们，并勉力做得极好的。

总督，——很急进的老议员，——在这豪华的大宴会中名贵已极。十一点钟他才进来，在他前面作导的是东京刺飞军，手执火把走进林园来。他是一个人走着，在他的宾客丛中，做出一种君王般的闲踱。女人们裸露的肩头都以宫廷的敬礼折了下去，而男子们的白色晚礼服则将其业经汗渍的胸甲罄折成了两段。他哩，随随便便的走将过去，伸着两个指头，摆出了一种微笑。后面则是挂着安南绶带的护卫，更其将这独裁者的身影补足了，——这是有计画的，负人望的，在亚洲地方号称有政治智慧的身影。他一直走到一间有守卫的客厅中，陪伴他的只有海军提督多儿危叶及陆军提督。大家从大开的窗口上可以远远的望得见他们，手足不动的交谈着。而东京人则刀剑出鞘的在四周守卫。

跳舞开始了，狎侣们也开始了。在那其高如教室，而由窗口上能将西贡之夜所供给的凉气完全纳入的广厅的大理石地板上，大家一直跳到黎明，然而也有些对子散在花园丛薄之后去的。浅色的袍子与白色制服混合着，所以这佳会是光华的，而大异于欧洲黑衣服丧色。花园中则在竹灯笼的烛光之下，一些闲踱人的游行一如月光的回翔，俨然一幅伐多的宵课图。

全西贡都在那里；——虽然这是欧洲人的一种佳会，一种征服者在其所征服的都会中享乐的佳会，但是本地人却也请到的，此外还有好些投降共和民国的达官们，他们的臣民只管在茅屋之下咒骂着。堤岸的董都则共马勒谈着税款的事：暹逻王的公使则躲避着政府副官长的诘问。在陆军大佐与海军尉官的丛中则是惹伦·贵阳何克小姐，新佛的独生女，无感觉的让一般人去调她的情。她美丽而细致，只管是猴种，然而比一个埃及的古代石像还更神秘些，更固闭些，她的额头甚光滑，眼睛甚冷酷，在这额与眼之下无论什么思想都是捉摸不住的；或者就在那华丽的金绣绿缎所遮蔽的窄窄胸部之下也没有一点东西在跳动；——至少也没有一点东西为欧洲男子所懂得的。生来就法兰西化了，并且受过天主教的洗礼，在一所时髦修道院中教养大的，所以她知道胡旋舞，知道调笑，知道凝精聚神去听贝多芬；纤细的手，玲珑的口，凡欧洲半处女所知道的她全知道：这在她那含笑的不明白的讽意中早已刻画清楚了。不过凡这些，——都是衣装；——还不免为衣装者，因为她并不把她的野心藏匿，其野心只在选取一个法国丈夫，好在被征服的地方中把市民权给与她；虽是穿着巴黎料子的衣服，而罩在下面的仍是亚细亚灵魂，对于那些强横男子满是瞧不起的；——因为亚细亚灵魂，很老了而又结晶在那千年以上的文秀中，所以断不会更改，也不会撕破的。没有一个西洋的哲学家，没有一个在科学中称大师的心理学家能够把这佛贵阳何克的女儿的安南梦状分析得开的。

　　……全西贡都在那里。并且直是一种出奇的混乱，有正派人，而有些却不是的，——非正派人还更多些：因为法国殖民地完全是一片施了肥的田，特别宜于首都的唾余，以及流放出来的废物，腐物，——就中便有一伙莫名其妙的男子，都是失效蛛网般的民法所网罗不着的：如像一些破过产的人，一些投机侥幸的人，一些歌师，一些精灵的丈夫，以及一些侦探；——还有一群极放荡的妇女，凡那稀奇古怪的淫行邪事没有不知道的，无论什么方法都会，就中顶贞操的便是背着丈夫与人通奸的了。——在这污水当中，凡那稀有的诚实人，凡那稀有的顾廉耻的人只算是一种点缀。——纵然这种耻辱是人所共知的了，是陈列出来的了，是贴了广告的了，然而大家还是要认可；还是要收集。所以干净的手总不免要无嫌恶的去握那龌龊的手的。——这里距欧洲很远，而欧洲人则是各地方的王，爱的是自信在法律与道德之上，爱的是很自得的把法律与道德破坏无余。巴黎与伦敦的秘密生活或者比西贡生活还糟；不过它却是秘密的；这是一种放下窗板的生活。而殖民地的缺憾却不怕太阳。为什么要惩处他们的诚恳呢？当其房舍都用玻璃修造了时，大家也可省掉一些幻想与疑虑了。

医生海孟·麦威到得很晚，并不跳舞。他仅仅在各客厅中露了一下面，因为他志在女人，于是遂走进了花园。这晚，他并不随便猎艳，而只在窥探马儿特·亚培尔与马勒太太，决意不追逐这个，便追逐那个。但运气却与他作对：偏偏在那无歧路的一条园道的角上，所遇见的却是亚利特太太。自从四个礼拜以来，他那每周的幽会缺了席，所以必须得解释一番。

亚利特太太是一个正确的女人，在西贡负着最能假装贞节的声望。一个情人之负心并不能怎样感动她；惟有在她预算表中因负心而挖去的窟窿倒是使她顶生气的。

她沉静的说道："似乎遇着我是不大令您欢喜罢？为什么呢？我们彼此之间是什么都没有了的；您已使我毫无疑义的明白了；您尽可放心我不会再将您引到我的床上去的。"

麦威强忍着，约略告了一番罪。

"我求您！……我们不说了。我丝毫不怨您的。您已不再爱我，我也不爱您，我们仍旧做个好朋友。只一句话拉倒：昨天，我很希望您在我的日子上来拜会我……"

麦威懂得了。

他便很无礼的说道："正是的。我负了您一期，既然我没有请假……"

他在中国灯笼下数着钞票；她笑了笑，很巧妙的发起气来。

她用着一种精致的声音喃喃说道："可不可以知道您是否选了您的新……院子？……我并不怀疑您的口味的；但您或者有些为难地方……家具上的？以女友地位说，我于您或有点用处罢？我是知道这些事的。"

医生嘲笑的说道："我并不疑惑的。"

一件尼罗绿的袍子从路端上走过。麦威相信认得是马勒太太。

他便把钞票递去，一面急急的说道："哪，我们分手好了；至于别的事，请不必操心：我每每是自行料理的。"

他们分手走了。亚利特太太在赌厅中寻见她的丈夫。

她道："我的衣袋破了，您可愿意把我的钱包收下？"

柠檬脸色的律师随便的将钱包接了，——并把那只手吻了一下。

海孟·麦威跟着那绿袍子追下去。她恰从一扇雪亮的窗口下走过；原来并不是马勒太太。医生弄错了，遂到花园深处去寻觅。

在一张弯远的凳上，——但一点也不黑暗，——他看见了一个对子坐在那里，静悄悄的；——原来是细儿娃小姐与费儿士。于是一种悲哀的嫉妒剑一般刺到他的身上。

他在荒凉的园道中走得更快。一个男子正背靠着一株树，在他经过时恰碰了他一下。麦威吃了一惊，认得是新闻家克老得·罗舍，为这一晚，竟将波乃士区中他的那所脏酒店丢下了。他正从口中笑得像母鸡叫似的；并颠踬着去拾取一只从他两手中坠下的手套，——一只女人的手套：因为麦威看见纽子很多。狎狭到了罗舍，这堕落的孩子，老实说，是有百万之富的……——麦威非常的好奇，便一直跑到路端；但那里，正有几个女人和几个男士成堆的在谈论，马儿特·亚培尔便在这圈儿的当中。多少手都是光的。麦威便把罗舍忘记了。

嗣后，他竟找见马勒太太在一所空客厅中。他曾绝了念不一定要同马儿特去密谈：这因为她的跳舞是不能休息的，她的舞券上早载满了，而且都是一般"遮阳帽"预订了的。——淡金发的侯夫人，穿着她那鲁意十六式的袍子，很是体面，正在一面镜子前挽她的头发；她忽然看见麦威在她背后，很近的，因就转过身来好像骇着了。

他很恭敬的说道："我使您怕吗？"她勉强一笑。

"不；不过我却吃了一惊……时候已经很晚了，我正寻找我的丈夫好回家去了。"

"不先伴我在花园里走一遭吗？"他恳求道："只走一遭；今晚我一直没有吻过您的手，而我之来此地却只为的您咯。"

她一面退，一面咭咭巴巴的在说。正这时一个大身影忽从一道门框中映出；马勒走了进来，满含讽意，而又是亲密的。

"哈！罢？您，医生吗？晚会中我尚不曾见过您：您找着了吉热士的环子了吗？——我们走了罢，我的爱人儿？"

她道："嗬！对了！"

麦威在轮到他走之前，还独自一个在花园里乱走着。

他叽咕道："瘟日子。"

色梨赛特与费儿士的坐凳已空。克老得·罗舍则靠着树身，流着口涎，已睡熟了。

麦威又说一句："瘟日子。"——他也走了，悲哀得好像一个战败了的人。

在他们的石凳上，——即是有一天她用着小女孩的姿式在上面跳过的那石凳，——色梨赛特与费儿士直坐有两点钟把地球上的一切都忘记了。

一起头他们就躲在那里。因为她穿着一件滚有紫荆花的白袍子，美得同天仙一样，于是大众都想同她去跳舞；她因此便借故说是一只脚扭了，好躲脱那些麻烦。从这时起，因要装得很像，她遂再不离开石凳；她也没有一点儿想离开的意思。

他挨着她坐着。他们交换了些寻常话，并常常的缄默不语，——他们不专注的思想将他们的话切成了若干不整齐的段落。他们也并不留心到此；他们友爱的眼睛交合着，这种语言也与那种语言有同样的价值。晴明之夜淅淅漓漓的在<u>丛</u>

树之中下着繁露；不甚透明的灯笼在凳上筛出一派卧室中的黄光。跳舞甚远；透过树叶仅仅听得到一点儿。

费儿士沉思着他的全生命。回溯到已死的许多年，遗忘的许多旅行，黯淡的青春，被弃在不关痛痒的家屋中的童年：——无论那一部份，直是一个极温存的回思之夜。于是一种狂醉的感激鼓起了他的心房，溶化了他的骨髓。嘴唇上涌起了一种胆怯而粗鲁的愿欲，很想向他的女伴叫出一些奴性的与崇拜的胡言乱语来。

她亦沉思的把她的扇子任其从打开的手中溜下去。在她处女的梦想中，她或者在悬想有一遭在一个同样的园囿中以及一条寂寞的凳子上，一个男子定然会向她发出一些莫明目的的誓的。——当他将她的手握着时，她一定不摆脱的。所以她并不打断他那声音发抖的话。一种寒战摇动了她的双肩，而两颊全绯红了。

他在说，说得很低；——就是那芙蓉花把它们的花瓣好奇的垂到他的口边，也听不见他的声音的。他此时此地带着一种新的感觉，一点也不是调情的文明人了。两片忠厚的嘴唇咭巴着一种全是怕惧的心愿，这种东西比一个母亲之吻她的孩子还更要干净些。

"这只手，"他只敢用他的指头微微摸了摸，"这只手，人家不久就会放一枚金戒指上去了。在那爱您的人中，您不免要选那稍为价值……的您可愿意，您可愿意我就是这个人？"

一种可怕的苦恼敲着他的血管。他的两腿也无力了；他便跪在她的跟前。

她喘吁吁的就如一头牝鹿之听见狗叫似的。她的双眼顽固的瞅着地上的砂石。

一片脚步声在园道端上响了起来。两个人一跳的站起。彼此竟敢于觌面瞅着。费儿士伸出手来。

"色梨赛特？……"

细儿娃小姐的脸更红了。她怯生生的伸出她潮湿小手，跟着，就带起一种含胡的笑意战战兢兢的连往后退。芙蓉花勾住了她的白袍子。她悄声的说道："要是妈妈愿意……"

十九

次日是一个碧蓝的日子，好像向着人们所有的希望在笑的一般。海军提督多儿危叶正式的走来，为他的助手，伯爵杰克·德·费儿士，向色梨赛特·细儿娃小姐求婚。

细儿娃太太正坐在花园里，榕树丛中。色梨赛特则在芙蓉树角落里，被唤前来，又惊骇，又害羞的听着。当她母亲同了意时，她便静悄悄的伸出手来。于是双方的承诺都交换了。

细儿娃小姐答应作费儿士太太，很幸福的。她对于未婚夫信任得很，所以毫不矜持的便答应了；并且在她看来，世上东西再没有比这个正派男子的爱情还更好，还更可靠的，这男子便是她在估量中看得很高，而以全友谊爱之的。

晚间，他们便接了他们订婚的吻。大家在野葡萄藤所幔的游廊上把晚会延得很晚。半夜，费儿士才步行走回沉睡的岸边。白鸦儿以其黑魆魆的长影子绣在蓝色天际线上；樯桅，烟筒，吊桥望台等等错综着成为一些奇怪木梢；后面，在东岸的槟榔丛中则悬了一勾斜月，黄得有如中国灯影的灯笼。

费儿士惊异的看见四条烟柱从巡洋舰的烟筒中升起。然则汽锅的火已全烧起了吗？为什么呀？他赶走了几步，跨过舢板。一个水手正窥伺着他在：因为提督在等他，面前桌上全放的是命令与电报。

"您的命运不好，我的小费儿士；我们一顷时就要起身往香港；——巴黎的命令。——您也不要心乱，这或者只是一两礼拜的事……"

灰色大胡须挺然蒙着那顽固的老脸，但温柔的眼睛却被恻隐弄得很动感情的。

费儿士一句话不说，走回他的房间，把门关上。走廊上的哨兵听见他坐在床上，把床弄得轧轧作响，但从通气的窗格中却看不见灯光。费儿士把额头捧在手中，在悲哀夜里沉思着。

他并没有睡。好像患烧热病才新愈的人，忽然听见那尚未全然停止的烧热猛又在他两鬓中震跳了起来。

六点钟，白鸦儿便向大海出航了。

二十

　　白鸦儿从西道走进香港，它那细长的船身不动的破着水波。一群群的舢板与小艇咿咿哑哑的让出地方给它，炮台上的炮也回答着它的敬礼。

　　四面高山把海湾圈着好像一片湖沼。所有世界上的船舶好像都约会在这湖中的一般，因为香港是欧、美间的一个亚洲停泊处。从港口起，沿着绝壁全是有锚的帆船，三支高桅载米的巨舰，并于静止的海中反映出它们绿的，玫瑰色的，白的，天蓝色的船身，——一幅朦胧派的杂色水彩画。其后，紧贴在前港第一栈桥边的是载炭的船，铁锚颜色，矮得贴在水面上，只看得见它的桅樯与烟筒。这是汽船的前卫，而大家伙则随在后面，散布在海湾的全面积上，——一些脏而丑的汽船，有几艘正吵吵闹闹的在将它的货下到几只驳船上，或小艇上，而大部份则动也不动，死气沉沉，好像一些废置的工厂。那些白色邮船，亮得同游艇一般，东一艘，西一艘，宛似工厂中间的一些别墅。

　　白鸦儿仍向前开行，很快的，向着战舰投锚的所在驰去，在海湾深处，已望得见那些战舰成列的很有秩序的泊着。

一些帆船摇橹而行。竹席的风帆挂在帆架上，已辨得出那般中国女舟子的面目，大都在绿玻璃网着的光发之下很讨厌的。一些黄色乳孩便在她们的脚下不干净的船板上，米堆中间，或翻倒的食具中间滚爬。令人发呕的气息便从这龌龊堆中发生出来。

现在走近了，没一个人看得见平地，香港的山好像是投射在海中似的；因为它老是一直通到山顶。对着大陆那面，在一带与天色相混的蓝冈上接接连连全是建筑，至于岛上，则雕琢得陡而端正，直如一个酒盅；人所得见的半山间的别墅好像是安置在岩石上，宛然一些鸟儿。

这种别墅多得很。它们层层叠叠的露台群聚在山上。蜿蜒的道路将它们联接起，而道路之下又是些大树，这很有点罗马水道的样子。一道铁缆电车很骇人的，垂直得好像一座塔，悬在最高的峰上。城市则紧缩在山与海之间，沿着海岸延长到看不见的地方，杂色的房子彼此挨着，彼此重累，很像炮垒似的。

香港这个城市是美的，俏丽的蒙着许多树，而顶上的山则如一个绝大的绿帽。它过着一种热闹的生活，有它喧哗的造船厂，烦嚣的兵工厂，车子，浮艇，以及中国人的黄色堤。

简直是一座大海城的气派。没一处的景象不是做得顶好的来摄取一种不安而苦恼的精神，并且使它消遣，使它着迷的。

费儿士靠在白鸦儿后甲板的船舷边，看着香港城向他走来。

二十一

杰克·德·费儿士先生致色梨赛特·细儿娃小姐函云：

"我爱的色梨赛特，我甚欲每夜都给你送一个吻来，与悲哀的起程前夕我曾在您额上所接的那个吻一样。只有这点可怜的快活庶足把我的飘零柔和下来，然而我却应该绝念：因为好些日都没有邮船由此地开往西贡；交趾支那的邮件在白鸦儿到达之前就走了；此函，我也不知道您读得着否：因为它在什么时候，用何种方法走呢？

"就是您的函札，我能接得到吗？我很需要的咯！您在我的生涯中好比就是灯塔，就是别一夜在琼州岛沿岸引导我们的灯塔：没有它，惟天知道我们的白鸦儿会碰着那一个暗礁；没有您，我简直不知道我的生涯将向那儿走去。我不愿意去猜想，因为这使我害怕。我以前是一个病人，而您则是医好我的人；但一离开医生，我那烧热好像又要发作了……

"我在这里给您说些疯话；请您别笑。离开您一点，我就有权发昏的。娇小的约婚妻啊，您可知道我多么爱您？您但想想我在遇见您之前绝未爱过一个人；但想想我又没有姊妹，又没有朋友；但想想我的母亲并未爱抚过我，我的父亲只用心为我选择几所老是辽远的公学。所以我所拿与您的心是一颗极新的心，一颗从未用过的心；而且您只管是一个小小的女圣人，而我是一个不信宗教的，然而在我们两人中，我却是最天真而不甚钝：因为我给您所写的这些话就如此，这些话不知道够不够温柔，昨天我还不明了它们的。

"我在我房间里给您写，——现在是蓝色的，如您所欲的颜色，——傍着这肖像，即是有一天我偷了来，而将来要正正经经交还给您的，——便在我可与您交换照片的那天。现在任凭您生气，我暂时还没有离开这肖像的勇气，——这是我的宝贝，我的崇拜对象，所有您身上留给我的东西。——自我离开您，竟自七天了！在我重晤见您之前，还有多少日啊！我们来香港，我现在知道了，因为英国与我们曾有一点纠葛，所以大家便试着拿把晤与跳舞来修好。谁猜想得出有多少跳舞，多少把握是必需的？我丝毫也不愿知道，我只躲在船上，好像一个为声音所疲劳的病人。我却也并不离开众人。昨天我还回拜了好些驻防的英国人，而海军提督华克的铁甲舰正为我们要举办一次盛大的佳会，在这中间我好歹都得出一次风头的。是啦，昨天，我曾登过岸，是第一次，我希望也是末一次：因为我的闲踱是很令人心紧的……您想得到的，我的肩舆，——此地，车子比在威尼斯的还少，——把我从阶梯的街道上抬到上城。其实我极想走几步把我紧张一下，于是我来到一条林园中的真正的园道上，那是在山肋间，沿着一道干涸的溪流；这是一条绿而蓊翳的园道，深藏在树子当中，令人相信是仙乡的道路；那路傍着洼地，有时由几道铺苔的小桥通过去，有时又用一道结实的栏杆保卫着；椭圆形的小桥很有点残破修道院的大门模样；栏杆则是粗陶器的，而格子非黄即绿。凡这些都寂静，神秘，狭窄，——甚为狭窄，因为穿过旁边棕榈与羊齿草的篱子忖度得出沉睡在山脚下的那片广大的海湾。在这修筑来只为两个情人的路上，我感觉得更为孤单，比一顷时之前更离您远了，——悲哀得直令我将手巾搜了出来。轿夫都以为我在揩我的额头……"

二十二

　　几个舰队，——英国的，德国的，俄国的，美国的，——会聚在香港，充塞船舶的战港好像是一座流寓的城池，一座万国的威尼斯，世界上的旗帜全飘扬在一座钢宫的列岛上。铁甲舰，巡洋舰等都亲亲热热的并列着，毫不虑及旧日的角斗以及将来的战争。风是向着和平吹的；大家很友爱的。

　　划子，汽艇，舢板等穿梭似的你来我去。为的是拜访，致敬，指导；副官的行列充满船舷；士官室与 wardrooms 便是交际的客厅，其间香槟酒是无休息的流着；而大家说着英国话，法国话，俄国话，乃至日本话，如像在一个时髦的都尔·德·巴蝶尔中的一样。

　　如此闹一个白天，而晚间，在发热的船中与城里更加骚动。每当太阳沉到玫瑰色的海中时，旗子便庄严的由船角与樯桅上纷纷落下，——在军号的，枪的，鼓的声音中很为光荣；而各国国歌也布满在黄昏光中，——各艘船上总先唱了它自己的，次则由于礼仪上便唱到其他一切的。一片错综而含胡的歌音便如此的把一天——官兵的生活完结了。

是时，夜间的生活便开始了。灯塔，提灯，灯笼，以及城里的每扇窗子，都点明了。市外人家环列在火湾上，船舶在中央，则以它们的电光从各方面互相应答。在黑的水上，这里那里，都流着汽划子的闪光。舰队们正满划子的将它们无数的水兵卸到城市上去。

海岸透明，在弧光的街灯下其白如雪。人们从石阶上上去，小船则磕磕碰碰的舣到石阶下来。石阶之脚，则是那白的，红的，绿的船灯在水波上跳出一种光明的波儿加舞；上面，则是人力车与肩舆用着亚细亚人的骂詈熙来攘往。水兵们一面跑，一面唱，拥在交通器具中，还一面叫，一面打哨，一面招呼，——所有这些声音却都沉沦在中国人的喧闹中，所以声音更倍加了，——又嘎，又哼，又神秘的。

在条纹光线与黑影中，飞跃的车夫与轿夫埋头奔去。大抵是陡悬的小巷，与一些无尽的石梯，一直引到中国城的中心，这里是不知道睡眠的。至于银行，俱乐部，欧洲商店在香港只排列在一条与海岸平行的长街中，——王后街；这条街除了一些零星的地方色彩外，尽可以移属于任何一个英国殖民地的城内的。但是从这里一步分开去，中国式的香港就开始了，——出奇的。——这不单是中国的：乃是波斯的，马尼拉的，澳门的，日本的，杂种人的。这城有很多的喧啸，很多的嘈杂，很多的哗闹，而且在千百奇怪之中，还有千百种喊得喉痛的合奏声。印度警察，异常高大的，头上打着红包巾只忙着挥棍挥刀；其余便是合法的；每夜都是一种骚动的夜。

在这喧噪中间，水兵们，被酒，被呐喊，被女人，被模仿的饮食所变坏的水兵们，便因之而餍足了。所有的一切从黑夜起便鼎盛了起来。

　　稍迟，官佐们在晚餐之后便也乘着军用划子侵上陆地，——第二队的侵略比第一队就不甚嘈杂了。各舰队的水兵，在他们当中并不混乱，这由于他们语言的不同；除非在良宵的狂醉中，方看得见他们脚跟无定的队伍混在一起。而官佐则反之，勉勉强强都懂得几国语言的，彼此很能热烈的讲着博爱。凡这般只造来在第一线互杀的职业兵卒都表示出一种亲密的伙伴样子，一种佣兵们的亲热，常是正直的预备着互刎，然而却没有仇恨，并且是很无知的，并且对于他们所服役的争斗是很不屑的。他们一块儿笑，一块儿喝，一块儿赌咒发誓；甚至他们还分享着酒瓶，以及情妇。

　　这是些快乐的夜啊！大家起初在城里从上至下跑了一遭，即被这种无忧无虑的长途旅行所疲惫。其次便成群结队的聚集在可克郎街的慈善一区中，并攻进那些丑业的人家。一阵拳头把门打开，一阵靴子的脚跟奔上楼梯，把楼梯的木板敲得同鼓声一般，而拥挤在脏客厅中的女人们则发出怕惧的呼声与女奴般的笑来。

　　大家就过度的狂放起来，并且很傲然的；大家扮着种种用力的以及鲁莽的滑稽动作；找出是一座被征服的城市的幻相：玻璃杯掷碎在墙壁上；银元是一把一把的飞出来。与海员习惯的女人们便弓着背，伸着手；于是全体女人，全体女人，——有赤着纤脚的广东女人，有戴着珍珠的北部中国女人，有抹着厚粉的圆胖日本女人，有带着西班牙眼睛的澳门女人，有搅乱欧洲的罗马尼亚女人，——都毫不嫌弃的接受了西洋兵卒的迅速拥抱。大家从那打开的窗口上，对面就望得见这般寻乐的；一些半裸的对子从这一家走到那一家。街上的喧声同着震耳的招呼，淫秽的喊叫，热烈的嘈杂腾将起来。

香港城只占据在头一段山坡上。稍高，就是别墅层，一派大树，而且是很清静的。一些浓荫的道路露台似的突出，静夜月色，则从密叶中筛出，把些阴影与光明画在精工的白泥上。

费儿士在这些露台上，沉醉着夜凉与乳白色的静境，往往梦想到他夜景的前几点钟。但要回船去，他便穿过这烦嚣而充满兽欲的城。并且当他从那半掩的酒店门边走过，扑了一脸正在奔腾的酒肉气息时，一些急遽的回忆便透过他的脑与他的肌肉——不康健的回忆很像是一些乡愁。

二十三

在海军提督华克的铁甲舰上，舰名叫作爱德华王，是一艘巨舰，白鸦儿与之比起，直是一只游艇了——为法国人而举行的佳会很是壮美。

这是一番绝大的享乐，好像只有在外国地方才知道有这种办法。天色未明就开始了，先是音乐会以及喜剧，——这在一个戏院不著名的城内实是顶耐咀嚼的美味了；——其后，就聚餐；真可说是邦达壳式的一场盛大宴会①：而跳舞也就由一般快乐而兴奋的对子开了场；大家一直跳到早晨，并热狂的在各处故意不点灯的暗陬中调情取笑。直至天色大明——即是在表示平明的色彩之后，在 GodsavetheKing 的八点钟之后，——最后的汽艇才把最后的客引到。而小桌的晚汤又变成了闹杂的朝会，铁甲舰弄脏得直如一所水兵的酒店。

海军提督多儿危叶持身很谨，到得甚早，微明就走了。

---

① 邦达壳（Pantagruel）系法国十五世纪著名文人哈贝勒（Rabelais）的名作，邦达壳即书中主人翁，体格绝大，吃喝极多，假借之义，即是丰盛的筵席。——译者注

他的助手们则受了命令无虑无忧的跳舞下去。对方的军官们也表示出同样的快活，这真是一种亲热的，恳挚的攻击。把长官的命令格外扩大起来。其实这般人多多少少都知道他们已临到要互打的时候；而可怕的战影虽仅仅分开，然仍回翔在盛会的头上，使其恍惚，并进而使其沉醉。尤其是那般女人们，这仍被法国军官文雅搂抱着的体面英国女人们，更没有忘记她们这般风流的舞伴原是默忖着，或预备着要无情的屠杀她们的约婚夫或其情人的；大家几乎流成江河的血腥不无要把他们动情的鼻子沁醉的。

热带的天气尽管把男子的性弄软弱了，而于女人的性则如受了鞭打似的，更驱逐她们去寻欢觅乐起来，——寻觅种种的欢乐。——在西贡，没有一个社交之花是同意在戏剧演到第五幕就回家，不用晚汤，天明前就睡了的；没有一个女人不是耽误了夜间的爱抚，而在两人共睡的午觉时不饱餐一顿的。跳舞起来是关着窗板不令太阳来逐人，顽起骨牌来就到午钟鸣了也不逃走的。——所以在爱德华王舰上才是一种大快乐，况取乐当中又戴有国家义务的面具在的。因此第二次舞曲一奏，各样的花都飞了起来，所有的手都脱去了手套，所有的腰都搂紧了。到晚汤来时，狎侣们都带了一种到卧室去幽会的神情。船是一个方便的地方，秘密角落多得很，并且都是灯光与探照灯所不及的。半处女们尽可以随便剥落她们半贞操的花，而妇人们更加动的狂荡起来。况乎把一个海员，一个行将不见面的过客用来做对手，那偷偷的与无结果的接吻既可以永远秘密，而又如何的安全呀！

英国人把他们流寓的全城都请来了。就中有各地方的女人：——一些是西洋女人，刚刚由贞静的欧洲才下船的鲜货，不过被四礼拜的邮船已弄得很辛苦的了；——一些是殖民地上的女人，照布郎妥门的话说来①，尽都是正派太太们：就中有香港的姑娘，这里的气候是发烧的；有上海的姑娘，这里的人家都有两道门；有长崎的姑娘，这里的日本模范是不贞的；有新加坡的姑娘，这里的花其香甚浓；有河内的姑娘以及西贡的姑娘，内行们有时名之为梭多门以及哥沬儿②的。

就中还有些别地方的女人，来自很远的；一些把精致罪过给远东带来的流动女人们：如美国女人，专门调情骂俏的；古巴的克勒窝女人，害男性狂的；澳洲女人，肩头胸怀袒得很利害就在纽约人家也不敢如此做的，以及各种的旅行队，大抵这般女人们地方跑多了，早已变成怀疑而放荡的了，并且不停的在世界上跑，没有一个地方的道德能够陶融她们的。

这些女人中，居然有一个很留心费儿士的。却又不期然而然的他们恰又邻坐在一张桌上；他们起初交换了姓名，地方，种族，——如此一来就相知了，——以着那游牧人的急遽好奇的念头，大抵这种人在那计所不及的缜密中都没有时间去自休的。——她名字叫作毛德·埃乌利；她是美国新奥奈良的人，——孤女而且是自由的，——并未嫁人，游历了

① 布郎妥门 Brantôme 是法国十六世纪一位作家，长于描写风俗，人格，恶德等等。　——译者注
② 二名皆系巴勒斯丁之古城名，据《圣经》言，以其荒淫特甚为天火所毁。　——译者注

三年，同着一个同年的女友，亚力克斯·路德，在孟买订了婚的，大约她们到印度时，她就要嫁了，——此后，密斯埃乌利不免只是一个人，然而对于她这充满大气，充满欢愉的周游上大概也防不了什么的。

她说："我们从澳大利亚洲及新西兰而来；亚力克斯将来嫁了时，我便要往埃及去，——起初。"

费儿士好奇的问她道："然则，常在路上吗？绝不休息？也绝不要家了吗？"

"且俟将来，——且俟将来。"

他在心中却看见了一个他所认得极清的家。

"然则爱情呢？"

"爱情吗？"她招惹的把他瞅着。"到它令我欢喜时。"

他却没有想及这样的爱情。

餐后他们便在临时变为花园的甲板上去散步。她呼吸着海气，样子大胆而且多欲的，胸部直把上衣弄来耸起，一只手重重的压在扶持她的那只手臂上。他有时也看她一下，禁不住要认可她是体面的，以及她那田野气的面影，她那淫乐而顽固的眼睛，她那乱张着的骄人的金色羊毛。

在孟买订过婚的女友来同他们一处；一个英国海军官便把手臂给了她。四个人都倚在后部的栏杆边。点染得有火的海湾热而芬芳；积在桥上的棕榈与羊齿草很做弄出一种寂寞荒凉的气象。在他们身旁，一尊诺当菲尔德大炮由突出的炮塔中飞跃似的长长伸着，钢身雪亮好像银子似的。

那个面目赤红的大汉子英国人已动手向他的女伴进攻起

来。密斯路德也并不十分拒守。快乐的夜色作了媒妁。一些偷吻，一些淫荡的举动。密斯埃乌利便也在费儿士手臂上痹麻起来。

他觉得在他血管中一阵可怕的潮动，他想把它打退；遂说笑道："先生，谨慎点；密斯亚力克斯并没有自由之心的……"

"罢哟！"密斯埃乌利大笑道："孟买很远的，——farfromhere！"

不错。别的城也一样的，而且别的誓言也一样的。

或者一个正确的爱抚碰了壁了，所以密斯路德忽然推开她的男士，并把密斯埃乌利拉去。两个少女便靠在栏杆上并着头耳语起来。那英国人当着费儿士很不好意思，要找一个处置方法，于是机械的把那诺当菲尔德的炮门打开。

费儿士要把岑寂打破，遂道："美丽的家伙。"

英国人也道："美丽。"

他们毫未想到他们所说的：他们只是在等候那两个美国女人赶快完毕她们低声的弥撒；于是他们就谈起他们的本业，他们不存在的思想。

"二十四镑吗？"

"是的。"

"像这样的炮有好多？"

"十六尊。打巡洋舰是很好的……"

费儿士便握着炮门的铁杠；那铁杠一旋，就溜入它的孔中。炮膛露出，圆而且黑；一行一行的抛物线。——那炮任凭弄得好像是被一个朋友的手在弄一样。——轻轻一用力就将铁杠举起，重新的倚在那闭着了的孔上；钢与钢便锵然的碰了一下。费儿士找着机关，将引擎一按；那簧便轧轧的一响。

四周围很宽广，又蔽着风在。在这安适的甲板，人很可随便，——就在作战的悲哀之夜也一样的，——去追逐巡洋舰，去追逐那先就败了的，水湿淋淋的，遭殃的，枉自破浪而行的可怜的胡桃壳……

两个美国女人一听见炮身摩擦的声音，很好奇的走拢来。英国人便将炮门关了。

"战具；——顽物。"

他又快乐的加上这几个字："thingsofwar,humbug,"并且笑嘻嘻的又将密斯路德的手臂握住。费儿士很分心的：一个未全忘的老举动不知不觉复生起来：他的右臂不递过去，却将密斯埃乌利的腰肢一搂，而左手却紧紧握住她的指头。她也就靠了下来，弄得他不敢再将这献媚的身躯丢开了。然而一种内疚很使他难堪。

是时，这个美国女人对于她对手的举措很诧异，很受激刺的，便把她狎媚的艺术施展出来。她在一些变为陈述的娇媚语句中同他订了约；又拿出一番粗糙的话来弄昏他，假装不肯的献她的身；她激动他，招惹他，把他的血沸腾起来，弄得他头脑发昏的。同时，别一对也并不把他们放荡的妄想隐藏一下，所以那英国人火赤的脸时时变白起来。两个女子故意弄着手段，冷酷得同母猫一般，笑嘻嘻的互相侦察着，并彼此的鼓舞着。

　　左近有一张桌子；他们便用起晚餐来。几盏快要熄灭的灯照得半明半暗。酒杯立刻就交换了，膝头彼此紧压着。密斯路德猛的俯下去，把她紧含在唇间的半边饼干伸与她的男士。一个牙齿相击的吻便紧接了一些时。

　　密斯埃乌利哗然气忿道："一个订婚妻啦！"她那向泡菜伸着的手臂便缓缓的拂在费儿士的口边。

　　费儿士并不吻那手臂。——订婚夫。——这个字直刺到他的心里。一种厉害的羞愧在他良心中送发起来。醒醒的过去岂竟如此其快的又将他抓住了吗？真的，他真的是那医不好的病人吗？狗毕竟是吃屎的？腐了的肢体终须割去的吗？

　　一只大腿压在他大腿上；一堆半裸的肉擦着他紧的肉，并骑跨着他，把他占有了。但那乏味的眼泪却渍在他的眼里，这一夜他并未改掉他的前习。

二十四

乔治·多纳先生致杰克·德·费儿士先生函云：

"小东西，你带着病的精神离开了西贡，——我很能评判出来，然而却不再有光荣为你的腹心。因此，我便借口为你的朋友，特来看护你。这就是我的药：一粒真实金丹；吞下去不要怕，并不苦的：因为有关于麦威，你不要谈出来。但是'今日归我，明日归你'，酷？麦威现正在锻炼他的生活，这生活本体面而聪明的，——如我的一样；——本是一个文明人的生活。这小子本能的把理懒怠了。听他的故事，于你是有益的，只要你肯。

"麦威是一个事理通达的人，他爱的是女人们，——凡是女人们，并无择别的。他那合理而正确的志愿只在她们身上寻找出她们是为什么而生的。——不消说，这是一种有理性的口味。麦威固着于此，很过了些岁月都是很幸福的。然而，别一个月，他却在妄想一个女人，——在许多女人之后，——而这女人却特别的拒绝他。你知道她的：是你贞静的女友，那个足以引起地方革命的野蛮关税负责人的元配。——倒没多少关系。——麦威被他的念头萦绕得昏天黑地的。这本来太过了；不过众人多多少少总是太过的：就是我，有时也昏天黑地的去找那纯几何学上不中用的答案。倒没什么痛苦。不过麦威却为这个不能到手的情妇而将他已到手的情妇们全丢开了，这痛苦便动了手。——这是狂病的一个好发端：女人们在我们的用处上并没有几度的痉挛的：那么，货色要是一样的，又何论乎商人呢？一种必需建筑在琐事上的选择，或一种附属品是不应该烦扰我们的，自从关系于本原，——换言之即关系于配偶的话。——麦威走出了他善知识的轨道了。不久更要出轨的。

"他又沉迷着第二个女人，——就是那小亚培尔；而且这次，是完全发了狂的。比他迷惑马勒老婆还更无道理，他对于头一个的爱还有一种合理的目的：即是弄她上手便完了；他只想把她弄到床上去。这是一种锦绣的兽欲，然而到底也只是兽欲而已。至对于那小亚培尔，他却是精神恋爱。他不知如何的在爱她，而且是一种无目的的爱情，颇近于精神错乱。毕竟我是男子中最宽大的，而我也赞成精神爱情的，这不过是一种友爱的态度：两个人亲密友爱得尽可以同寝，然而却宁可了悟的联合。——但麦威对于马儿特·亚培尔的爱情呢？哈！不然，让我笑罢：他们在跳舞场，在网球场见过；他听她呐喊过 play 和 ready，他证明过她的胡旋舞跳得不合规；竟自把亲密之情拿来放在友谊上面，以为是脑经里任何一种感想的交换，这直是一个荷包里装了一张往沙郎东去的直达车票的乡下人所有的悬想了。

"麦威正是这样的人。

"我每天都看他，我极好奇的研究他：这是病理学上一桩佳事。两种欲情啮着他就如两头狗之啮骨头。早晨则受了他夜来清洁运用的影响；尤其想着马勒家的老婆，便计画出种种够天真的策略来抵抗她；但除了隔绝与强奸外他简直不知道着想；倒不是说笑话，我相信刑庭已在等候他了。——晚间，便另是一种曲子：斜阳西下，天色在黑树之间通红之际，——微风拂着浓香，——麦威就变成诗人了，戴着落叶式的领带，乘着他那镶银人力车走赴检阅场，以便带起沉思的眼睛去敬礼马儿特·亚培尔。夜色下来，他便回家，吃得很少，而独自睡下。这样将养并未使他肥胖。譬如一个酒徒骤然把酒禁了，并不见得好；而麦威正是一个酒徒，妇女们便是他的烧酒。

"小东西，你瞧这就是一个昔日幸福，因为明白，今日不幸福，'很不幸福的'，因为发疯的人的故事。生活于他很不满足，他甚至欲去探求空想，——这只是制得不好的药物，可以毒人的。麦威已中了毒了，我不知道他还能复元否，纵然我把解毒药告诉了他。你……且把这事放在你脑里，好生想一想。"

二十五

　　多纳的信并未到费儿士的手上，就是细儿娃小姐的大宗邮件也如此，因为也在同样的邮船上。白鸦儿在邮船到的前几天又走了，所以在香港直无西贡的消息。这样令人吃惊的事倒是海上习惯了的，海员们大都不甚注意。不过费儿士终不胜惋惜没有得着信；如此走去确是很困苦的，既不知往何处，——因行程是秘密预定了的，——又未带有一些作旅费的温存言语，温存思想，以及被约婚妻抚摩过的几张纸片。这些令人愿欲的信好像就是一服紧要的药，因他走时，她尚未将他完全医好。他走得又慌张，又惊人的，肌肉震跃，而精神摇摇。所有他的怀疑哲学，所有他去年的虚无主义—自英国盛会以来都在攻击他。只管他约了婚，只管他那纯洁而深切的爱情烧着他的心，但只要遇见一个放荡女人，遇见一分钟的胡谈，就很可以埋头负心，——很可以把他的志愿消灭在酒色的打击之下的。——现在，他酸辛的狐疑起他自己来了。从他先前生活看来他莫非是腐化了吗？这种至高的文明，多纳，麦威，罗舍的文明，无上帝，无主人，无法律的人们所讲的纯理论文明，可不是一种神经错乱的怪病，一种灵魂上的烂疮，而绝不将它咬着的捕获物放松的吗？在他全生活中，——二十六岁的，——费儿士老是追随着纯理性的；而今日他却把它看得毫不中用，而且有害；但他能将它逐出头脑之外去吗？他可以为着医病而爱好一个有信仰而贞静的处女吗？色梨赛特·细儿娃的爱情在他心上直如一缕太阳光线；他想来，这好像在一种热燥的气候中，有时侵入他们受处罚的生活里面去的那些结核：疾病是不应该一分钟躲开她那救济的太阳的。

白鸦儿偷偷的，无声无响的离开了香港，如同逃走一样。凡这种出人意外的，神秘的，骤然的启碇，都是由巴黎那畔，总长办公室决定的，或者这有关于战争与和平的两方面的问题。因而在悬着各国旗子的船只中间，看着法国海军提督之走，便荡漾出一种不安来。白鸦儿由爱德华王的船尾经过；这两只船头一夜还很友爱的，在诸般的盛会中，在诸般的宴乐中尚结合甚密，而现在却紧张的打着招呼，炮火发出它们简短的音节，白衣的水手，红色的兵士都冷酷的面对面排列着；东升的太阳把刺刀上照得赤红。

白鸦儿在海上走远了。香港沉到天际线之下去了。行程是向西方走的。中国海岸青郁郁的在右舷外。黄昏时，已看见雷州的海岸，而杰克林山高耸天际，一部份黄，一部份黑：因为下面是沙，上面是荆棘。白鸦儿到第二天的黎明，已走入马色河，直上溯到广州湾的河口，两岸都是碧绿的巉岩，到处都是蒙茸在大树下的村落。法国城则露出它的兵营，它的仓库，它的学校，——正是空的。码头中，有一艘巡洋舰下了锚。白鸦儿停止了，发了一个讯号；那艘船也一样，于是两只船便含尾驶下河来。

费儿士算着日子。到西贡还有三天，——要是一直走的话。可是不然：却要从琼州海峡过；而多儿危叶所辖的舰队又要在东京的哈泷湾集中，费儿士不免失望了。魅力中断了，这在色梨赛特身边时，曾把他改善过，曾使他年轻，清洁，贞纯过，——换言之就是幸福过；现在孤单单的，远离着她，他又觉得老了，荒淫了，怀起疑了，——换言之就是文明了。他枉自带着热情将那偷来的亲爱肖像瞅着，这像对于他曾作过多少次的保身灵符。——然而魅力却中断了。——色梨赛特的肖像也只算是一幅无力量的小照；现在应该要在她的跟前，应该要有她的声音，她的手，她的灵魂才对；——应该快点，在重新陷入不治的境地之前。

白鸦儿穿入了东京的濛雾。突然狭窄的海浅碧而平宛若一个池塘；稀奇的岩石有峨特塔那么高的，耸立在浓雾中。船是在奇形怪状之云与星棋罗布之岛中前进着。这直是一片噩梦般的列岛，一堆化石的巨人，逐渐逐渐的在四围露出，把船包在核心。一阵绵绵细雨自灰色天上落下，令人带一种永永打喷嚏之感。

哈泷湾就在那儿，被雾笼着。一条长影在水上，在不透明的雨丝中不甚看得清楚：这就是所欲寻找的一艘巡洋舰。在那里停了两天。运炭的驳船由码头上走来，纵走近了也看不见；于是大家把炭舱装满。其后，舰队便又驰出大海。灰色的天仍在灰色岩石上头把雨落在灰色的雾中。

一出哈泷，海就在呼号了，贸易风以浪花打着洗净的船身。太阳光照着巉险金黄的安南海岸。舰队是向着西贡在走，但是走得很缓；完全沿着海岸线在走，拂着每一个海岬，进出着每一个海湾。好像到处都虑着生怕把船哩，炮哩，——以及三色旗哩悬露出来似的。抛过几次锚在塘杭，在都哈伦，在纪仑，在梨雅塘等处；这又需好些时间。然而在第十夜，巴打郎的火毕竟看见了，其后就是圣杰克的火；而睡醒的西贡便看见船身与樯桅反映在急流中的巡洋舰等之在它的岸边。睽违以来直经了三十又一日。

费儿士不耐烦的瞅着那城。但他起初却应该将那累积的邮件拆阅一番。不但是一个月以来的电报，——是人家未曾随船送去的，——还有军部与外交部的命令，或是前夜到的，或是前二夜到的。参谋长直从事了四小时之久。每个助手都各自分在卧房中理各人的文件，拆阅了翻译了的东西一件一件的放在提督的案上，秩然有序而且是各从其类的。费儿士无须通知大众便判别出它的性质来；凡那吹向和平与战争的风与他都无甚关系；他只想着摩西街在。

头一只军用艇中就有他，午后三点钟的太阳也把他骇不着。他与其等车子，竟自步行了去，一下再看见了订婚时的别墅及亲爱的游廊时，心里便热热的跳起来。幸福的战栗直在他骨髓中抖动：既然他仍旧在爱她，而又毫无所失，毫未背约的；这可怕而神经病的三十天行将消灭得如一场噩梦，只要看见约婚妻的头一下微笑。他在栅门外拉动门铃。一个仆欧懒懒然把门开了，把他认清楚了后，便去拿了一封信来；费儿士吃惊的，气紧的，把信封拆开，——登时就呆住了，信还在指头间：原来色梨赛特没有在西贡；她母亲应得离开城而到圣杰克角的疗养院去。

费儿士深深失败了，但还安定；当他把这恶兆之函拆开时，倒很害怕的。——既然如此，海角距西贡并不远；川河公司船每天隔两小时便有去的。——费儿士又把那信读了一遍，是临起身时匆匆写成的；细儿娃太太因这四月之末的湿热很为痛苦，而色梨赛特老是谨慎而又孝顺的，便急需几礼拜的山间生活。总督恰又到东京去了，他那海角上的别墅正没人；大家因就很方便的安置在其间，费儿士自会有他的卧室的；人家自从香港把这可怜的白鸦儿释放了后就等起他了。

他想道："明天，我将请个假，到海角去晚餐。"

决定后便更安了心，便想着太阳已高，而他的军帽太薄。他叫了一部马拉巴儿，——马拉巴儿是西贡的脏马车，——躲到车中，忍耐着走回船去。到了喀底纳街，他停车在各商店前；三十天的睽违，有些货都加了税了。

西贡并没有变。他高兴的辨识着，这于他的不遇真是一个消遣方法。在洗衣店中，依然是那些中国女人，在把烧着红炭的熨斗拿在衣服上去熨之前，俯在衣服上，蒸汽似的大口喷着一些水。在裁缝店里，那大剪刀依然裁的是那折为六块的白布，好赶快的缝成半打衣服。费儿士走进阿根的店里去，这是他所惠顾的商人，于是这个老广东人便迎着他奔来，笑得把他的皱脸更皱成了一个柠檬样子了。——"一杯茶，——真正福州的，甲必丹!——要什么呀?由香港来吗?英国在干什么?何时开仗呀?"

"你真是一头老狗儿，"费儿士笑着说道。"人家并不打仗啦。——你跟着给我送一些粉来，以及一些顶好的香槟酒，以及一些贝独罗·岂麦嫩①，以及几束小四弦琴的琴弦。"

阿根立刻又殷殷勤勤的拿出一堆新到的卷烟米纸，——顶好的，——以及一些红白网球，——在地上绝好看的。——"正是，又有了新的吗，甲必丹马勒，在大湖边上?"

"什么呀?米税吗?"

"没有什么，没有什么。"

那老人谨谨慎慎谈了些别的事，以一种外交的巧妙把他的话头转过。悄悄的把印度支那全征服了的中国人老会把他们的贸易网张在各城及各村中的;并且于他们秘密结合的巧妙通知，老远的就把将来的变故闻着了;所以在懒惰的安南人与惊愕的西洋人丛中，他们总不倦的，讥笑的利用着各种事物，而不停的发起财来。

五点钟鸣了。费儿士很热，那被更高的太阳所炙的白鸦儿当已变成了小烤炉了。与其对直回去，倒是跑两点钟的车子为妙，——一直到黄昏时。费儿士开发了他的马拉巴儿，另选了一辆驾得好的双马车。御者并不请示，便跑上了那老路:这正是检阅时候。费儿士便任他干去。

_____

① 系西班牙酒名。　——译者注

全西贡都夸耀在那排柱林立的园路中。所有的男与所有的女全在那里，而费儿士则都认识，因这些男女都曾在他往昔的生涯中经过或蹰躅过的，——或在晚汤中，或在舞场中，或在赌博中，或在床上。——古怪咯！这种纵欲而可疑的生活乃是他的旧生活，他公然能把它分开，能与之远离，以致停止去望它，停止去回忆它的存在。然而它却存在的；它还继续着在走它那淫荡与集合的路，它正在那里，还充满着出卖的肉与买得的良心，——都预备着的，只要他愿意，便可重新把握。费儿士却以一种鼓舞的动作吩咐御者赶快走；但是偏不能够，因为挤得很。

一辆只驾了一头小马的篷车与他对面走过。多纳与他娈童之一正在其中：因他往往爱将他的恶德肆无忌惮的在城中表示出来，这由于他很是瞧不起他所憎恨的人们。他一看见了费儿士遂向他大喊其日安：其后，因车的潮流将他涌走了，他遂回过头来问他接到了他的信没有：费儿士业经走远了，不懂他说的话；只对直的朝前瞅着。

在列柱之道的顶端，有一道小小的砖桥；时髦的车子都不欲走得太远，人们所兜圈子的就止于此处。费儿士在这出口上大大呼吸了一次以便离开喧嚣。这里，或真是只有空气，远着那些行恶作伪的男子们，远着那些穿着软袍而厚涂白粉的女人们。

然而忽来一只手搭在他手臂上：那是麦威，骑着自行车，从几个车辆边擦着，直溜到他身边来，——也够掉以轻心了。费儿士没有看过多纳的信；所以医生的痛苦面容直令他大吃一惊：麦威的脸色黄得像蜡，而他大睁的蓝眼仿佛向无常睁开的；他那以前红得好像被女性牙齿敲过的嘴唇现在也淡下来成了粉红颜色；他那像高卢后人的晶莹八字须只管修饰也凌乱的翘着。费儿士便问他身体如何：他把肩头一耸并不回答；但他的手却找着他朋友的手以道谢他。

费儿士道："你怎么样了？"

"没什么。"

他们并着静静的走了一会。海伦·李赛隆忽然在一辆双马车中与他们对碰过。她自然与麦威和好了，因为她的嘴唇一涡好像特为接吻似的；何况她向未对一个人而长久怀恨的；所以一认清了费儿士，她遂向他笑把舌头一伸。

费儿士问道："你又收容了她吗？"

"否。"那一个只用头摆了一下。他以无味的音调说着，好像一个很疲乏的人。

他忽然觑面瞅着费儿士道："说啦？这可是真的，你娶了细儿娃小姐？"

他的声音是被一种奇怪的尊敬调和着，以及一种黑暗的悲哀。费儿士很感动，便握了握他的手。

"是的，"他说："所以我是幸运的……"

大家来到小砖桥。双马车都回了辔，转回走了，依然是缓缓的。车内，一些女人们巧笑着，夸着她们的袍子；——麦威瞅着她们，其后，缓缓的把肩头一耸；喃喃的说了一声："请了。"他俯下身，骤然转回去，迅速的奔向前方，追着那些女人，或这个，或那个，或别一个，不见了。费儿士沉思的瞅着那水浸的稻田，西下的太阳照得田中全成了红宝石。

过桥很远，他停在业已荒凉的大路上。几株树荫下了一点阴影，他爱这所在，尤其自从别一个月的一晚，他同色梨赛特停止在这里时起，以及一群萤虫绕着他们飞舞时起。——他满脑回忆的走下车来；但苦恼又来了：亚利特夫妇的车子恰同时停住，他不能装做不看见。费儿士当然得走到车门前；亚利特太太好像不经意似的把手伸给他好让他去吻它。

"您由香港回来了吗？这旅行好长咯！"

亚利特似乎很高兴的又逢见了他的至好之友了，他便请他当晚去晚餐，——并非宴会。

"不能，"费儿士说得清清楚楚的。"我有点痛苦，我明天就要往疗养院去的……"

"说得顶对：您应得有一顿家庭晚餐，以及一宵不很长久的晚会的。来呀！"

亚利特太太并不抬起眼来，也温存的加上一句道："您得使我们高兴呀！"

应该答应的。

这真是一顿危险而可怕的晚餐。亚利特太太的手指，又美丽又纤细，轻轻的在桌布上顽弄着，屈折着，反复着，好像那秘密的爱抚一样；费儿士禁不住便回忆起以前所接收，所还敬过的这些爱抚。在桌下，一只脚又触着她的脚；他不由己的又还了它几下表示。一种欲念便在他神经里涌起，他那久已禁绝的冲动也发动起来。

他害怕起来，便隐藏下去：律师要往公会去，好让他老婆与他的贵客并头密谈；费儿士取出表来一看，急说时间晚了，因就告辞出来，——全不去看两夫妇所交换的失败的眼色。

亚利特突然说道："我陪您到岸边去。公会自会等我的。"

街道如月之白，夜气热燥。他们缓缓走着。一到俱乐部门前，亚利特邀请得太厉害，费儿士只好答应进去。

扑克便打了起来。费儿士得做第四家。出入的数目已很大了，而亚利特把它运用得更大。费儿士输了，于是就兴奋起来。手运竟自不转；他接连输下去，一直纠缠到晓，出门时又疲乏又辛酸的。一连四小时，把牌拿在手上，他竟把色梨赛特忘记了。走上白鸦儿的吊桥时心里好生内疚，好生不安；一个恶兆把他抓住了。

然而那个行将给与他的打击，他偏偏没有料到。

桌上正放了一张纸在等他，一大张钤有官印的公文。他念了遍，呆住了：

令仰海军士官杰克·德·费儿士先生即于一九……年四月二十日迅离白鸦儿旗舰同日即供职于雪崩号。

费儿士先生暂代雪崩号司令，着于四月二十日武装完毕。

一九……年四月二十日于白鸦儿舰

海军少将副司令多儿危叶署

这是官样文章。他却不懂得，便跑往提督室去。

"您现在是司令了，"多儿危叶道："在您的年龄上这倒不坏。"

他住口了看着费儿士苦恼的面容。

"您见过了细儿娃小姐罢，我希望？"

"不曾，往海角去了……"

"好！我可怜的孩儿，您运气真坏。海角么！您却没有时间往那里去。军械粮食都已载上了您的雪崩号了，您今晚就出发。"

"我出发吗？"

"到大湖去。全柬浦寨都叛乱了，而暹逻人也加入其中。电报昨夜传到。一种猛烈而很奇突的叛乱：底面是有英国的银钱的。我早已料到，这正是最后一幕的开始……"

他更刺到他的深思里，预言的一些祸灾。而这个色梨赛特的约婚夫却动也不动，静静悄悄的，并没有听。

他突然说道："提督，白鸦儿留在西贡吗？您是看得见细儿娃小姐的了……"

那老人猛的住了口，很温柔的把一双手按在费儿士的肩头上。

"我看得见她的。安静点：她会知道的，她会等候的。"

唉？他之狐疑的并不是她的忍耐，也不是她的忠实。

二十六

　　雪崩号是一只极小的炮舰，只有二十五人的队伍，在太阳西下前两点钟出发，溯江而上。西贡隐在它那槟榔林后去了，只有那大教堂的两座尖塔还在天边显露了许久，好像树海之上两座尖岛。江道是蜿蜒屈曲的。安南向导立在甲板上用手指示着那可以通行的水道，炮舰有时竟擦着一边江岸在走。那重叠综错的每一个树身都分辨得清清楚楚，沼形陆地就在这些树中；东一处西一处全是在褐色树中的绿色光明的稻田；一些土人，从几间看不见的茅屋中出来，静静的瞅着这船之走过。

　　夜来了，并无黄昏。费儿士耽心他的路，遂下碇在急流中间。夜间的森林发出一派顶强烈的气息，野林中沉重的声音也将黑暗充塞满了。

　　费儿士通夜都在甲板上闲踱，贪着凉风。

　　他的脉搏稍为感了一点烧热。他觉得衰弱而胆怯的。那自一月以来偏偏要将他从色梨赛特身边分开的命运明明白白又挑逗着一种造化的可能在。就中真难以说明；这个在不安之夜中，说不定徘徊于他四周的慈悲之神正安排再一下便要将他打杀罢。

黎明，雪崩号又开行了。

几天过去了，都一样的。

土人的叛乱是忽然而生的，并且在地方上传走得好像一条尘带。在两天内就有两省起事，烧了他们的村落，毁了他们的屯殖，攻打那抗拒的与防守的官衙。很快的已流了许多血。其后，就转到法国人的进攻，一队一队的陆军向造反的扑去，继续大骚乱而来的乃是一片突然而生的寂静，这是侵略跟前的一段空隙；东方战争开始了，——阴险的，顽强的。

并无大战。只是些袭击，只是些埋伏；——由生垣中射出的一枪；一个哨兵无声无响的被人勒毙在哨探处。——兵士们对于这种与无形敌人的争战奋激得很；但也有一些良好的战士，如安南射手们，忍耐冷静一如敌人，——一样的。他们争战得很凶猛，因为是对他本乡人的争战，所以这些亚洲的内战，——以及欧洲的，——都是不可逭的。

炮舰等一道渠一道渠的驰行着；有时，——很不常的，——它们也拿几个开花炮把森林测探一下。叛徒都害怕它们，因就奔开了；他们本是很轻视那炮弹与快炮的，不过他们民间的神话，——自然因他们的文学而老被重视的，——却说那些被闪光与烟子所点染的，昼夜浮在水上的机器全载的是敌人的恶鬼。——所以炮舰等枉自跑来跑去：大家一见了它便逃走了。

这直是一些毫无用处的长旅行，对于那假侦探所报告的假消息。——开炮的村落一直找不着，至少是业经成了灰；有战迹的小艇都在绝潢断港中变成了一些烂船板。——生气的首领们有时试作一种费力的动作：先包围了十五哩的地方；把防线加厚，垒起一些大树，各渠口都用炮船堵住；大家都十分小心的前进着：静悄悄的穿过那些空树林；合围了：什么都没有。然而夜色下来了，一片迟迟的枪声即在黑地方中爆响起来；一些子弹直响到晓。但一到晓，突然就停了火，因为大家在夜中弄错了：其间并无敌人。大家或者出于迷乱，或者出于有心，枪是向着自己放的，不经意的竟自行屠杀起来。十个，二十个的死人倒在地上。大家把他们埋了，——于是又开始一种别的错误。大家都怠惰而生厌的，无光荣的杀，无光荣的死。

　　陆军更其怠惰，海军更其生厌。炮舰等直如深闭的修道院，人也不出来，人间的声音也传达不到。每夜，都不知白昼的事故，只孤单单的寄碇在江的中央，与那夜间冲突常起的危岸远隔着，——那岸老是清静而又血腥的。但是尽管离得如此其远了，却终避不开野林的湿热，也避不开它那动情的气息，其中有花与叶的香，有发酵之土的瘴气。这是些活动的夜，充满了声息与抖颤的。野林里还埋藏了多少秘密东西，听得见那些嘶鸣，呼啸，喘息。一片可怕的喃喃声又从这树海中腾起；有时又来一些纷扰，闹得很切近：或是在泥土上的驰驱，或是落在江里，或是在追逐，在求爱的畜生的叫声。世界上再没有比热带野林中的生活更为骚动的了。

费儿士从他那守看坐上静听着并呼吸着那野林。

　　自从三个月来他都是清洁的。他忠实的，自得的为将来的妻自持着。这几月的睽违与飘流在他生活上很是沉闷：因为狐疑与虚无主义又开始把他纷扰起来；不过还没有弄到荒唐；仅仅把那逃遁得很快的稀有倾向认清了。他的禁欲在他实算是末后的一件值得自矜的事，并且禁止他去相信他那命定的堕落。至少他的肌肉是一直无愧于色梨赛特的了。这就是他所维护的一种新生活，一种坚贞的生活，——他还可以如此生活哩。命运果有他的。

二十七

　　大湖的叛乱是有一个为首的。一个皇室血系的亲王，是从某一个朝代传下来的，在民众当中秘密长大的。大家都不知道他的名字，也不知道他的历史。大家说，有一个贞女预言他之到来；在所说的时候，他果然就露了面；这贞女认得是他，并在群众中把他指出来，宣扬出来。他身上记得有他那一族的痕迹；教士们便俯伏在他的跟前，群众遂武装起来。现在他作战有一队大兵，和一个朝廷；他的谨慎与他的胆量是很可惊的，而且他那些狂惑的臣民都尊称之为洪哥，义曰老虎。他皇家的尊号或待将来大胜之后，在凯旋与叩拜丛中才宣布的罢。

　　但在有一夜，洪哥亲王却被人叛了。

　　故事一直没有明白。亚细亚的灵魂是从不破露一角的。——复仇吗，野心吗，嫉妒吗？或是别一些莫明其妙的原故，为野蛮欧洲所不解的呢？——只一张用绝好的文言拉丁写成的匿名揭帖传到了总区。人家就赶快派了两队兵，于是亲王同很少的卫队，在那指定的村落中，就被袭攻了。底里如何迄不能明。

村落的四周全是稻田，附近一带丛林，正好的遁逃薮。洪哥在枪声一响，便勉力想逃跑。但法国人却把森林守住了；月光照着两行警戒线，人数又多，而又警戒着的。——袭击队则是由稻田前进；刺刀成行的雪亮在每条小径上。所有的退路都堵住了。洪哥懂得了他的失败，但强忍着。他的队伍遂因他的命令退进村中，而皇朝的悲剧便闭幕了，苟简的而且不值的。皇帝安坐在他的朝廷之中；——邻近的茅屋业已烧了起来；——他于是喝了一口茶，这就把他结果了，笑容满脸，也无呼号，也无眼泪。他死了，别的人没一个学他的，因为别的人们不能等于亲王们，但全都在死者身边等着敌人来屠杀他们。一共有五十八个男子，两个小孩。他们生恐在死之前累了，所以不作一点无用的抵抗。巴黎的命令果然是叫把"盗贼们"屠杀净尽，于是命令便实行了。

大家将他们引到村外稻田中，因为那村只是一片火。大家并不捆绑他们；他们却自己规规矩矩的跪成两行；稻田是淹着水的，一直齐到脚胫；有一些还将他们黑色制袍提得高高的，免得沾了泥。刽子手到了，与处决犯人的枪手一样，乃是一个安南人，头上挽了一个光光的发髻颇有点像一个女子；他提了一柄大刀，把那些人头一一的砍了，而这些人却都欢欢喜喜的将颈项长伸着。烧着的村落便光照着这出怪剧，并染红了跳舞着奇异影子的草。战胜的军官们都颜色惨白的看着那些讽刺的，冷淡的哀求眼睛。一个人头落地，——两个，——四十个；刽子手便停住了把他的刀锋又磨快了些；那第四十一个叛徒很好奇的瞅着他；他把两个小孩砍了才收场。

其次就把人头悬在一道忘记焚烧的篱笆上，——用以示众。一只老虎被火的红光骇着了，便在邻近的森林中像群狗狂吠似的吼着。

费儿士也在那里。这由于求动作之敏速，不及等候远处的小队：因而才把炮舰上的水兵分了一半上岸，以增加人数。费儿士正指挥着这临时队伍的。

半夜了。大家便分队扎营，水兵们扎在森林的旁边。大家好像一无所畏的，只安了双岗，而露营里烧着火，睡得极不安稳。血腥刺着鼻孔，而亚洲村落的气味，刺着鼻子犹如胡椒，香末，腐物的混合品。

忽然一枪由森林中射出。

大乱起来；大家都拿着武器。又是一声爆响。一个排长被子弹打折了大腿，便呻吟起痛苦来。一个哨兵秘密的被人刿死，扑在地上而并未看见行刺的人。大众几乎狼狈了。但军官们却走上前去，他们的榜样始将大众牵引住了。费儿士头一个将腰刀拿着钻进树木中间。一股恶怒簇拥着他，这是把他休息打断了的一种野兽的怒。他狂暴的寻找着对手。

但敌人已逃了。空林子沉静得有如一片墓地。一道渠在中央流着：或者有些渡船把逃人载走了。只找见几堆黑色茅屋俯伏在水岸边。没有一点声音从其中发出来。然而大家由于失败的忿恨，由于强暴的需要，也就攘进门去。水手们便在屋里狂叫狂砍起来。

茅屋里有的是女人们，——一些伏在屋内地上好像被逐之兽的少女们，一些无力的女性，又哑而又骇得半死的。大家也不看清是女人们便杀了起来。杀人的恶气将这一般人都转移了，——然而都是不列打尼的小渔夫以及法兰西和平的农夫们；——他们只为杀人而杀人。流血的传染把脑经全弄疯了。费儿士也打进一道门去，野兽般要寻找一个活的牺牲。他找见了在两片竖着的木板之后，在一片无顶的屋陬中，为月光灿然所照的地方：一个藏在席子下的安南小女儿。席子一揭开，她一跳的便站了起来，恐怖得连呼喊都不能了。

他举起了他的刀。但这几乎还是一个女孩子，也几乎是赤裸的。看得见她的乳与她的性器。她美而且弱，两眼流泪的哀恳着。

他砍不下去。她遂扑在他的脚下，抱住他的腰与两膝；呜咽的，爱抚着哀求他；他觉她热而心跳的紧贴在他的身上。

他从头至脚的抖了起来。他的两手迟迟疑疑的触着那光滑的头发，棕色的两肩，两乳。她极力以她的瘦手把他搂着，把他拖向她，恨恨然的献出她的生命。他一跤跌下，正跌在牺牲品的身上。

揉皱了的席子徐徐的擦着，虫蛀了的地板响着。一片云遮住了月光。温和的茅屋好像一个床洼。外面，水兵的叫声走远了，而老虎的吼声尚在左近响着。

二十八

在西贡，先前忧心的已变成了好奇的，其后，好奇也归于平淡。

这回叛乱，太长了；——也太远了：战迹只永存在柬浦寨的偏陬，在人所从未看见的多沼的野林中。有一礼拜之久，大家很不放心，而且很震动。现在生活又无挂无虑，无所事事的开始了。

热季又来了，这是多雨的季候，多瘴疠的季候，多痢疾的季候。西贡不久就会成一片泽沼，——它那体面的褐色道路两旁堆着粘泥，它那花园被黄水所污；每天在朝晚一定的时间，定要落两场暴雨；凡散步，打网球，在星光下的跳舞都要停止的。应该从速来享受这末后的好时光，应该饱饫佳会与快乐。什么都不要缺。西贡是生活得很饕餮的。城市的历史中这类的例是很多的，即是危迫的祸灾总会在各城里发生一种求乐与酒色的狂念的，这是属于定命论的。所以对于西贡，土人的叛乱是一种威骇，或是一种先兆；——一种顶可怖的危险恶兆，一种悬在哥摩儿城上的雷霆恶兆。聪明的西

218

贡人都很沉闷而迷醉的。

医生海孟·麦威并未混杂在这种普遍的狂态中。他现在已日甚一日的病了起来，身上与头上同样的不好过。马勒太太与马儿特·亚培尔已变成了他生活的两极，而且是难于接近的两极；他忘了食与饮，这于爱是顶不好的。多纳看得很明白，说他是一种酒精病，他是把女人们当作酒精的；骤然把烧酒戒脱，所以麦威便衰弱了。

总之，是病理学的情形。麦威久已放情女色，虽未使他的青春变坏或变恶。不过他的真髓却已被这长久的力行用过度了。而且这真髓并不是健全的，乃是一个壮兽的：因为麦威是个文明人，换言之乃是花室中的一株植物，是被奇特的培养法修饰过，剪伐过，萎缩过的，而且变得奇形怪状的，带着那丑怪的叶，太大的花，雄蕊状的萼，——带着那代替本能的思考，一副畸形而可叹赏的脑经。这脑经先只固闭在一种耽乐的自私中，虽是只管放荡，却并不戏顽；然而有一天却得了神经病。麦威已经走到他短促青春的顶端，已经走到他迟钝感觉的顶端，所以一切齐备，忽然一下，就精神昏聩而疲软起来。现在接着他以前胃口而来的便是些深切而多病的情欲；——所以这直是被腐滥的肥料催出悲哀而奇怪的花期。

马勒太太，正派的中产人家的女子，颇有大家风范，而为她丈夫以殖民地的狡猾夺到手的一个外省女人，是那难于诱惑的女人。她身上的感觉是不说出的，也没有假象；她又不送人鼻烟；于此，足见她是爱她丈夫的。麦威耗精费神的去追逐她，把他全头脑全心肠都放进去了去追逐她，他不仅想把这喀拉歹占有而已，还想把她鼓舞起来，把她苏醒起来，把她改变。然而他只使她打抖，使她怕。她在这谄媚她的交际场中已嗅觉了一个危险而神秘的人物，一个可以把她拉到那极王国中间而去的魔术师，不管她怎样，而她用以自矜的夫妇之忠总会死在那中间的；——所以很聪明的，纵然在被勾引，她却躲开攻击，而把那进攻的人拒之门外。

麦威一到赛跑场，一到戏园，一到散步场，老远的总是只看见她。她也只要一望见他，便转了身，要是他试着走近前来，她就退避了。他于这把戏很为忿慨。多纳是被这苦剧所感的观客，便静等着那些强暴与一件不名誉的事在。然而麦威业已没有行暴的力量。

他追逐着这两个捕虏品，不知道放松一个好去专赶那一个。她们反将他拖在后头，——热衷的，疯狂的，——拖在两种不同的足迹上：马勒太太向他表示出一种尚可达到的理想情欲，马儿特·亚培尔则在身上振摇出一些他所不认识的琴弦，然而又惊骇的觉得在颤动：一些神秘而迷妄的琴弦，——一种冰冷而苍白的爱情之弦。——他想着那女教士们在她们蜗居中为基督而生的爱情。——总之，这个干净洁白的女子，这个雪花石的雕像，这个活的埃及斯梵克斯，向他表现得直如一个谜，为他甘愿折开，甘愿死的。

他却并不去向她调情：人是不向谜语调情的。他也并不用一点手段去进攻她。他的意思总不以为她生来与其他妇女一样，是拿来寻欢的。他之爱她比费儿士之爱细儿娃小姐还要清洁些，当他想着去娶她时，也从未忆及结婚之夜；要是他想到了，他或者要骇退的。

娶马儿特·亚培尔。——麦威起初在一小时发烧中构成了这想象。然而婚嫁来在他生活的规律与原则中，则不免如关在铁栅中的一头狗。一说到这句话，多纳便大笑起来；惭愧的麦威只好把这念头推去放在他疯狂的抽屉中。

不过稍迟一下，规律与原则对于他并算不了什么大事。他只是两个女人的相思者，而又是那两个的守贞的人，他忽然变得毫无力量的去追逐别的女人们。他不能再爱了。起初尚是他打算要胜过的一种厌倦，然而不久他就考察出来，原来是顶糟糕的：不可能。多纳因朋友之谊很当心他，曾怂恿他保持几个情妇：他却衰弱得同一个老人似的。——他只有三十岁，但他的面貌比他年纪更老，而且他精髓的混乱现在也反映到他脸上来了，——他的脸仍然很体面，不过已干枯了。

于是他懂得他是向着绝路在走，也懂得所有的门都很便于引退的。同时，费儿士结婚的消息传到他的耳中好像就是一个可以遵循的好例。他又计画了一番，居然习惯了，并且不久竟把此事看得是一种高明而合理的，乃至与他那些不正确的心愿都能适合。从此，他便着起手来。但头一下，一见那双以不动的眼光将他瞅住的斯梵克斯的眼睛，他便昏了，一言不发就走开了。

马儿特·亚培尔的眼睛。——麦威头一次寻思到此。在那双冷酷的黑灯之后，有些什么呢？——他爱过许多女人的，看过她们的生事与动作的；他认得她们习有的弹簧，不过是些野心，虚荣，肉欲，——金钱交易，节略得出的只有这些。

在马儿特·亚培尔眼睛之后的，则有些什么呢？她是一个斯梵克斯，内外如一的。他不再去胡猜，只鼓起勇气去实行。亚培尔小姐有二十岁，是一个独生女，很有教育，很美；——是的，但没有奁资；——这政府副官长负了不少的债，——没有奁资，并且是一种极奇怪的美，令人不安，而不能勾人魂魄的；——全体如此，是难于出嫁的。他哩，麦威，年轻，有顾客，有声名，也有些财产，——是个好的方面，而无可弹驳的。她何以不答应呢？

何以呢？——他便在镜里自顾起来：他美，同她一样的美。——就这晚间他又转到马儿特家，——依然怯生生的退了回去。

但两天之后，从早晨起在街上步行，遇见多纳正回去用午餐。

技师说："费儿士今晚就同他的雪崩号要到了。我刚才由总督署来：叛乱已终；至少他们如此说。"

"哈！"麦威道："费儿士到了吗？"

费儿士与细儿娃的婚事不再秘密了，婚期就要公布的。

多纳复道："是的，费儿士到了，这可怜的快活小子！细儿娃母女也在昨夜就从圣杰克角回来了。一定的，他将团团圆圆的过他的黄昏。团团圆圆的，费儿士！哈！我极其相信的。算了罢，不要说他了。今晚，我们两个一块儿晚餐吗？"

"我可不知道。"

"你之不知道，这是对的。你得活动下子，我的小子。八点钟，到俱乐部，或稍早一点，在喀底纳街。"

麦威独自走回他家里，将两腮撑在拳头上坐着。

费儿士回来了；费儿士要结婚了。这于文明人也可以的，只管在胡闹，只管疲乏，也可以选一个处女，把她娶过来，如像野蛮人做的一样。——这是可能的。好几点钟，他都想着这事在。——到四点钟，他吩咐拉出人力车去。将近出门，想着他此次去求婚很像去决斗。——他曾经参与过好几次的；凡那把薄弱之心弄稳定的药他是知道的；他遂喝了一小罐，——很不经意。——东京车夫跑得很快，很快。

下过暴雨，天色很低。雨是早晨下的，——第一次贸易风送来的雨；晚间的雨已起了势了。街道泥泞；车夫住了脚，把车篷掀开，将护膝皮揭去；麦威看见已到了休息所。因为人力车要拉到官邸阶前，头几点雨已下来了。东京车夫却微微用力直将车子拉上檐阶，主人一出来恰恰置脚在走廊柱下，不致把帆布鞋弄湿。卫兵便赶快把脚踵并拢，挺着腰，把枪抓到肩上。一个从广厅中走出的仆欧便赶快躲开，让欧洲人好进去。

麦威进去了。广厅空无一人；小客厅的门是打开的，——他走上前去。所喝的那一罐药烧起他的血来；差不多他不害怕去看马儿特。她正在那里，独自一人，坐在钢丝琴的跟前；她念着谱，并没有按，她那极纤细的手却正放在键子上。麦威的脚步将地上铺的席子走得刮刮的响。她便回过身子，伸着手对她客人走来。他们对面坐着。她有礼的多谢他冒着大雨来访；现在雨水正从玻璃上流下去，而这随时黑暗，一如其他安南客厅一般的客厅，很有点窟穴与地窖的样子。麦威想来这或者是斯梵克斯的地窖，凡那被咬碎的罪人们或者就在这中间。

他也准备着要攻上前去。但是与其对直走去，毋宁取条迂曲的路。于是费儿士的婚姻便兜上心头。

他说："杰克·德·费儿士今晚由柬浦寨回来了。"

亚培尔小姐愕然。

"您能决其如此吗？今早我在色梨赛特家早餐，她尚不知道哩。"

"消息从总督署来的。"

"糟糕：细儿娃母女刚刚起身往密妥去了，要晚餐后才能回来。"

"罢！他们明天见得着的。"

话句进行得不好。他努了一个力；——果决的问题在他好像是移山似的。

"一段美满的婚姻，可是吗？"

"很美满。"

"将来可也是幸福的。"

她做了个不知道的姿式。

"您不知道费儿士的。他是我十年的老朋友，此人很正直，很老实的。"

"这于色梨赛特便好了，她应该有幸福的。"

麦威瞅着挂钟：业已过了十分了。他想到一个客人可以忽然而至的。壕堑便在前面，他得跳过去。他遂蓄起势来。

"一段婚姻，这是一个可遵循的例。您以为如何？"

"一个好例呢，或一个恶例呢？"

224

她以她那奇特的笑，短促而并无乐意的，笑了笑。

麦威正正经经的肯定道："一个好的。您何时去遵循它？"

"我吗？我还没有想到这上面，——一点也没有。"

"别一些人或已因您而想及了。"

她冷冷淡淡的道："您相信吗？"

他五内都烧了起来。

"我晓得的……至少有一个……他只沉思着您，他只梦想着您在。"

她很温柔的把他看着。

他站起来说完道："您并且知道是谁。"

"岂是您吗，或然的？"她又笑了起来。

"是我。"

她不犹豫一秒钟。

"我的天！您倒应该通知我。这是一篇宣言吗，抑是正式的求婚呢？"

"两者皆有。"

她依然笑着，人家不能再安静了。

"您可愿意我们把这事谱入音乐中去吗？"

她遂坐在钢丝琴跟前，调了调琴音，拿她的指头按出一曲滑稽调子，以一种神秘的，细小的言语，毫无转变的，骤然就结束了。

她讽诮他；他生了气。

"我一点没有听出琴音来。它欲说的是什么？肯呢，不肯？"

她从那独凳上一旋转，与他觌面对着："您可是正经的？"

"我从未如此正经过。"

"您愿意娶我吗？"

"我并不愿别的事。"

"为好吗，不是说笑的？"

他相信这是俏皮话。

他热忱的说道："凭我荣誉说，您只要首肯了，便算为我做了一桩顶合法的爱情善事，为一位妻子所能做的了！"

她客气的把嘴角一披。

"这确是倒霉的；因为这桩善事，我不能施与你的。"

"何以呢？"

"因为，——说老实话，我不能够。"

他并未等着她扑到手臂中来的。妇女们只说一次肯的；他比任何人还把这事知道得清楚些。

"小姐，"他站了起来，预备走了："务请听我说；这并不是闹顽的，这有关于我的幸福，或也有关于您的。您知道我之为人的，以及我的姓氏，我的地位，我的生活的；我有钱，不然也有财产；我所娶的妻将来是种种都享福的。这位妻定是您，或不是别人，因我动情的在爱您，如我向未爱过的一般。——且莫回答我！且莫。——我的言语中没有一点侮慢您的。请思索一点；宽留点时间；问一问人。我一定等两天，三天，一周也好……但请想着我的生命系于您，而我的命运是在您掌握中的。"

他深深的鞠了一躬，并向门口走去。站着，把眉头蹙起，马儿特·亚培尔让他去说。至此才唤住他。

"请不要等，先生，这不中用；"她说得清清楚楚，一对眼睛冷冷的向着他："我已向您说过不肯；这否认一定不会变更的，——绝不。请相信，我也深感蒙您探访；很是受宠若惊，因为我知道您的姓氏，您的生活，您的财产，以及您瞒着我不说的一些别的嗜好等。但我却不愿嫁给您。——放下好了，您一定要一个拒绝的理由，便是我太年轻了。"

"难道我太老了吗？我还没有三十岁……"

她粗鲁的笑了。

"哈？我实在相信。但是请您断念好了。我料得到这番争论于您是困苦的，于我也是一样。我再向您说两次不肯，我似乎可以相信这于您的自尊心，以及您的好奇心，也算是满足了的罢？"

他激动了。

"的确有关于我的自尊心呀！许多时来我都为了您在向上走。两个月当中我都变作您的影子在，两个月当中我都在爱您，我否认了我的生活，以致知道我自矜自重的西贡两个月当中都看见我堕入了陷阱。——于我是何等关系呀！所关的并非我的虚名，乃是我的心，——我的心以及我的命，因为您若果拒绝了我，我只有死的！"

她好奇而讽刺的盯着他。

"您很会说啦！……我以前不懂的我现在都很懂得了……告诉我吗？到您向马勒太太说时，也是这些话吗？"

他脸色大变。——斯梵克斯战胜了；谜语仍未猜破。——

他定睛看着那对黑眼睛。——她不愿意……她为什么不愿意呢?

他突然因他之败而忿慨起来。在昔,他知道多少的粗暴句子用来刺伤那些可鄙的妇女。他遂努力把那些话找出来,用它。

他退着说道:"醋?您比我相信的还明白些呀。好极了:我希望您一直明白到底。只一句话,我一定去了,——绝不再来。我就从这里出去而自杀了,我也愿意知道为什么。望您施点恩惠,您拒绝的理由,真的么?"

她又坐下了。

"我并未给您说这个。"

"我或者猜得了,我么?"

她傲然站起,去找寻叫人铃。

麦威赶快说:"且莫叫人来,在您的仆欧们的跟前我说不定可以不尊敬您的。我们说完好了。您不愿意嫁与我。但您有什么为难处吗?你穷得如一个女乞儿一样的,您是知道的咯:您可是希望遇见一个加我两倍的人,好赤裸裸嫁过去,好付还您父亲的债吗?"

她两只手对绞着听他说。他看见她忽然滑稽而骄傲的笑了。他住了口,精神上有了一线光明。

"否认我是的!您那被欺的人,您找着了!照这就是何以故……那是谁呢?谁?"

他带着一种尖锐的明慧,即是人家在神经冲动时所有的,忿忿然的探寻着。

她把两肩一耸。她开始的怒气已表明了,她已变成了那头无感触的斯梵克斯,为男子们不知道去损伤的。她对于那个垂涎欲滴，站在跟前的人，几乎很怜悯的。

"您去罢，先生，"她简单的如此说；因为他没有动，她自己便向门口走上两步。他大胆的把手放在她身上，抓住她一只手臂将她拉回来。她摆脱了，快得同闪电一般，她的眼睛在那青白的颜面上光耀着。

她叫道："胡闹！哈！我刚才之拒绝您真没有错：我早已把您看得清楚，判得明白，既无勇气，又无名誉，卑劣，早衰，无识！就这原故，我之不愿意您就是这原故；您令我怕的就是这原故！在这镜里您自己看呀！您看，看呀！"

他不由己的看着。

"您的眼睛凹进去了吗？您的两颊惨绿了吗？但您那卑鄙恶劣的生活却在这脸上刻画出来了！但这一切都显露出来，但这一切都陈设出来，您不是一个人，仅仅是一个胡调的人形，而纹理又折断了的。你却要娶我，却要以四个铜元买我，我是年轻的，圣洁的，贞纯的！您哩，比一切的老人还老，老得令人不久就要在瘫痪小车中拖走了的？您疯了啦！这比什么还贵啦，买一个处女！"

他强勉挺起身子，羞得要狂了。

"还贵么？多少呢？——我要价目表看看！买主的姓名么！发财人，什么都受的傻子，快乐的乌龟！呃，我是：这乃是罗舍；在西贡更没有废物了，——也更没有富翁了。——我记得清清楚楚，有一晚，在总督署，我亲见他对着你的手套喋喋不休的。"

她的脸并不红。

"您看见了吗？好极了。是的，若果我愿意，若果我值得，我一定嫁给他；——若果那生活的悲哀，我哩，穷得如一个女乞儿似的，逼着我卖身的话。买主，起码，也得富如一国之王的。而您……"

她拿指头把门指着。她的眼睛射出了雷火。他害怕得连往后退。

他向后退着；两张椅拦在他的路中，便碰倒了。他背贴着门扇。不敢把眼睛向她抬起来，只瞅着地毡。他虽没有看她，却感觉得，——是站着的，顽强的，青白的，一臂张着，——很可怕。

雨还在檐阶上流：他并没有看见。逃去了。

二十九

一小时之前，雪崩号已寄碇江中，靠在白鸦儿之侧。

自有一些造访，报告，讲演。事情进行甚快：费儿士只碰见些闭着的门。海军提督多儿危叶检阅圣杰克的炮台去了；军械处司令忙得很，没有见；被定规事情所麻木的各办事处也显得热烈而忙碌。不到一小时，费儿士已发明这是第二度的活动防御，因就走回他的炮舰。一切之后，他空了。便踱上码头，看见许多动作，而每事都在慌忙；六艘鱼雷艇正在装置：工人的铁锤在上面打得一片响。他惊愕时间已过，因就不再想了。

摩西街，他找着了森林的面目。仆欧们以不明白的话谈着密妥。那个名叫"拍卜"的——厨子——才说人家不在家里晚餐，但明天的早餐必在家里。费儿士便走了。

他同时又兴奋又懒惰的。八天之前，在那兵燹的村中，他对于色梨赛特的忠实已是死了。自从定命的那夜以来，无一夜不在那负义之例中过的。哈！那些柬浦寨的姑娘淫荡的笑着，而沾有鸦片烟香气的轻柔裸体，都被贸易的好奇念头鼓动着，将她们的渡船从雾中向炮舰划将过来！八夜，就是八度的荒唐。——他心里头全是厌烦，全是惭愧；然而却无力量无志愿去抵抗他的本能，怠惰得同一头畜生似的。——就在这里，与他约婚妻四步之远，此夜，他就不堕落吗？

他赶快走着，逃开那温和黄昏的引诱。近顷的白雨打在树上，湿花香得很。

格郎叠街，——这是旧日审判厅街，而现在用为政府副官署的，——他惊得止了步：正有一辆双马车在一个步行的人跟前跳跃，而御者勒住缰绳拼命的叫着；然而那人仍低头缓步，无见无闻的，拖起一种做梦而僵直的步法。费儿士认得是麦威，便呼唤他；但医生却走往一边去了。海军军官很挂虑的跑在他背后去，把他肩头一拍。

"你往那里去？你往那里去？你被太阳晒晕了吗？"

麦威徐徐的瞅着他，半晌才答道："我不知道……"

他把费儿士伸给他的手握住，忽的就如一个被溺的人紧紧抓在那手上。

那一个把他自己的忧思却忘了，说道："你病了。"他遂扶着他，将他送回他的家。麦威温驯的走着，一言不发。费儿士摸着他的衣服，被雨打湿了。

"你着了白雨吗？什么鬼找着了你？"

"并没有。"

西班牙街，麦威几乎走过了没有认识他的门。但一到了他的卧房中，处在他那家具与珍玩当中，而家常装饰物又以其染有香气的生命传到了他，他方渐渐的安定了，回了神。

费儿士问着他，他只胡胡涂涂的答应着。他换了衣服，默默然的坐着。夜色已来，他尚未想着点灯。

多纳这时恰走了来。他很焦虑他所请的客，所以又到他住宅来看他。

"这真是一个坟墓，这房间！"

他亲自把电钮一转，看见了费儿士，便向他说了声日安。麦威还很惨白，仅仅能够说话。多纳也大吃一惊。

"你适才好吗？罢啦！来晚餐好了。"

费儿士道："他不能；刚刚他还在街上一颠一顿的哩。"

麦威努了一个力，站起来道："我只有一点麻痹。但是已过了，或者差不多过了。不过，我不喜欢就出去。你们可愿意三个人就在这里晚餐？"

他们晚餐起来。麦威令在他卧室里用，这卧室很像他的办事室：也是那一样的纱帷幛，比四壁还长还大，——也是那一样的矮坐具，——也是从几盏郁金香色彩的灯上筛出来的一派半明半暗的灯光。仆欧们穿着毡底鞋无声无响的走来走去。那女仆没有露面。

费儿士黯然而麦威憔悴。多纳炯炯眼睛把这一个与那一个追求着。

他突然说道："我们头一次在俱乐部一块儿晚餐之后，已有五个月了。你们还想得起么？那比今晚快乐多了。在那时，你们都是男子，而非抬死人的。"

麦威道："对了。"

他用手在眼睛前拂了几次。在他眼膜上曾雕镂了一片涂

233

消不了的幻相——一个站着女人的幻相……——但他却努力不要去看它。

他又说道："对了；但那光阴自会回复的。"

他叫人把西拉规士酒拿来，并开始喝了。费儿士在昔也爱这酒的，他也喝了。

然而快乐并没有来。他们围着圆桌静悄悄的喝着；电气花球灯则将其大而不动的影子投射在墙上。帷幛把外面的声音全堵住了；卧室哑得同墓地似的。

两瓶已空。麦威刚才白垩似的脸渐渐的花发起来；但一刻一刻的仍在打战，怯生生的瞅着那开门的地方。

多纳很惊诧这眼光，便道："那面有什么？"

"并没有什么。"

"可是？"

"还是有点儿麻痹：今晚，我头里有些鬼影……"

多纳咒了一句，便取了一张报纸。

"戏园只演这一周了；我们去罢，这比在此地幻想的值价得多。明白说，绣花脸颊。"

费儿士道："我要上船去。"

多纳嬉笑他。

"人家不许你今夜打算吗？'小公爵'对你太顽固吗？"

费儿士把肩头一耸，喃喃然的。西贡的歌剧院距西班牙街仅仅两步；却因为泥泞，麦威便叫驾车。

"其后，要是我们心里高兴，我们尽可到堤岸去兜个圈子。"

费儿士正张口要托故。但他看见多纳讽刺的眼睛，便默然了，不甚好意思的。

他们选了一个包厢；费儿士坚持不去看那厅子。但他们却避不了李赛隆的眼睛：她认清了他们，并向他们投过些巧笑来。在中幕休息时，她忽起了意，给他们送了几句话来：若他们还温良的话，稍后一定要引她去吃晚汤，她与一个初抵西贡的女友。——自然是伴侣；她知道费儿士先生……由她自己，会安排车子的；她已恢复了她的贞德。

麦威在名片上写了允字。

费儿士坚决的道："我不参加。"

多纳嘻笑道："他很聪明的在结婚之前避掉种种引诱：这于后来便有权堕落了。"

"我不能把我同着两个女戏子在西贡展览出来的……"

"……在黑夜里，在荒凉的路上，在一辆严闭的马车中。你自不能，这里是雪亮的：色梨赛特以她的小指头定会知道的……"

第三幕开了。费儿士瞅着那般跳舞女子；心里忽然好奇起来：李赛隆的小女友，是那个？他猜想必是穿奇装的那个小黑女郎。她还细致而活泼，李赛隆，——扮的是娇小公爵夫人——正娇媚的在接触她哩。

他迟迟疑疑的说道："若我同你们一块儿走，多纳得明明白白的去服伺那个小姑娘……"

"我会服伺我的。可怜的男子，罢哟？凡这些都只为同着两个定要说成少女的妇人去晚汤而发生的啦！"

麦威道："我们就走；我们在门口去等那女艺人，而费儿士也好藏在马车里。"

两个妇人在戏台上很留心着包厢，而并不甚管她们的戏情；但西贡本是干这些事的：没有一个人注意。

双马车内坐四个人已挤紧了，而此刻偏是五个人；麦威说再叫一辆车来；可是他们寻不着。费儿士早已深藏在车篷之底。他们等有一刻钟；其后两个女人出来了，跑得同小鼠似的；她们仅仅费了点时间去揩掉脂粉，而且外套都一直披到眼睛边：所有这种神奇举动很令她们开心。她们涌进车内；费儿士直没有起来的时间：她们遂坐在他的两边，一个在右边，一个在左边，麦威与多纳只好坐在自动挂椅上。马车骤然一动的走了起来。费儿士感觉得并认得是海伦的大股恰挤着他的大股；那一个女人同时更支持在他的膝头上，还加了一只手把他摸着。——他于是就震动了，又想这个，又想那个，只管在良心上发生了一种辛酸的羞愧。

天色是夜沉沉的。一缕缕安静的光线焕映在西方。一阵从西方吹来的温风，热得就如畜生所嘘出的气息一般。

两个女人都叫说："我闭气得紧。"于是她们就自己把带钩等解开。一片半裸的胸膛靠在费儿士的肩上，他就透过他那晚礼服的薄布，数着这片裸胸里的跳跃。一阵接吻的声音在车的暗陬中唱了出来：原来麦威正在海伦嘴上寻取他当年的青春。

费儿士全身的精力都一齐收缩在两只手上：一种疯狂的趋势侵入他的心中，很想把那一个女人抓过来，很想紧搂着她那热的肌肉，很想弄死她，咬她。——然而他却强忍住，十根指头互绞着，紧夹在两膝之间。——御者所取的是堤岸的上路，顶短的；半小时内他们就到了。然而费儿士走出车子时已到了力量尽头，摇摇摆摆的走入酒家的走廊。

麦威点了晚汤。西拉规士酒与海伦的吻很难把他的麻木驱开：头里还有云似的，一缕一缕仿佛被风遗忘在深谷里一样；——但一种沉重的烧热却闷住了他，流遍他全身。他试着想狂放一下；遂吃了些醋渍辣椒，喝了一些"霹雳"酒，这是些与水一样的薄荷酒同一些与肉桂一样的红胡椒调和而成的热酒。只管如此，他却断断续续的打起战来，而仍然害怕那门。他一直吃醉了，李赛隆虽坐在他膝头上吃晚汤，而他只拿手把她摸摸了事。

海伦的小女友瞅着费儿士，——拿起一双在不可动的乳酪跟前的母猫般的眼睛；因此多纳在初还为她劳了些神，现在也就不管了，便要了他的清香槟，毫无挂虑的喝了起来。费儿士很狼狈的抵御着：也试着要躲到醉乡中去；但醉意却不够快的走来，也不够完全。渐渐的，他就把那女郎放在身边了，继后坐在他膝上了；她在他杯里喝酒；她微醉了，更毫不害羞的向他进攻起来。——他毕竟站起了，很想走了。但都将他抓住不放他走；大家离开酒家又上了马车。

麦威已没有理性，便吩咐御者一直走去；那个漠不关心的人便将他们一直引到郊外末后几家。一到那里，他们忽想到一个安南人的茅屋内去要一点喝的。一个惊惶的老人便给他们端来些米制烧酒，他们在烈酒之后觉得很没味。再走远一点，从一所远莺在稻田的小酒店中，这是中国人来往的地方，多纳厌烦起来，遂选了个安南孩子，要求大家允许把他置在褥垫上面。沉闷雨天时时洒给他们一些大雨点，于是大家便紧搂着，摩抚着，挤在车篷之下。白雨没有下了；热又增加起来。那两个酷喜奢华而闷得要死的女人便把衣服脱光如在床洼中似的，费儿士忽被一个半裸的身体骑着，因就放荡了。

他们从那黑暗的泥泞大路上更深入到了田野当中。而那载满淫猥的马车直成了一个待合所。

许久，那夜色都听着他们在那醉与狂的激昂中又在唱又在呻吟。但他们却喘息起来，末后都住了口，——直至疲乏已极便都乱七八糟的睡下，有睡在褥垫上的，有睡在脚毡上的，就如被杀的兵士一样。荒唐之末竟至麻木。女人们精疲力倦，一任车子颠顿，仍睡着了；男子们则木木然的不能再想。他们遂身体绵软，头脑空空的向西贡取道回来。他们先前走得很远；归途遂很长的：这又是坟原来了，遥遥的，静悄悄的。

西方，闪光已灭；风也止了。

因此他们就来到亚得郎主教的墓前，这墓模模糊糊影画在黯淡的天边。有一个什么奇怪而可怕的东西从那里经过：——因为跑得正有劲的两匹马忽然害怕得一跳，踢蹴着连往后退。被压的车正要穿路而过，几乎弄翻了。众人或从睡眠中惊醒，或从麻木中惊醒，都大叫着骇得站了起来。

御者只管挥着鞭子，而车子仍在后退。多纳的酒性已过，便跳下车来。前面大路其黑如墨。费儿士也跳到地上，抓住一盏灯笼要来发现那看不见的阻碍。

他回来时说道："什么都没有呀！"

其时灯光正照着麦威的脸，他仍仰着在；——多纳与费儿士都一齐骇得叫了起来。

麦威的两眼很狞恶的在那一张怕得痉挛变成灰色的脸上；——脸上又无一丝血色，一滴汗珠；并见上下牙齿在那口中磕磕的抖着。睫毛也在眼的四周闪动着，而两眼定得有如鸥鹑的眼睛，注着夜色的深处，瞅见了并看见了为灯笼所不能照出的那个极骇人的东西。

"那……那……！"

他说得好像有人把他压着似的。

"鬼……亚得郎大主教……他穿着殓衣把路拦着在……他向我招呼……向我……"

狂骇的女人们便叫了起来；费儿士觉得两鬓上都是冷汗；多纳不由己的向后退着。一阵抑制不住的怕传到他们身心上，就如把树叶吹动的一度海风似的。两匹马也像钉在地上的一般。

然而并没有什么东西，也毫无所见！夜是空的。费儿士身体一摇，向前走了三步：一种野蛮的自尊在他心头复苏了，这是由他那昔日极有力的种性上传下来的自尊；而这陈老的自尊中又奇奇怪怪的混和了些颓废法国人的怀疑嘲笑。费儿士便巍然立住，面对着那看不见的东西，讽刺的祝道："Innominediaboli……主教先生，请您把地方让给像我们一样的正派生人罢！您把女人们骇着了，这不甚漂亮的，并且完全有损于您司教的品格。——假使您给我们带来的是恶兆，我则愿身当之，话便如此说了……

"话已明白，您请回去了，您要受感冒的呀！您的棺材更寒冷了……"

一个女人惊惧的叫道："你住口！你会弄出种祸灾来的！"

麦威叹了一口大气，两眼从右溜到左。

"他走了……他也向你打了个招呼……"

于是两匹马还带了点余惊向前走了。

海伦强暴的拒绝道："不！不呀！不要走那里，我不愿意。"

多纳突然忿气勃勃的道："怎么，不走那里吗？然则走那里呢？您也醉昏了吗？"

她想跳下车去；但他却将她手臂抓住，那车已越过了庙宇，却无一点妨害。两个女人稍稍放了点心，都缠在费儿士身上，在她们看来，他似乎是顶武勇的。他静静的坐着，而麦威直挺挺的，眼睛仍大张着，卧在褥垫上就像一具死尸。

他们继续走着。但马力已尽，只能一步一步的走，只管用鞭子打它们。路仍绵绵不绝的。幸得暴雨已过，云中已现出星光。他们渐渐被沉重的睡眠压着睡熟了，——都被疲乏，情绪，醉意弄倦极了的。

夜已完毕。东方已露出鱼肚白色；继而并无黎明太阳便起来了。晨风吹得不甚热。含笑的白昼于是产生了。

费儿士的额头被太阳与大气爱抚着，便缓缓的从麻木中苏醒了。他挺立起来。两个女人仍各将两臂将他搂着，而她们又几乎是赤条条的。他忽然想到可以碰见人的：天色已明，而人们都进城了；小渠的桥业已走过。

费儿士很想把那缠着他的手膀解开，跳到地上去的。但四条光臂却交叉得很紧；就如藤萝般盘结在他的周围，并且如同他旧日的生活，如同他的文明似的，胶贴在他的肌肉上。——他奋力来解脱一切，可是奋斗得太晚了。

太晚了。司命之神已注意了他：因他刚从赤裸的搂抱中脱身出来之际，一辆双马车突由横街口上冲出，——由摩西街来的，——缓缓的挨着他走过：原来细儿娃太太与小姐出门晨游来了。

色梨赛特挺身站着，大睁着两眼。发出一声喊来，——这喊便尖刀似的一下就钉在费儿士的心上。都收场了，那双马车飞快而跑了。

费儿士直有一分钟的长久，依然站着，不动，一如雷打了的树一顷时还没有倒下似的。其后，以一种可怕的举动把这淫秽的搂抱打破，将这一个女人掷到那一个女人身上，有一个女人的额头竟出了血。然而他却一纵的跳到车外，疯子般穿过街去逃跑了。

三十

费儿士好像一头带伤的兽愿意在它巢穴里临命似的，便逃到白鸦儿舰上他的房间中。坐在床上，两肘撑在膝头上，头放在两拳中间。

他喃喃的说道："这完了。"但这几个字并在他脑里弄不醒一点儿思想。头上的喧嚣起初是太烈了：只剩下一种完全的，可怕的空虚。他不由便诚惶诚恐的痛苦起来：他的心如同一个囚犯，被数万尖利的铁钩刺着，挖着；大腿与肚腹上又感出一片厉害紧压的痛楚，只有从半空跌落的亚尔卑斯山人们才能了然的。——他如此痛苦至于力量毫无，头从手中滑落，于是睡着了，——或晕过去了。——但是一醒转来，又重新痛苦。

他更其痛苦，因为思想又在脑盖下起了作用。想着色梨赛特已为他而死，他甚至也看不见她，——再不能的！——因就苦恼得打起抖来。他又说了句："这完了。"这次，并带起一种不甚了解他那被铲除的生命，以及他非死不可的样子。就此便埋头跌到恶德中，跌到无信仰中，跌到文明中好了，——不。——"诺郎札梭曾经说过，我还爱酒与女人们哩；这足以使我荒唐，但不够给我变为荒唐之人的妄想。"——费儿士也没有妄想，也没有勇气。

希望原谅，希望色梨赛特的怜悯，他思不及此；人家原谅罪人，人家怜悯苦人；但人家并不嫁给一个前此爱过的戴着正经人面具，负有其名的作伪者的。费儿士就是这个作伪者，而色梨赛特曾亲眼证实过他的虚伪。——有什么药呢？——情形如此的明白。——费儿士丧气而颓然的取笑着：他尽可以写呀，哀求呀，哭呀；——然而到底完了；——完了；——完了。他把这个字在脑经中锻炼着。想定之后，——一似那溺水的傻子把他井里光滑的石壁用指头死死掐住的一般，——他遂写了，求了，哭了。但他的信原封退回，信封上还粘了短短的一片纸说是没人接收，——这纸一来，恰放在他后脑上，直如上断头台的人之受刀锋似的。

他不曾午餐；也未晚餐。七点钟鸣了，晚间的七点钟。他觉得一整天已过，自从平明直到黄昏。在渐渐扩大的夜色中，他孤独得打起抖来；一种孩子气的怕惧便把他驱出了房间。巡洋舰业已哑静黑暗。军号正吹着就床号音。舰员都在甲板上；空的炮塔显得又大，又矮，又悲哀的，宛若大教堂中的墓地。费儿士急急忙忙跨上划子，从这寂境与黑暗中逃走了。岸上，夜色还不浓。

他起初信步走着；但那阴险的偶然却把他的脚步引到摩西街来，——到他一看清了他向何处在走时，他还有点怕，便转了身。这一次，他却正寻找麦威的房子：因他的狼狈正需要救援，无论何种。

但麦威却没有在他家里。费儿士看见铁栅门大开，而仆欧们都震惊而不安的群聚在檐阶之下。主人在午寝后独自出去，并未遗有命令，也没有回来。

费儿士沉重的脚步又走开了。他寻找麦威，并寻找多纳；——他要寻找一只抓得住的手。

他经过喀底纳街，人们都在跑，并碰着他，——他并不留心。——城里喧闹得很，——他也不注意。——在黄昏之后老是很众的人群好像被一种行将冲突的情绪鼓动了。对着邮局张贴了些紧急电报，潮似的人群便远远的奔了过去，伸着手臂大叫着；这是种过度的骚动。传命兵驰骋着，卖日报的也吼叫着，而他们挥着的报纸动摇得和旗子一样。一种苦闷的烧热一直传染到中国人，他们都把那不疲劳的辛苦忘记了，站在店子门口争论着，——一直传染到从殖民地的麻木中伸出来的白种妇女们，大家都看见她们光着头毫未打扮的，向新闻处跑去。被一阵狼狈与疯狂的神秘之风所扫荡的西贡好像从它那永久逸乐中惨然的苏醒了。

三十一

不，这晚，医生麦威果然没有回家的。

他老早的就出了门，因为厌倦孤独与他的思想——太悲伤的。他夜来的醉意从早晨已消失了；但有些幻影还在他眼睛前飘拂，一时一刻的恐骇着他。他带着一种可悲的正确又把他那愁惨与可怖的夜中幻相看见了，并又看见那飘在伸开手臂上的殓尸布的褶子，以及那双眼睛，斯梵克斯定着的眼睛……这是一种幻相，此外还有一种，一个站着女人的幻相。……

纵然白昼的闷热在他肩头与颈上热出了些汗水，而骨髓中却冷得很。在出门之前，他上半身全扑了粉；其后，因讨厌人力车与马车，遂乘了一部脚踏车：他恍恍惚惚的希望以筋力的疲劳把神经平伏下去。风与太阳对于他的神经病或是一种良药。他俯在把手上，用力推着脚踏。那车在红土大路上飞了起来，把胶皮轮全染了色。一阵火风已将晨雨吹干，泥泞已散为轻尘了。

以前，这脚踏车之于麦威本是一部秘密的交通器具，用它来是为的那些不便为御者们所知的可羞而神秘的事情的。麦威在他那爱情攻战中，很有些得顾廉耻的风流事，从荣誉及利息上着想，须得把众人的眼光避开的。在塘华村中，就是在上路旁边，一所小别墅便常常是他以脚踏车远征的目的之所。那里住有一家西贡人，叫做马儿来夫的，父母与女儿；——他哩，自然是个职官；她们哩，自然很交际的；全家三个人若不谋取外利是不能生活的。卜克与午寝算是救济了不足：先生赌得很机智，太太止在故意时才要保持她的贞操的。

　　西贡是知道这事的；——西贡深知道些别的事。但那仅仅十六岁的女儿却勉强算是原封未动的；她遇着好些有良心的人都很叹息她生长在这样一个环境中，将来的命运一定要将她毁灭的。

　　这就是要到此地来干的事情了。

　　许久以来，马儿来夫小姐已作了医生海孟·麦威的情妇。但彼此都很谨饬，他们的关系无丝毫泄漏。别墅鸾得甚远，是很适合于幽会的。马儿来夫先生清晨出门，至夜才回家，如此恰好于他老婆的举动与所干的事全不晓得，而他的老婆每于正午便秘密的不见了。每逢这些日子，便有一张少女用的手巾晒在楼上的一扇窗子上，而栅门也并不关锁，这很为看门小子省些脚步。——一部脚踏车好好生生的藏在花园的丛薄中间，麦威很知道无声无响的走上砖梯，而悄悄的把那全体都张着白幕的处女卧室的门推开。

　　于是麦威在四点钟前就离开了西班牙街，起初对直向脚踏车竞走场转来。但赛走的人老在兜圈子。他便岔了出来跑到上路上。城市业已落到背后，而塘华村已把它的茅屋群集在路左。

麦威照习惯先向马儿来夫的别墅一看：作记号的手巾已飘在窗板上。麦威寻思这手巾或已悬了好些日子，为一只忿怒之手所遗忘了的：因自上次造访以来，已过了两个月。但是马儿来夫小姐同时又放逸又通达事理的，对于颇可以利用的光阴而失去的原故一定很明白的。麦威看见栅门是开的。遂进去了。

其后，或者那顶好的药就在这里……

不过有些毛病，凡一切的药都无效的。一小时之后，麦威跨上了鞍桥，稍为有点懒，有点颓废，似乎抑郁到灵魂之上。他把路弄错了，本来要回西贡的却向堤岸跑了去。

他的情妇欢乐得精疲力竭，直无一句话，而且在闭着的眼皮中也直无道别的一顾便任他走了。在自私与荒淫的时间之后，他说不定还望得一些柔情与诳话。——一些柔情；——他想来在他生涯中从不曾有过的。

从没有的；——也没有情绪，也没有眼泪。一切是枯燥的，直算到他久远的纪念皆如此。因此两月以来，他很瞥见了些事，一些莫明目的战栗，——绝妙的；——他瞥见了……他心颤起来：因为那畔，太阳正将一个奇怪的白模样映在墙上。——他遂兜转车子，另向一条横道上走去，加起他的速度。横道之端又是一条大路；他便走了去，毫不注意这是坟原大路。

那路平而且红，在坟冢间盘旋穿过。有一点儿草，一些稀有的荆棘，一直到天边并无丝毫可观的，一切都是干血颜色，由于尘土的原故。白日之下，这古冢间，——很古的，——并没有野性，也没有不祥的事，不过只有单调；就是道上也很荒凉：麦威只有两次与一些闲蹓的人交臂而过。

不久他走得便不甚快了。他的筋肉许久以来已因抵抗疲乏而软弱了，还不计算爱情的事；而那条大路又长；只走了三分之一，大主教的高冢还未在天边显露。

于是，当他更软弱的支持在他的脚踏上时，他身上便发生了一种形质的变化；他那思考之源也在他身上失了踪，分开了，仿佛他变得在梦中或在死亡中的一样。而将两个实物弄来互相联属的系索——生命之系索，——也弛缓而脆弱了，所以筋肉的力量便低减下去，所以倦乏也郁郁然达到了最高度。

他分化出来看见了他自己，如同照镜一般。——他看见他的身躯，——或是他的副身，跨在鞍桥上，弓身抓着把手，以及尖的手肘，以及僵直的腿。他看见他的面颜，并且不安的觉得面目黯淡：怎么！这张铅色的脸，这对凹入的眼睛，这种无光的顾盼，就是他吗？这两片无血色的嘴唇，即是冰冷的接吻应令人讨厌得如一个临命接吻的嘴唇，也是他吗？临命的；——他连连把这个字说了几次，——竟看见他嘴唇动着在说这个字。——他本来是医生，他极明白人要死时才有这样失神的面颜的；他现在认清了这面颜，——毫不怜悯的。死神当然在他的身边；他见神见鬼的揣想死神定在他影子中，骑在一部脚踏车上，钉着他的车子在。

两鬓冰冷。他身躯与他副身的系索自然是伸长了，因为现在"他看见自己更其远，更其小了"。他并且模模糊糊感觉这系索并不甚轻快：因为思考之源的命令只缓缓的传达到筋络；他好比一副错乱的机器，除可惜外并不听命，且在停止或再动作之前总要轧轧摩擦过好久。然而他那从有机脑经中分解出来的星子似的思想，却变得出奇的锐敏：因它正以着一种闻所未闻的敏捷从这个念头奔到那个念头，一瞬之间便触及了千百种不同与背驰的事物，毫无显然关系的。——一个遗忘的小像从他记忆中闪过：原来是海伦·李赛隆的像，有一天口角时，曾唾过他的脸道："人家总会打您耳光的，而且您一定不感觉这耳光之在打。"于是举起的手便打在他脸颊上；果然，他并不觉得……

他喃喃说道："我干得很荒谬。"——我的天，这脚踏转动得好难呀：——他定睛把那西沉的太阳瞅着。已晚了，太晚了。他把发花的眼睛垂下，看见那路连连在转，而且黑得好比一条地道，——一条闭在穹隆下的地道。他禁不住的便走将进去；——而且他的生命，他那活得荒谬的生命，也走进这条黑暗的绝路，其间充满了的恐怖与鬼魂。——他看不见了！……他努了一次失望的力，渐渐的，昏晕低减；路，荆棘，坟墓，血色的尘土又才显现出来，——而大主教的高冢也赫然在侧。

一阵冷汗从那幻想的额上流下。他仍然行去，困苦的压在那吃力的脚踏上，他行去，——一定很轻快的，只要是越过了那高冢，那可怕的高冢。——他把它越过了；正随着路角转去。

一辆马车也正飞跑的来在此角的后面，——一辆驾着两匹澳洲大马的车。麦威正从右边转着，一看：乃是马勒太太的马，——乃是她，一个人，目空一切的，并且转过头来望他。

……十三小时之前，那幻想就在此处起来的……

麦威的把手似乎缓缓的从右一直转到左。——然而他的两手并没有动。——把手竟旋转了，这倒是真的；马车已到，很快，只有两步；应该把车轮矫正，偏向右边去，——登时。——麦威极力一试。

筋肉偏犹豫起来。把手之旋转，是如何的疲劳啊！定然那神秘的重权是悬在左边的，阴险的把全部机械转向危险趋去，向死亡趋去。

麦威奋斗起来，用力起来，——半秒钟，长久啦……

何益呢？他不行，不行了！……立刻，就在此处，休息在红色大路上，倒好像是简单不过的……

两手已撤了。脚踏车便倒在马蹄下，那马，蹴踏得太晚。车子已过，只软软的摇动了一下……

登时就有一声怪叫，很像辇呻：马勒太太便跳到车外，不等御者把马缰勒住。

海孟·麦威仰卧在地上，两臂交叉，两眼大睁着。红土车轮在他白衣服上勒了一条痕迹，好比值日带，从腰至肩挂

250

着宽大的死神尊重这面孔，其上业已流露出一种至上的美，很安静的。

马勒太太跑将去，跪下，狂热的将那木然的头捧住。眼睛稍为动了一下，两唇一翕好像要接吻似的，——一个红而热的吻，——于是一切终了；心也停止跳跃，眼皮也垂了下来。

守坟的人从他房子里出来。由车夫帮着，将尸首抬至庙宇下。马勒太太静静的将手巾取出，盖在死人的脸上。有一点玫瑰色在麻纱下透出来，记着那就是浸了血的嘴唇。

马勒太太弓下身去，——于是怜惜的，或者还是情爱的，把那玫瑰迹印轻轻一吻……

其后她走了，满怀不安；而接吻的香余还萦留在死人的唇上，海孟·麦威冰冷僵直的进了他永息之所。

三十二

　　嫩妹嬉街又清静又黑；安南与日本的娼寮尚未开门，她们油纸竹灯笼也未点燃：因为才八点钟。费儿士的脚步重沉沉的踏在行人道上；多纳的门槌便响了起来。

　　多纳亲自来开门。他执了一盏灯，先将来客的脸照了一照。他遂忍耐着先费儿士走进鸦片烟室。费儿士也进来了，拖起他那鞋底，好比战败的兵。

　　多纳把灯放在地上。鸦片烟室空空的：也没有席子，也没有褥垫，也没有烟枪；三面白墙，靠后是黑板，上面画了些粉笔字迹极似一块墓门石。

　　灯光收缩在地上。多纳看见费儿士的鞋子，全是泥，以及他那染成红色的帆布裤子。

　　"你从那儿来？何以在这时节到此地来？"

　　他以着一种不安的粗暴在说。

　　费儿士在脑里寻找着。竟自想不起来。对了，他们为什么在那里？……为说他的伤感吗，为把它陈列出来吗，为引动它吗？既然已经收场，何益呢？他缺乏言语，也缺乏勇气。

他靠在墙上。多纳细考他的静默，并测验他那黯然无光的眼睛，跟着，把肩头一耸，两手一分向着这空房间伸出来。

"你看见吗？我要走了。我把兵役逃脱了。"

费儿士冷冷淡淡的咕噜道："哈？"

多纳又说了两次："我逃脱兵役了。"

在继续而起的静默中，这话传到费儿士的脑中，他徐徐的明白了。

他问道："你逃的什么兵役？"

"我的炮兵役，不幸，西贡。"

"什么炮兵？"

多纳又把灯执在手上，瞅着费儿士的脸。

他判断道："比我所相信的还病得厉害些。这可是你那折断的婚姻把你弄得如此其愚昧的吗？你或者不知道战争已宣布了吗？"

费儿士以其头与两肩表了个他毫无所知的姿式，并表示与他没甚关系。

"宣布了，"多纳又说："英国人从正午以来就把西贡封锁了。消息刚刚传到，并一只接受头几炮的邮船。"

费儿士回想了一分钟，努力揣想这于他那特别的祸事有何种影响。——明明白白的没有丝毫影响。多纳继续说道："后备军官明晨一定要召集的，要遣送到火线上去。我却多谢了！炮台是个不干净的地方，为我的健康所不能受的。我早在德国邮船上定了个舱位，那船今夜便要开往马尼拉去。我让那群疯子在他们中间去胡闹罢。"

费儿士并不非难。无论如何，多纳之逃兵役是一种合理的行为，而凭着那良箴在的：——少努力，少痛苦。——与其说是逃国籍毋宁谓为避死；无论如何，这是值得的。多纳接收了这无言的赞成；并不甚辛酸的说道："一样的，你从城里来，你简直没有听见喀底纳街的喧嚣吗？"

"没有，我没有听见……"

"病深了……"

他不屑的稍为自己惋惜了一下。但这还是费儿士所听见的头一句见怜的话，于是他整个的心都为忧愁与感谢所镕了。

"啊！只要你知道……"

在一阵痛苦的痉挛中，他把两手扭着抄在脑后，拿背靠着墙，直挺挺的就像被钉上十字架似的。

"只要你知道……"

他便说了起来。现在语言来到他口中了，——迟疑的，间断的，狂怒的。他把他的心粗鲁的倾空了，而失望也怒潮般从心中涌出。他乱七八糟的谈起他的爱情，以及他的卑劣，以及有个时候曾将他黯淡的生命还童的大希望，以及他那既把乐园瞥见了而又失去的恐怖等等。他说，一面说又一面哭，号啕的哭，——如野蛮人之哭。多纳很不耐的听着他，并以那坚强的眼睛轻蔑着他。

他忽的把他话头截住道："够了。我不是早已向你说过吗？你跑着跑着一个筋斗就要脱出你那善知识的轨的。且不要哀怨：说不定你还能够从较高处跌落的。你这无成就的婚姻算把你的命救了。你现已自由自在的了，并且差不多是灵奇的从那疯子家中逃出，在那里你险些把你的光阴都弄完了。傻子啊！与其哭，倒应该笑呀。药或者是苦的，但你却痊愈了。——在你刚才所发的打胡乱说的话中，没有一星理性。你那失去的乐园根本就没有的：因为这只是显圣的，撒诳的地方；你可以从这端到那端把它跑遍，而你两手却从没一次把握得到真实的幸福的。实实在在，你现在倒晓得了些事，醋？听我说：我说不定在一小时内便要离开西贡了，这大概终身一次看见你。我们是朋友，我愿意送你一句比忠告，比遗嘱还好的话：回复善知识。你本是文明人，而那绵绵不绝的间世遗传是涂消不了的。回到文明去。从你心田上将那末后几丛的成见，约章，宗教连根拔掉好了。在病苦之前赶快回复你以前之为人，在聚生于地球之上的孩子丛中重新做个大人。那你便找得见大人们的乐趣，又轻快，又理性，毫无痛苦而成功的乐趣。"

他对直瞅着费儿士的眼睛，而费儿士也如此瞅着他，沉思的。他们的两副精神各具有他们的不同之点。费儿士取了支纸烟，吸燃了。

在寂寞中，他们听着那灯在煤油将尽时的爆响。

费儿士突然说道："那么，生命是你喜欢的了？"

"是的。"

"你毫不希冀顶好的吗？这就使你满足了吗？——睡，吃，喝，抽雪茄，抽鸦片烟，与女人们交媾，非也，与娈童们？"

"是的。"

"而且在你真实里，你相信善与恶都是儿戏，相信并没有

255

上帝，也没有法律吗？"

多纳嬉笑道："这是教理问答会了。我只相信一个上帝：就是无穷的进化；我相信善与恶，无非依据社会有益的规律，由狡猾的抵制愚昧的而捏造成的；甚至我相信大人们以及一个身体与一具灵魂所集合的，灵魂是数理上确定的，乃是身体上化学反应的全部。——现在多加一点注释，我将加一句说这教理，——文明人的教理，——乃是一种秘密，民众不得而知的，因为它很高贵，只有精选的个人才保留得有，我便是的。全文明当然是密传的；神秘之滥用是把进化逆转来而向野蛮的。"

他把纸烟抽到最后几口，便用脚踏灭了。

"我揣想你与我一样知道这一切的？"

灯焰一闪一闪的低了下去，因在墙上照出了些跳动的暗红影子。费儿士低着头。答什么呢？多纳说的真话，丝毫难以反驳他那驳不倒的定义。但在他憧憬的思想中，费儿士忽然看见了细儿娃小姐——诚恳的，有信仰的，迷惑的，有幸福的。

他突然叫道："是呀！所有这些我全知道。你的教理，我在公学时就学了的；在学得之前，我尚本能的把它实施过：——真理只在其中，其余全是诳话。——是的，不幸，所有这些我全知道。还有呢？没有上帝，没有法律，没有道德；什么都没有，每人只有权利去求他以为善的欢乐，有权利去过那不甚努力的生活。——其后呢？——这权利，我把它施用过；我把它滥用过。我曾把我那实际的情妇弄成顶自私顶固执的：若我今天闭死在她的两臂中，可是我的过吗？若我在那中间觉得厌倦与无聊，而即是你所说的幸福，可是我的过吗？不要痛苦，——不要感觉！这却不能满足我，我尚渴望着别的东西在。我不能任我生活着只为的吃，喝，睡。这种真实，我不愿意它，它没有丝毫好处给我：我最喜欢诳话，我最喜欢欺骗，以及它的相负，以及它的眼泪！"

"你疯了。"

"不是的！我看得清楚。真实，我于它作什么呢！没有，丝毫无所为！我所需的，乃是幸福。可是，我曾看见许多人在杂乱的宗教中，道德中，荣誉中，品德中，依着诳话而生活：这些人却是有幸福的……"

"幸福得有如戴两个环子的犯人。"

"相同吗？牢狱中的天与星光下的天一样的吗？"

"试一下，那你，就会看见的。"

"我不愿再试！人从这牢狱中出来，是不愿再进去的了。我看见过真实，我再不能向诳话回头。但我却追念诳话，而憎恨真实。"

"疯子！"

"真实，它于我们能作什么，我们之爱它一如基督教徒之不爱他们的基督一样。它于罗舍，于麦威，于我自己，能作什么？只作成些病人与老人，闹到运动失调与自杀而已。"

"于我，它却作成了一个幸福的。"

"算了罢！一个逃人，一个犯罪的，那生命就像草梗一样的切断了，而且到第二天，名誉损了，受了处罚，到处被逐，说不定得不到一所墓地来安置他的骨头哩！"

"可能的。这并证不出什么来。"

房里完全黑了；灯已完成了它的残喘，好像是一点滑稽的火还在黑暗中跳舞。多纳平平静静的说道："并证不出什么。我或者错了；但这只是计算的过失。问难的方法总是正确的。我再算它一回好了。"

他听见一处钟塔上的时钟已响。

"我再算一回好了。这只是一个待修改的生活。我走了：请了罢。以前，我倒引导过你；我们大可以一齐逃去兵役的；我们大可以两个人活泼而有力的走出这行将坍塌于此而将你埋没的废墟的。但你已唾弃了文明，你向那野蛮跟前转回去罢，我独自走了。请了罢。"

他向门口走去。灯在他的路上：他一脚就把它蹴翻了。

他尚说道："请了。"

他走了。

费儿士独自在黑暗的鸦片烟室中听着那远引的脚步声。因为他正倾着耳在，于是一阵远远的喧声忽的就令他心跳起来，——一种由南风吹来的沉重的战动，——那是看不见的英国大炮声，在那方面的海上。

三十三

一千九百……年五月十七日——晚间十点。没有月光。不透明的天，沉闷的雨。

西贡的鱼雷艇一只一只的列成一行静悄悄的循江而下，直向敌人走去；——七艘鱼雷艇，——军部的前锋与后卫；——这是彻底的办法：在香港舰队来到之前，一拳就可把城围解开的办法。四艘鱼雷艇是如法武装了的；其余便是些预备的队伍，是在巡洋舰与炮舰的人员中征集的志愿兵；海军提督多儿危叶于每艘艇上都遣他一个副官去充任艇长。

也没有路火，也没有记号，什么东西都看不见。黑色的鱼雷艇暗暗的在夜色中溜着。

瞭望台大如一张茶桌，四围绕了一道铁棍。费儿士正在那里，他的手抓住那打湿的铁家伙。下面便是俯伏在罗盘上的舵手；左右便是向后逝去的发磷光的水花；周遭是洒在江中的热雨；——湿透的衣片紧贴在两肩上。

十四节。两岸倒退得很快，老是平坦同样的。在这屈曲的水道驰行，每秒钟都得注意。但这是前哨的事；费儿士指挥的四一二号，是第五艘，只把他的鱼雷艇驾着跟那业已画出的水痕走去就行了。

事情很容易，——暂时的话。——费儿士只以举动一递一递的指示着那舵手："右""左""如此；"并且梦想着，他那不专属的思想随时随地都在飞越。

我的天，这样收场倒比他所希望的还好得多。刚才他几乎已死了；计算灾祸之来是昨晨：只痛苦了两天一夜，——这不算多。——这样收场倒比他所希望的还好得多。就是这死亡，造化之供给他也迅速而特别。而且要无声无臭，又不使色梨赛特毫无所苦，又不要有血珠染在她的白袍子上，如此死法倒是不容易的！不，真不容易：因为最机械的意外之灾往往带有自杀气味；而一个订婚夫的自杀……——所以这样收场是好的。活着，这是不可能的；一切方法都不能；纵然他就变了也不能……

这瞭望台，真是奇特的死所。小得只有死尸一半长。罢！

七艘鱼雷艇：目的并不全在一艘铁甲舰上的；圣杰克的信号指明是三区队合成的一大舰队呀！——真是土罐碰铁罐。——好极了：根本就是必死的；这次之战，比拿手枪对准心口还靠得住些。如此收场是很好的。讨厌的就是此回航行没有火：燃一支纸烟也不能，——整装时，最后一支纸烟都收去了……

老多儿危叶什么都不怀疑。在开战的喧闹中，他一直没有见过细儿娃母女。就到第二天，费儿士死了，人家也一定不会向他说什么的；人家一定会尊重他的忧愁，他的幻想的。他绝不会知道。还有好处：他就知道了，不过是刺痛心里一点儿忿慨而已。这老人，费儿士很爱他的。他不是文明人！

哈！文明！破产罢咧！麦威死了；——人家在中午就把他葬了；棺材后面只有一个海伦·李赛隆；——多纳逃了，军法会议已由缺席裁判把他处罚了——罗舍还了童，人家说他已订了婚；——订了婚的罗舍！……呢，费儿士呢？善结果的就是他。他的收场甚好，费儿士。

"左，舵，左。"——此处，那水道与岸切得很近。树木在雨夜中发出一阵阵的热香。这好像西贡的呼吸，好像一种爱情的接吻，为那软而芬芳的城向这些行将为之就死的鱼雷艇而投掷过来似的。

杰克·哈乌尔·加斯东·德·西哇阶儿，末代伯爵费儿士，——为敌所杀。这倒是对的。细儿娃小姐定会毫不害羞的想起她的订婚夫来。——细儿娃小姐……哈！这倒是最温柔的把那接吻的滋味带到死亡中来……适才，他离开白鸦儿的房间后，小小心心将镜框里的肖像撕下来后，——那肖像正一块一块的在这里，在他的胸上，而空框甚像一道大开着的墓门；——把房门闭了后，已将钥匙从舷窗口上丢了的。——委实为什么思呀？——费儿士竟在业已黑尽的夜中，一直溜到摩西街，又拿眼睛把那小小的灯光浏览了一次，——那灯正点在回廊的窗上。——乌木的回廊，以及那野葡萄藤的帷子，以及订婚时的接吻……

两刻钟以来，左舷那方，有些火点画在夜色中；——那是圣杰克角。但江流蜿蜒好比一条蛇，看起来好像很近。

死亡，睡眠。睡眠，——并不是梦。从莎氏比亚以来，人就走着。恶哉：能把生活弄成一种宽容的，便只是这种梦境中的诳希望。哈！真实，真实是赤条条的！看起来美丽。——然而贱妇，你穿起来好了。

还有一点钟的生，或者两点钟。然而不到三点钟。定然不到三点钟的。

海角上，许多火光。英国所炮击的只是炮台；别墅等完全未动。而且自日落以来炮火已停。

明天，她或者会哭的。暂时，丝毫没有希冀。后来，她将懂得。她将和颜悦色的加以谅解。我的天，总之没有多大的罪。假使他是一个文明人，这过失归谁任呢？——他日之负心丝毫也不要紧，除在他所走的不平路上错了一步外，并没有什么；而这条路又不是他所选的。不是，也未犯罪，也未作恶。自从童稚以来，人家已把这可怕的时髦方程式放在他的手中，这东西就是解决及确定生命之 X 的；——真实的方程式。因此，他曾毅然的，全个把它解决了；就是如此。其他不甚诚笃而较为懒散的说不定是遗留在那慈惠的诳话中去了。他便出自此中，因为更高贵些。他不肯做出那又包有学说又包有实行的谨慎的。他曾把实验哲学的方式放在他的生活中。犯罪吗？非也，天真而已。但作伪的命运是不爱天真的。这就是费儿士之死的原因。

其实，其中有的是顶不公道的事，而为虚无主义者的炸弹所不能矫正的。

且瞧那极近的海角，很大，比黑夜的天还黑，因为四围有光，与丧幛上的银钉似的，对比之下，格外出色。右，右！应该绕过海岬去。——是的，在他刈草般的生活中，与那般比古代斯巴达的奴隶更为下贱的炭夫，在炭坑最下层时，还更为不公道。

毫无责任，毫无责任的。而且清白无罪的。然而文明仍将其处以死罪，并且把他荣誉部份，爱情部份，加以偷盗。——如此的待遇他：先是嘲弄，其次偷盗，其次杀害。倘在收场之前，报复一下倒或许是好的。

哈！海角已近在眉睫：此处，濒临大海。浪头敲打在船头四周，水花四溅。已没有野林，已没有醉人的香气；新鲜清洁的海风吹在费儿士的额上，把潮湿的两鬓也吹干了，把他的思想也吹平静了。远远的，只是夜色；天与海几不容易分辨。但是天色并不十分黑暗：雨已停止，云堆已东东西西的在破裂，星光已由云洞中现出，而月也渐渐射出它的清辉。

这是绝好的时候。在月海之上，人家定可以很快的把敌人发现。——发现敌人，这老是顶困难的：因为鱼雷艇在水面上低得非常，以致它们的观察的范围缩得很小的。十有九次，它们夜间的搜索都毫无成效的。幸而今天有月光。好罢，一切定然顺利。

再朝鱼雷一看。——四一二号有两具鱼雷管，口径四百五十米里迈当大。——大概都干不出什么大事的：因为在四一二号放射鱼雷之前，英国的大炮定会把它打得粉碎。——一列九艘铁甲舰，普通炮就有一百五十多尊，还不要说大的！——而且爱德华王号也在其中。费儿士想起了它那诺当菲尔德炮塔，以及跳舞，以及晚汤……奇异的。不啊，鱼雷放射管不大中用的。要是在沉没之前而把爱德华王号用鱼雷炸毁了，这不免是怪事了。——鱼雷是已预备了，上了炸药，安了引管，武装齐备了的。只须把引线一抽，那全钢的鲛鱼自会投到海中，直向它捕掳物那方奔去的。

一切都齐备了。现在，费儿士以他向夜色天际线上追求的眼睛寻找着，——寻找敌人。

敌人。——在被世续的文明接连弄得顶脆柔的脑经中，这字是响亮的，还有点残忍之意，而且周遭还带些蛮横的回声。——敌人。——到底只算是两个粗暴的字音，其中所包含的不外是残酷人的毅魄强魂，——自从窟穴里两个男性的恶斗以来，其时，女性则傲然而害怕的从她所藏伏的草上望着，直到联邦的，帝国的大战争，彼此以他们的成见与嗜好来相抗，都提着这个字在。——敌人。——不认识的，奇怪的，不同的东西，又使人怕，又使人恨的。——敌人，人所欲杀的。

费儿士寻找敌人，——好去杀他；——而且动手恨起他来。——一定的，在此潮湿的夜战中，定有一些野的，有史以前的厉气呀！于是一阵阵的爱国气息便腾到头上。在昔，费儿士地方的贵族们都曾把英国人拿来供过奔走的咯！哈！这般不列颠的铁甲舰，敢于向法兰西的地土放炮吗？岂有此理，真气人啦！这序幕是令人痹麻的。通夜便这样的捉迷藏吗？——云惟从月前经过时，海上变得多么黑呀！许多年以前，杰克·德·费儿士是非常害怕黑暗的。在阜堡的邸宅中，因为守夜，到很黑的图书室去寻找那有肖像的大类书时，真是件骇人的事。——那德国保姆名字叫作什么呢？有 A 字母的一个名字……——怎么？有火吗？何处呢？却没有，一点也没有。——也如舵手们一样：当他们把眼睛极力在黑暗中张着时，以为模模糊糊望见了一点东西；也如海军校的见习水手，于天边看见月的夜光时大叫："一道红火，笔端的在前面！"多久以来，大家就在笑这事的了。所以费儿士在这愁苦的夜中甚恐惹起这样的笑来。

决然的，什么都没有。鱼雷艇队绕着圣杰克角已画过好些半圆，而水痕老是长拖着。这不是捉迷藏，这直是蒙着眼睛在摸索。月光也激怒了！每五分钟，必有一条长痕很快的散在海上，立刻又乌黑起来。没有，没有英国人。见鬼啦！他们定然于日落时就离开了海角。须得到大海中去追赶他们，然而在无边的海上，这搜索便更偶然了。啊！可是！他们并不老躲藏！死神，救人的死神难道是很俏皮的，难道有所不肯吗？为何呢？到明天，生活又开始起来，那太过于，太过于忧愁的生活，——而且所有的苦味还待咀嚼，而且这小产的战争也太笑人了……啊！不，不，不……

鱼雷艇队现在列为一排，中间相距甚大，在海面上成了一个大的钉耙形，这样，要是敌人不很远的逃在不透明的夜中，则他或可以被捕的。费儿士心里渴望得很，过度用着他的眼睛，又忿激，又狂热的。——庸人们！他们害怕打呀！——他俯在前面，伸着颈，两手紧抓住着栏杆，并咬着他那打抖的嘴唇。盐风把许多稀奇古怪的幻想都吹拂到脸上来。他所追逐的，他所担任的，驾起他这颤动的鱼雷艇，就算是文明了：是的，自从二十六岁以来，这行凶的文明已渐渐的把他杀死，一丝一丝的，一神经系一神经系的，在它那无以名之的齿轮中，而且一顷时后，一炸弹便会把他结束了。——得了。但须避免战败时的乱动！那些在他鱼雷之前到处飘浮的铁甲舰，即是，即是他将向以报复的东西！这完全就是他们在高埔之后所潜心收集的文明精英，一种对于动力学者的良好文明的精英。——当心！当心那行将由齿轮中放下，半死的人性畜生的蹂踏啊！

因而，那月亮直如一位淡雅的女仙，特为便于这变性的报复，遂从云堆中拔身出来，猛的流出一派银涛在全海面上。于是费儿士便闷下一片极乐的呼声去：那，那！在光华璀璨的波浪中，那其色如夜的铁甲舰队正在行动。

三十四

——此章写献对马岛之死事者——

敌人，就在前面。

于是在四一二号上，只听见低声发出的命令，很是精神。

"轻声。——开双机，一百二十转。——鱼雷手，准备。"

"静声，你们这些东西！"

"左，五点！——舵针零。——水夫长，您看见吗？是的吗？如此驾着，两刻钟一直前进。"

"机器，——准备开动。"

船头无声的击着水。四一二号阴险的走上前去。英国铁甲舰在灰色的天际隐隐约约映出它那庞大的体积。得飞越几千迈当呀！两千吗，三千吗？并不知道：因为夜，不能确定。应该轻轻的走：谨防出光，谨防抽动机的喧声，达到远处去！应该走近：走得很近；顶好的距离是四百迈当，人也看得清楚，也看得准那目的物的速率；但在夜间的攻击，两百迈当以上的放射只是妄动。——费儿士是知道的；眼睛不离开那野兽，低低的自言自语道："我要触得着它时，我才放。"

其余的鱼雷艇，都向左向右的隐没了，——混在远处的黑色中去了；——四一二号便冒着大险独自向敌人舰队驰去。

还有几千迈当呢？两千吗，一千吗？在开头一炮之前或者还有五分钟。——领头的铁甲舰，那顶近的，正是爱德华王号；——这是他海军提督的旗舰。费儿士一秒钟间想及了香港，想及缠有花瓣的诺当菲尔德炮塔；他于是喃喃说道："妙哉！"立刻他又想起了那大事："我要触及它时，我才放。"

"我要触及它时。"月亮注意的瞅着这战场。大家于此间看得很清楚，——极清楚。鱼雷艇本身也一样的，在这乳色的海面上当然更其黑了……

铁甲舰的影子越大了，越大了。没有一点火，没有一点反光，在这黑机器上；没有一点声音：这是睡林美人的宫殿。——现在是多少迈当呢？一千五百吗，一千吗？英国人，他们也有眼睛的呀！大家于此间看得如同白昼……哈！等候，苦恼的等候着行将射出，并引起战争之声的第一炮……

费儿士在这可怖静境中，听得见他血管的跳跃，——很强，强得连敌人在那方都听得见的光景……他遂把呼吸忍住，直到闭气为止。然而噩梦突然在一片闪光中便粉碎了：因为几道紫色电光已从爱德华王上射来，飞越海面，正照着发昏的鱼雷艇，把它包围了，以缕缕的强光线把它淹着，并把它四周笼罩得很像一片死人的圆光，同时，大炮也发出光来，吼得如同一群猎狗之抢肉食似的。

费儿士已看不见了，——被射在他眸子中的电光弄盲了。

糟糕，还是前进罢！他起初拼命叫着好把他的神经轻减一点：
"机器四百转！"现在，他全身的毛细管都向这待攻击的目的
物紧张起来，并反复不厌的念着他那学得的课程："到我触及
它我才放。到我触及它我才放。到我触及它我才放……"

炮弹东东西西的打着水，跳跃着。在浪中，几乎都爆发
过，所以把水花激得绝高，又雨一般落下来，——在月光之
下直如一些纯白的水鬼，一瞬之间显出来又隐去了，险狠的
向鱼雷艇一点一点的攻打过来。是的，这好像一圈轻捷的幽
灵，它们彼此把殓尸布互相掷着——一些雪样水花的美殓尸
布，而每一个褶中都藏有死神的。圆圈旋绕着，并紧抄拢来。
但四一二号现在已飞驰了三十节。它穿过浪头与炮弹一切不
顾的前进着，仿佛有一种志愿在指挥它似的。海水跳跃，波
涛汹涌，因此甲板被海水浪得直如一片溪床似的。烟筒喷着
火焰，因速力而生的风便将它吹弯下去，并撕得一缕缕的。

一炸弹，——第一次哩。凹进的薄铁板便解了纽。费儿
士的头昏了一秒钟，看见一个人破腹而死，脏腑全迸了出来。
第二弹接着就来，准极了：艇后的管子以及鱼雷全爆裂了，
飞了起来，胜利的命运已去其半。三个水手打烂了，化成一
堆红浆。而人家还远，还很远哩！

"到我触及它时我才放！"战的狂怒咬着费儿士的心，恨
的闪光清清楚楚画出了他的思想。那东西就在他鱼雷的前
头，——他末后的鱼雷，——文明！文明害了他，苦了他，
文明行将杀死他，——文明又在侮辱他，嘲弄他，把它狂恣
的水丝唾在他脸上，打他的耳光，痛楚他的眼睛……哈！费

儿士自己觉得很薄弱。然而他却甚为激烈，甚为奋勇。一片呼声涌上他的嘴中，一种把对手女人头发抓住的女子的呼声："我定弄得到你的，脏畜生！"于是挺起身来，两眼大张着，脑经已疯了，狠狈的把舵掌到右边，老是右边。

他身子的重量压在他手上，两手死握着那铁棍。忽然那倚手甲板没有了，他就向前跌下：一阵联珠炮便把舵棍打得粉碎，碎钢飞起时还带有一些人肉。费儿士看见他手臂之端有些悬着红东西，——乃是没有断完的一只手。还不痛哩。但血却迸射出来，费儿士明白他快要死了。于是他一震的跳起，拿出全身气力喊道："放！"

由管中射出的鱼雷一激而去。就在它刚出发之时，一弹便笔端的打在管中，把它打得粉碎，并从鱼雷艇的前端一直贯到后部，在机器舱中爆发起来。于是运动机啊，人啊，汽筒啊，都乱七八糟的炸开了；于是呼号，爆响，哨子也揽做一团，于是炸毁的四一二号便射出一阵绝大的白汽，以致被探海电光一照，直如一些浓云。

费儿士从腰至肩都带了重伤，好像铁棒下打杀的雄牛，倒在血泊中，但仍听得见战胜的英国炮手的欢呼；他这不能复仇的苦难——在他心头闪过直到末了的失望，但他已逐渐的在死了。

而那畔，战胜的敌人，炮声迄未把它们死的哀号停止过。现在是很相近了，这直是一种特殊的合奏曲，其间逐章逐节都发出那反复如一的调子。三指口径的大炮的枯燥音阶则超出隆隆若鼓的机关炮音之上，而描写出一些狂乱的亚拉伯花纹，至于中等臼炮的顶严重的吼声则不断在其中敲着拍子，并且颤动得很长久，而在一切喧嚣之上。

炮弹到处打着。这直是火与钢合成的盛会。暗无天日的四一二号的甲板上只是一堆红的残剩材料，其中一些涂了血的人肉破片已开始在火焰中煎焦了。

是时，于这各种大炮的得胜与傲慢的乐声中忽有一种沉闷的撞声参加进去，其声之哀有如头一铲土之掷在棺材上的光景。一股水花便从铁甲舰腰间射出；——其后什么都没有了。不过，好像一种闻所未闻的霹雳把炮手们都轰死了似的，所以各种大炮都一齐的住了声，闭了口。

并且就在这突然而生的静境中，一片广大的临命呼号也自铁甲舰上发出来，奔腾于夜色之中，——极可怕的。

三十五

复仇。

鱼雷打入铁甲舰恰由火舱的中部，护甲带之下，——比吃水线还低十二步之处。

一枚简单而正确的分离机好像大钟内的一个钟：触发尖便缩了进去，把信管撞在爆炸药上；炸药一燃，因就把所载的全引着了，——七十五基罗格兰姆的棉花火药，这在船底下爆炸起来直如在石岩下的一个矿穴一样。声音并不大，因为水层把它闷住了。

在铁甲中间便露出了一个洞，好像凿穿似的，——一个高有四迈当，宽有七迈当的大洞。炸碎的铁甲早已没见。海水便进去了。

船内本是双层，——一种分区的铁壁，好比蜂房一样。都分裂了，解散了，内部的铁板陷进去好像一张纸，全崩坏了；于是就造成第二个洞，一个在炭舱上面的通气洞，这地方恰以着一种黑铁甲把火舱包围着的。海水通了过去，把炭全淹没了。

再进就是第三层铁板，是把火舱与炭舱隔开的铁板。此处就是船之中心；铁板之包裹此心一如人的胸部。于是也炸开了，冰裂了；——虽只小小一道缝隙；但在心上，刺一针与砍一斧是没有分别的。

海水便溜了进去，带着一种泉水的潺湲之声。

火舱正踞在船的中央。——在一条过道之前并列了八个汽锅，打碎的煤炭便堆积在过道中。有二十六人，都半裸的在那里辛苦工作着，举着他们沉重的铁铲，把煤炭一铲一铲的送到火焰熊熊的炉桥上去。几盏灯悬在顶板上，而白热的电光与炉里血红的火焰互不相下的。一道钢梯笔直的从门上垂下，上面盖了一张合叶门，——用螺丝钉旋严了。

火夫们听见了那爆响。反动力一震把他们一齐震扑到地上就如小孩子顽的纸和尚的把戏一样。他们爬了起来，要命的看见了水，——要命的水直从铁墙间射入。是时，火舱是闭了的，人都不能出去，只好挖掘如同狗之挖掘石头一样，这是一出可怕得难以形容的戏。

人们都一齐拥到梯子上，——好像得费十分钟才能将螺钉弄去的合叶门是可以出去的一般！然而水已淹到膝头。——火夫长为他那不中用的责任弄疯了，只大喊道："干你们的工去！"以他的手枪把一个逃人打倒了，别的并不相干。开枪之后，一想到那灾祸，决定他力量不济，并且害怕他所猜出的那苦痛的临命情形，他遂第二枪把自己也打死了。——水已达到胸部，猛的就把八个炉子全淹了。转动的汽声于是把一切的呼喊都盖过了，而且蒸汽射出，而且滚开的水已把悬挂在梯子上的肉堆煮熬起来。

一种鬼怪的争斗发生了：所有这般人性的畜生好像一棒之下便把那陈旧凶暴全还原了，便互相殴打，便互相用牙齿指爪撕咬，以争死在梯子最上头的滑稽权利。水已盖过头一批人的脑袋。有几个人在游泳；而别的不知道游泳的人便死在水底，一跳一跳的；水面便连连散着泡沫。在梯子最上一级，关闭的合叶盖下面，最后待死的那人尚抓住那出口的螺钉，失望的在摇着；但在颠狂的恐怖中，这可怜的人偏弄错了，却将螺盘向反方面旋了去。

是时因为水已升至最高的梯级，一个生红毛的高大水夫长在生之渴望中气力增了十倍，便在梯子当中挥起刀来，凡触及他的便是一刀，就是那毫不退让的门也如此。但水升得比他还快，他遂失败的住了手，并抛去了他那血染的刀，而他那横暴的大脸便向流血的胸上倒垂下来……

收场了，火舱的水已满。

三十六

鱼雷艇几乎沉没了，临命的费儿士尚看见并饮了他复仇的酒。

爱德华王不行了。起初在它的舱面上只望见一派骚动，——又在呼号，又在打耳光，又在发命令，一片苦痛喧哗，被风吹到战胜者的耳中，仿佛是一片音乐的赞美声。其后那绝大的船身便忽然发出一种奇怪的颤动。自从爆炸便静止了的探海灯现又向海上或向云端，东一下西一下，射出一些白光，但都动得很缓，好像那船在此平静的海上已有了不安的振动。——不错，爱德华王沉没了。一串一串的人现在都从船壁上现出，跨过栏杆投向海中去。——铁甲舰已向右舷倒下；低了，很低了，还更低了，不再起来了。舷缘已伸在水中。一秒间，甲板就全然侧过：因为船已打了个翻身；再一秒钟，甲板便深入水中，而吃水线便露了出来，——带板，龙骨，推进机也全看见了，推进机在水外还继续在旋转。爱德华王还载沉载浮有一分钟；其后，向后一坐，船尾便忽的倒栽下去，船头直向天空翘起来。笔端的就好比一个人要向前举步

275

似的，于是爱德华王便没入海中去了。

　　鱼雷艇也一样的沉没。费儿士高兴的，笑嘻嘻的，半浮在为浪所爱抚的当值甲板上。他并不痛苦，只太弱了。血管中已没有血。他遂沉睡在摇篮般的海的怀中，嘴唇上还保存着，如同旅费一般，色梨赛特的名字。

　　……同时，细儿娃小姐正在西贡她的卧室中，跪在基督像前，大慈大悲的为"那般在海上的人"而祈祷哩。

（终）